GAEA

GAEA

GAEA

Gaea

一杯熱奶茶的等待

Waiting For My Cup of Tea

詹馥華——著

一杯熱奶茶的等待

目錄

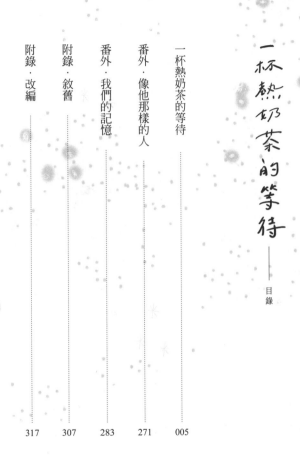

01

搬了兩次家，終於擺脫前不著村後不著店的冷清淒涼，住在鬧區，離學校不遠，不愁吃穿。以前我很討厭走路，覺得既累又沒意義。自從搬到現在住的宿舍，倒開始以走路爲樂，經常散步到附近的鄉公所或到超商補貨，也因此認識那一個在寒流來襲的夜晚還捧著花束痴痴等待的男孩。

二月十四日，跟我八竿子打不著的節日。沒有一絲情人節氣氛，推掉幾個莫名其妙的邀約，懶洋洋地躲在被窩裡養精蓄銳，就爲了晚上與三五好友狂歡。

「鈴——」電話聲響，我像隻刺蝟蜷著身子，怕冷地伸出手接電話：「……誰？」

「你老媽我啦！」聽到我媽宏亮的聲音立刻正襟危坐，即便她根本不在這裡。

「啊！媽喔！我正要出門吃飯！」趕快假裝清醒的聲音。

「都七點多了還沒吃飯，胃會弄壞……」老媽最在意我的作息不正常。

「所以我現在要去吃飯啦，不跟妳說了！」

瞌睡蟲全嚇跑，肚子嘰哩咕嚕叫，乾脆出門尋找食物，畢竟空腹喝酒也不好。坐在床上用力甩了甩頭，睡太多頭昏腦脹。走進浴室盥洗，梳理蓬鬆亂髮，再戴上隱形眼鏡。淺褐色的滑板褲配粉色高領薄衣，套件鐵灰色毛衣，再穿上哥哥送我的鵝毛雪衣，像顆雪球從住處滾出來。

還是好冷。而且不知道是寒流的關係，還是因爲大家都去過情人節了，店家幾乎沒營業，連賣鴨肉冬粉的勤勞夫婦都沒來，幸好世界上還有便利商店這種冷不死人心的糖果屋。關東煮寥寥幾支孤單躺在鍋裡洗半身浴，我撈起兩串黑輪，買了罐熱奶茶。沒有直接回宿舍，本能地往宿舍旁鄉公所走去。

鄉公所一定不是浪漫的地方，昏暗鵝黃色路燈燈火下一排長椅沒有人氣，只有我……嗯？還有一個男孩子捧場。

選了張空長椅坐下，我抽出熱氣騰騰的黑輪果腹，抬眼發現自己出門忘記關燈，從現在坐的長椅位置可以看見我的房間燈火通明，而和我相隔兩張長椅的那位男孩也正跟我看向同一棟宿舍。他在等人嗎？捧著白色花束不知道等了多久，夜色太暗，猜不出花種。如果要跟女朋友吃情人節大餐也已經快九點了。距離我與好友的酒肉約會還有一段空檔，索性自以爲是地當個好人陪他，至少喝完手中這罐熱奶茶。

「陪」這個字眼其實帶了點同情的意味。

兩個陌生人同時待在半徑不到五公尺範圍內，靜默寂寞油然而生。

如果說我在陪他，他也在陪我。偶爾起身活動筋骨，緩步來回走動，偶爾仰望沒有星光的夜空，餘下目光多半是落在我住的那棟宿舍，我想知道他在看什麼。

十一點，熱奶茶變成冰冷的空罐。他等的人還沒來，我也必須走了。收拾好垃圾，環顧四周找尋垃圾桶，突然啪的一聲，路燈集體熄滅。從來沒見過路燈用這種方式罷工。周遭唯一光源從我的房間透出來，我起身往宿舍走去，經過男孩，他身旁的垃圾桶不停反光，被這副景象吸引般走近，隱約看見他的表情及紅色外套。

他抱著怎樣的心情等待呢？一臉憂鬱卻不焦躁。

若說憂鬱因爲等待而生，還不如說是一種特別的氣質。

長椅上安放的花是白百合，一旁一只打上藍色緞帶的銀色禮物盒，看來精緻。

他肯定是鼓起好大勇氣才來這裡，也許還沒告白，也許來求饒，又也許他根本不知道情人去了哪裡。不確定感瀰漫，他用他的無言感染了我的心情。

「咚——」空罐掉進垃圾桶裡時，我下意識開口：「……加油喔。」我在幹嘛，跟陌生人說什麼傻話。接著在轉身後第二秒，我得到他的回應：「謝謝。」

太久沒說話讓他的聲音有些沙啞，但好聽。沒有停下動作也沒有回頭，我離開時揚起微笑，像兩個寂寞的人彼此鼓勵。

我不知道一句「加油」帶給他多大的勇氣，我只是單純希望他如願以償，但我隔天還看到他坐在長椅上等待時，我後悔對他說了「加油」。

02

沒有回房關燈，因爲已經沒有星光也沒有路燈再能照亮男孩了。

呆站宿舍騎樓許久，把機車牽到巷口才發動，我不想加深他的寂寞感。

談不上狂歡，幾個死黨、幾瓶酒、小菜和巧克力，日常敘舊，盡興爛醉，醒來頭痛要命，解酒液難入喉，只得以濃茶解酒。回到宿舍已是下午三點半，午後無艷陽，寒流沒急著走。我把機車停好，準備往便利商店前進，買熱奶茶解除宿醉。

熱奶茶？

我想起了昨夜的男孩。

回頭望向鄉公所，白色百合花束與精緻禮物還擺在長椅上，紅色皮外套放在旁邊。我趨上前看見男孩正微笑著將皮球輕輕地向小女孩投擲過去，再緩緩坐回長椅。沒一會他習慣性往宿舍看過來，我趕緊躲進建築物後方，避開他視線可能投射的範圍。

他整晚沒睡嗎？還是今天早上又來？花在，禮物也還在……

頭好痛。我還是先去買熱飲。

7-11的熱奶茶總是比其他家便利商店的溫暖。我拿了罐最熱的握在手中，走向櫃檯排隊結帳，等待過程望向保溫箱裡的最後一罐熱奶茶。

「結帳嗎？」店員問。

「我再拿一罐。」我決定了。

步出7-11，兩手各拿一罐熱奶茶，走近距離男孩不到兩公尺的地方，他正跟鄉公所前廣場的流浪狗玩，狗狗看見我手上有東西跑了過來，他順勢抬眼看見我，我站著不動，他愣了一下，隨即揚起有點尷尬的笑容對我點點頭。

「請你喝。」把熱奶茶扔給他，他一手接住但一臉疑惑。

「你還沒走？」我拉開自己的罐裝拉環半提示，他瞬間恍然大悟。

「是妳啊……」他訕訕地笑著把玩手中的熱奶茶。

「你整晚沒睡？」我藉此好好看清楚他的模樣。

眼睛的弧度彷彿天生適合笑容。內雙眼皮展示的笑容，比單眼皮快樂點，比雙眼皮憂鬱些。頭髮長度跟造型屬於瀧澤秀明類型，可惜被強風吹了整晚，好像也帥氣不起來。眼袋和黑眼圈不知道是不是天生的？也許是一夜沒睡的傑作。鼻子尖挺，嘴巴的形狀也很好看。我一面打量眼前扳住扣環的他，一面想像他的來歷。

「謝謝妳的奶茶。不然可能會渴死。」他苦笑。

「所以你沒離開也沒去吃飯？」該不會怕錯過些什麼吧？對於疑問，他笑而不語，我小心翼翼地追問：「你一直看著那棟宿舍，她住在那裡嗎？」

「嗯，她好像不在。」他盯著宿舍喃喃地說，搓著手中的熱奶茶。

「那為什麼還等？我以為你跟她約好了。」我忍不住提高音調。

「……有，我們有約。」語畢，我們陷入沉默。

等待多麼難熬，何況等的又是不知道何時降臨的天使。煎熬將近一天一夜，他究竟怎麼撐過來的？我竟然還沒神經地追問一堆他可能不想回答的傷痛。

「我去幫你買便當！還是，街口水煎包很好吃！」我想為我的失禮補救些什麼。

「我不餓。妳吃了沒？還沒回家嗎？衣服也沒換。」他揚起溫柔的微笑……等等，他怎麼知道我昨晚穿什麼？他是目送我離開的嗎？

「我還在宿醉，你還是得吃，我去買水煎包！」我轉身往巷口移動。

「喂！我請妳！」他扔一張一百元包十塊錢給我，我笑著揮手，他也笑。

街口水煎包攤販每日下午四點營業，生意極好，遠遠便看見人龍，我一邊拋接他給的錢一邊哼歌，宿醉引發的頭痛消失無蹤。還沒來得及問他的名字，我想我能幫忙，住我那棟宿舍的人應該好打聽，我想知道他的天使是誰。我想幫他。

拎著熱呼呼水煎包走回鄉公所找他，短短十幾分鐘能發生什麼事？紅外套不見了，禮物不見了，他也不見了。滿地白百合被風一吹，散亂四處，摻著銀色包裝紙碎片，藍色緞帶飄向籃球場。我呆站在男孩坐過的長椅前，彷彿剛才發生的一切是作夢。夢醒了，多一袋水煎包。

而熱奶茶的空罐安然地立在男孩坐的長椅座位上，像是對我道謝。

03

那天之後，我沒有再看見那位穿紅外套的男孩。

我住在宿舍五樓。剛開始幾個夜晚，睡前我會站在宿舍窗邊往鄉公所眺望，希望能再次看見他，可惜沒發現蹤跡。或許我永遠都不知道那一地的凌亂是誰的傑作。

「肯定不是好事，對吧？」我癱在床上不想動。

遇見男孩的事沒跟別人提過，我甚至不確定那是不是宿醉未醒之夢，再之後，還沒機會向誰提起就病倒了。同學歸咎的原因是我晚上夢遊沒穿外套而著涼。

發燒得厲害。本來想忍耐到同學送餐再去診所，腦袋卻浮現「現在不去看醫生可能活不過今晚」的想法。步履蹣跚走出宿舍，才發現外面無情地下著雨，只得裹緊外套求醫。我身子向來糟，抵抗力弱，醫師要我在回家路上不斷默唸保健事項。

「多喝溫開水……不能吃冰……不能吃炸的……」鐵門不好關，我正要用力甩上，突然瞥見有道人影似乎也要進來，來不及反應，我便被撞飛出去，跌坐在地，腦筋一片空白，彷彿許多金絲雀繞著腦袋四周飛。

「妳爲什麼坐在地上？」這傢伙明顯不知道我因爲他的冒失加重病情。

「下次進來早點說！」修養全被撞飛。我氣惱地按住額頭撿藥包，無視對方的攙扶，自顧自進電梯按了五樓。不知道是不是被我嚇到不敢按，他遲遲沒動作，跟著我一起到五樓，直到電梯門開，我走出去才發話。

「下雨要撐傘，要不然感冒好不了，還有別再隨便坐地上了！」他揮揮手中的購物提袋。他頑皮地揚嘴一笑，電梯關門。

我呆站在電梯前好一會，抬頭看樓層顯示停在四樓。他也是房客？算了，我現在沒力氣計較，腦袋發爐，我要趕快回到被窩裡。

「叮咚——」吃完藥沒多久門鈴又響，把退熱貼貼上額頭，我幾乎是爬到門口。

「哪位？」怎麼也沒想到是剛才那個冒失的奇怪傢伙。

「我多買了一罐熱奶茶。女朋友不喝，送給病人。」他把熱奶茶輕扔到我手上，而我來不及反應就掉到地上去了。

「病得不輕喔？」他撿起來，再好好地塞到我手中。

「你女朋友是誰？幹嘛送我喝？」將身子撐在門邊，我燒得糊塗。

「女朋友住妳樓下。」

「……然後呢？」我沒好氣地說。

「我想說妳因爲我撞到頭，現在還用撒隆巴斯貼起來。」

「這是貼退燒的，你不要沒常識。」他根本知道我被他害得頭撞到腫了包。我把熱奶茶扔回去給他，迅速關門。到底是哪裡來的冒失鬼討厭鬼奇怪的鬼？四樓？改天要問問住四樓的怡君，看是她哪位室友，還是室友的男朋友，等我病好一定有力氣跟他吵架。

林怡君，我的同班同學。怡君有張白白淨淨的瓜子臉，異性緣極佳。我和她交情還行。聽說她有個交往兩年，相親相愛的男友在台中唸書，不能經常北上相聚……

發燒，頭疼，亂七八糟的思想，全部攪和在一塊，沉沉睡去。

後來，我一整個星期沒有去學校上課。

大病初癒，頂著把感冒傳染給好朋友就康復得特別快的光環，我蹦蹦跳跳到校上課。

課堂上邊擤鼻涕邊咳嗽的是我的好友，可憐的章梅芬。

「妳還好吧？」我向隔壁桌的怡君借面紙，瞥到怡君身邊有人趴在桌上睡覺。

「怡君旁邊的是？」我把面紙遞給梅芬。

「好像是她男朋友……」梅芬說完擤了擤鼻涕。

「哦？台中那個？」語畢，那人剛好伸了個懶腰，與我四目交會。

啊！是那個冒失的傢伙。由於太過驚嚇而不自覺叫了一聲。他對我笑。

這世間冥冥之中有個奇怪的定理：越不想見到的，越是靠得近；越不順眼的，越是巧合地在自己生活的區域範圍內穿梭著，可能還一臉欠打的樣子。

「妳幹嘛啦！」梅芬用力拍了我的背一下。

「我、我……」我說不出話來。

「那個人好像不住台中。」梅芬邊筆記邊擤鼻涕。

那個人正偷偷對我吐舌扮鬼臉，見我蹙眉嫌惡，他笑得更開心。

04

剛下課拉著梅芬先走，怡君冷不防地叫住我：「小華！」

「什麼？」故意忽略怡君身旁站的龐然大物。

「幫我倒房門口的垃圾。」怡君雙手合十拜託我：「我跟男朋友要去吃飯看電影，應該會很晚回來宿舍。這我男友，黃子捷。我們快來不及了！」她挽住那傢伙的手親暱示意兩人關係，討人厭的傢伙出乎意料地安靜，笑而不語。怡君看了一眼手錶表示看電影快要來不及了，隨即拉著他的手談笑離去。

「喔。」我被她直衝而來的氣勢擊倒，人都已經走了才應答。

天氣陰，傍晚風變得特別涼。我跟梅芬到後街吃炒麵。

「怡君有很多男朋友。」梅芬手搧著一口剛入嘴的燙麵。

「我只聽說她跟她台中男友超級相愛。」我什麼都不知道。

「人家是狠角色，妳不知道啦！」

「呵呵。」腦袋閃過黃子捷那蠢人，忍不住幸災樂禍。

黃子捷，不提他老是虧我的事，先來探討他的長相。雙眼皮，眼睛大得像牛眼。髮型像木村拓哉在《戀愛世代》的樣子，長髮有點鬈。個子有點高，鼻子有點挺，嘴巴有點小。我無法直視牛眼大的雙眼皮男人。

黃子捷知道自己只是怡君的其中之一嗎？

飯後回到宿舍，我打包好自己的垃圾再到四樓收怡君的，一併扔進後巷的子母車。回房畫了幾張滿意的插圖，度過充實的夜晚。剛以舒服的大字形躺平，門鈴響了。

「怡君要我送上來的小蛋糕。」黃子捷捧上比利小雞的乳酪蛋糕。

「哇，謝謝！」我接過蛋糕開心地笑了。

「原來要讓妳笑，送蛋糕就好啊，妳不能再吃啦！」黃子捷主動挑起戰火，讓我們之間建立不到五秒鐘的友誼被摧毀殆盡。

「要你管！你可以滾了！」我甩上門，狠狠咬一口乳酪蛋糕。

回頭深怕碎屑掉得到處都是，靠窗繼續吃蛋糕，抬眼正好看到鄉公所長椅坐著人，皮外套反著光……是他！我把最後一口蛋糕猛塞進嘴裡衝出房門，沒料想又一頭撞上還沒走的黃子捷，跌在地上。

「妳很喜歡表演跌倒喔？」黃子捷把我拉起來。

「我趕時間！」我按了電梯，他跟進來。

「出去？怎麼不穿外套？」他問。

「沒時間！」我原地踱步，擔心男孩消失不見。

電梯到一樓，黃子捷把外套脫給我：「拿去。感冒不是才好？」

「不用。」我沒接過手。

「妳穿太少了，外面很冷。」他直接把外套披在我身上，我愣了一下盯著他，什麼都還來不及感覺，他笑了笑說：「妳不是趕時間？」

「……喔，謝謝，一會還你！」我跑了出去。

果然。有夠冷。雖說沒有寒流也夠受的了。疾步走向鄉公所，鵝黃色路燈一樣照不清男孩的臉。我隨手把口袋裡的東西當成垃圾，走近垃圾桶藉此看清楚他。

「是你啊！」我根本不確定是不是他，認錯再跑掉就好了。

只見男孩抬頭看向我，黑暗中隱約見他揚起笑容：「好巧，妳也在？」

眞的是他，等待天使的男孩。

05

他的笑容很好看，希望他能很幸福；他的聲音很好聽，希望能聽他多說話；我覺得他很溫柔，所以希望他能夠找到他的天使。

他沒有初次見面時的執著，沒有一定要坐在路燈照不到的長椅上。除了熟悉的紅外套外，他穿了黑色高領毛衣跟不知質料的黑色褲子，彷彿想將白色擺脫得乾乾淨淨。比初見清瘦些，憂鬱氣質依然緩緩地從眉宇間散發出來。

「給你！熱奶茶。」我去7-11買來兩罐熱奶茶，一罐給他。

「謝謝。」接過手，他微笑輕舉一下溫暖的熱奶茶。

想問那天發生什麼事，話到嘴邊又怕傷他。他看起來有些疲憊。

「那天太冷，你感冒了吧？」我喝著熱奶茶，留意他的長腿。

「妳呢？有鼻音。也感冒啦？」他打開熱奶茶喝了一口。

「大病一場。」

「是嗎？」他看了看我，沒多問什麼。

「那天後來你去哪？」還是想問：「天使來了嗎？還想說你出了什麼事，水煎包被我吃掉了。」他先是一笑，沒停止搓動手中的熱奶茶，陷入幾秒思索。

「天使啊，不喜歡花也不喜歡禮物。」他自嘲：「妳見過天使罵人嗎？」我搖頭。

「我也是第一次看到美麗的天使罵人。」他笑著說。

「怎麼會？你們不是約好了？」我覺得疑惑。

「大概被惡魔教壞了。」他繼續喝熱奶茶。

嘴裡的奶茶很甜，他說的話很苦澀。原來他的天使移情別戀。

想起他那晚一直望著宿舍；想起梅芬說怡君很多男朋友；想起黃子捷挺像惡魔的。

「你住台中？」我小心翼翼地問。千萬不要告訴我你是怡君住在台中的男朋友。

「我不住台中。」他起身跟流浪狗玩。那就是怡君其他號男朋友？

「不會那麼巧……你的天使也叫作怡君吧？」奶茶不熱了。

他坐回長椅，喝完最後一口奶茶緩問：「爲什麼？」

「我們那棟宿舍最漂亮的就只有怡君了。」

「妳也住那嗎？」他笑問，我點點頭，他接著說：「妳也很可愛啊。」

「呃。」怎麼有人可以稱讚得這麼突然。

「我的天使不叫怡君，叫什麼也不是很重要。因爲跟惡魔跑了。」他的笑眼弧度是神的奇蹟。原來他跟怡君、黃子捷都沒關係。鬆了口氣卻突然有種神祕的距離感。

「我發現我不知道妳叫什麼名字？」他問。現在才發現？我上次就發現了。

「我叫小華，你呢？」我也喝完最後一口奶茶，反問他。

「趙守堯。大家都叫我阿問。」他也自報家門。

「你很會發問？」我笑著說。

「應該是我有問必答吧。」他似笑非笑準備離開。

「你今天爲什麼會來？」這是我今天的最後一問。

「我來看有沒有天使掉落的羽毛啊。下次再買水煎包，我再來。」

阿問走後好一陣子，我坐在長椅上沒有離開。絕對不是夢。

緩步走回宿舍。剛進電梯，想到要把外套還給黃子捷，來到怡君房門前按她門鈴。怡君應門，我把外套遞給她，解釋外套是黃子捷臨時借自己禦寒的，孰料她也沒想聽，神色匆匆地把外套塞回我手中：「先放妳那裡，我不方便。」

「蛤？」

「他送完蛋糕就走了，好啦，不跟妳說了。」她倏地關門，我愣在門外。

噢，所以，她現在房間裡面有人，但是，那個人不是黃子捷……

等等，等一下，不是，黃子捷把外套借給我穿，他自己怎麼辦？外面眞的好冷。

如果黃子捷生病的話，我可是要負責任的。

06

還來不及回味見到阿問的驚喜和愉悅，我開始擔心黃子捷有沒有感冒。

我將黃子捷的白色布外套掛在衣櫥外鉤上，仔細端看，決定幫他洗乾淨。我把口袋裡的東西掏出來保管，以免洗壞。裡面有只布裁的小黑袋子，放了兩罐沒標示的藥。

這什麼藥？他看起來不像有病。

整夜輾轉難眠，分不清楚是因爲阿問的再次出現，還是黃子捷的體貼和他的藥。

隔天頂著兩個大黑輪去學校，梅芬直問我昨晚做了什麼不可見人的勾當。

下午三點課後，我獨自騎車去逛市區的唱片行。今天剛好有幾張新專輯上市。唱片行裡的人多，好幾部日劇原聲帶好聽又特別便宜，我正猶豫著要不要買。

「小華！怎麼這麼巧！」怡君拍住我的肩膀，嚇我一跳。陪在她身邊的不是黃子捷。我這才眞正意識到梅芬說的話有多麼眞實。沒太多交流，怡君挽著陌生男孩甜蜜離開。忽然間，我很同情黃子捷。怡君沒有向我介紹男孩，或許沒太喜歡他。

還是買了幾張原聲帶回去。傍晚的陽光很溫暖，我沒直接回宿舍，走到長椅坐下，附近籃球場很熱鬧。我把剛才買的專輯拆開來看看……

「看什麼？」先出聲才一骨碌坐在我身旁，抬頭一看，黃子捷。

「啊！你！」腦袋閃過剛才的怡君，意外有種當場被抓包的感覺。

「又不是沒見過我。」他一臉笑意，隨意地將一隻腳跨在長椅扶手上。

「昨天太晚了，我想你和怡君可能睡了，所以就沒還你外套。」我沒辦法跟黃子捷提及昨夜撞見怡君房裡有別人的事，自然不能問他是怎麼回家的，有沒有穿外套，冷不冷。當然，我也不會和他說剛才在唱片行目睹的畫面。

「沒事。」他微笑拿過我的專輯翻看內頁。

「外套我拿去洗了。」我訥訥地說。

「很髒嗎？妳又摔倒啦？」剛覺得他人不錯，竟然得寸進尺。

「懶得理你，還來！」我一把搶過專輯，他又扮鬼臉。

「別生氣嘛，想喝熱奶茶嗎？我跟怡君約六點，時間還沒到，走！」

他拉我去7-11買熱奶茶，我因爲油然而生的理虧，只得順著他。

「你不先去嗎？你可以先到宿舍等她。」我與他並肩，見他笑而不語，我繼續說：「給個驚喜也好啊，你眞是不懂情趣。」

他一路沒跟我拌嘴，直到踏出7-11才開口：「我不給怡君驚喜，對她比較好吧。」依舊笑容滿滿，他應該多少知道怡君的花心，實在不知道這個人在想什麼。

我們回到鄉公所長椅坐下，我竟然跟著他回來。我是否莫名其妙持續同情他。

「你有什麼病嗎？」我想起了藥罐。

「嗯？」他隨口應我，目光自在地環顧四周。

「因為洗衣服，我要把口袋裡的東西掏出來，抱歉……」我還沒說完，他打開熱奶茶喝了幾口，笑著說：「沒事啊，妳跟我說抱歉，我很不習慣耶。」

「那——」正想追問但被他搶先一步發言。

「有病，心臟病。」他正色地說，笑容倏地被抽走，周遭空氣也凝結，接著補充：「而且運動激烈一點就會死。」我瞬間說不出話，沒想到他真的有病。

「真的假的？所以你現在——」

「騙妳的。嚇到了吧？那只是維他命，妳怎麼這麼好騙？」他大聲嘲笑我，簡直把我當傻子，差點想說以後要多讓著他一點的。

「黃子捷，你真的有病！竟敢欺騙我的感情！白痴！」我氣得往他肩頭狠揍一拳，頭也不回地直接離開，看都不想再看他一眼。沒良心的傢伙。

07

回宿舍進房間往床鋪一癱，感覺自己很容易對黃子捷動怒，他根本是我的冤親債主。望著掛在衣櫥外鉤上剛洗好的白色布外套好一會，我起身將黃子捷的藥罐放進口袋，把外套摺好放進紙袋裡，趁他和怡君還沒回來前，先掛在怡君房門把手上。

用力甩甩頭，頹躺床鋪，再翻身滾來滾去，腦袋空空的。

不知道阿問現在怎麼樣了？我有點在意他，或許是那天那夜的痴情，或許著迷於他的憂鬱氣質。深怕他美麗又殘酷的天使天外飛來一腳，把他踢傷。明明等待的心情很痛苦，他卻選擇繼續等待，即便撞見天使與惡魔在一起，他還是留戀。但也就是這份濃烈的留戀，讓我能再一次見到他。

兩個禮拜後的星期四，下午四點下課，我像往常地把車停在宿舍前空地。

「嗨！」阿問站在宿舍左邊的山櫻花樹下喊我。他舉高一袋水煎包打招呼。

「阿問？怎麼是你？你是……？」我沒接著說。

「我買了水煎包，我們去長椅那裡吃？」他聲音輕柔但飽滿。我笑著點頭。

今天他裡面穿白色長袖襯衫，外面是藍色的毛料背心，褲子也是白色的，他的紅白籃球鞋上沾了點泥土。他看起來斯文，可感覺十項全能。

我們並肩走向長椅區，他把一袋兩顆水煎包遞給我。

「謝謝。」我咬一口水煎包。

「好久沒打球了，我們去看看。」他轉向籃球場，我跟著他走。

「你打球嗎？」我好奇他是不是十項全能。

「之前扭傷有一陣子沒打了，今天來打幾場。」他一臉蓄勢待發。

阿問讓我好好吃完水煎包，他先和球場上的人打幾場。

我坐在看台欣賞阿問英姿煥發，果然男孩子還是要會運動才好。大概是過於專注，根本沒發現危險人物靠近，回神黃子捷一骨碌坐在我身旁：「看帥哥啊？」

「你是鬼喔？閒著沒事啊？」我沒好氣。

「現在沒事才坐這裡啊，還生氣啊？大姊。」他又開始嘻皮笑臉。

「誰是你大姊，別亂認親戚！」我盯著球場上的阿問隨便回應，黃子捷只是笑著。他為什麼老是跑來坐在我身邊，每次都要跟我鬥嘴，越想越覺得他莫名其妙，忍不住上火發問：「你沒事幹嘛坐我旁邊？」

「唉呦不能坐啊?好小氣。」他繼續跟我抬槓。敗給他。

籃球掉出場外，有人去撿，阿問回過頭看我，我笑著向他揮手。

「男朋友?」黃子捷問。

「朋友啦。」本人耐心快用光。

「也是，這麼帥怎麼可能是妳男朋友，肯定是妳暗戀人家。」黃子捷口無遮攔，我轉頭瞪他，實在想馬上搥扁他。就在這時，黃子捷指向阿問所在：「妳的帥哥跑掉了。」回頭只見阿問跑出球場，發生什麼事了?

「不去看看?」黃子捷拉著我想要一探究竟。

「別拉我，我自己會走啦!」心裡沒個底。剛出籃球場，遠遠地看見阿問正在跟一名女孩說話，氣氛貌似不好，隨即一輛黑得發亮的跑車呼嘯而來，停在他倆旁邊。

「帥哥有難喔。」黃子捷幸災樂禍，我肘擊他但目光緊盯前方，一名穿著前衛的男生下了跑車，還戴著浮誇的黃色墨鏡。車子裡還有兩個穿得很流行的男生。

「哇靠!」黃子捷叫了一聲，我也抿嘴，難得的默契，我們笑那些自以爲流行的——

「啪——」好響的一聲。啊?什麼?

女孩打了阿問一巴掌。

08

沒人能預知彼此相遇會擦出什麼火花。我不知道阿問在我心底投下什麼燦爛煙火，也不清楚嘻皮笑臉的黃子捷的企圖，他們沒有徵詢同意便直接闖進我的生活。什麼都不曉得的我，被眼前酷似電影情節畫面搞得霧煞煞。

「不過去嗎？起碼要聲援一下。」黃子捷盯著瞧。我不知道該怎麼辦。車裡兩個人也下來了，氣氛變得緊張。黃子捷舉著不知從哪撿來的籃球上前，我跟進。

「還打不打啊！大家都在等你耶。」黃子捷把球扔給阿問，指了指球場人群。

「我一會回去。」阿問頗有默契地回應。

「快點，等你喔，快輪我們了，十幾個等你一個。」黃子捷刻意把人數也說出來，示意我們人多勢眾，再從容地拉我回看台。

沒想到黃子捷這麼勇敢？他沒必要出頭，卻挺身而出。平常看他嘻皮笑臉，沒個正經，這回解救阿問的行爲稱得上是男子漢。

「謝謝你喔。」就是想道謝。

「爲什麼是妳謝我？」他側頭笑了笑。不久，阿問毫髮無傷回來，沉默地坐下。

「你的天使？」我小心翼翼發問，他的神情仍若有所思。

「嗯。」他看著球場應了一聲，左臉頰還很紅。

「很漂亮。」我到底在說什麼，黃子捷事不關己地望向他處。

「我得走了，剛才謝謝你。」他向黃子捷道謝，後者點頭微笑示意。

「掰掰。」盯著阿問落寞走遠的身影，我的心都揪在一塊了。

「帥哥走妳就嘆氣。我不算帥哥嗎？」黃子捷逗我笑，我沒心情吐槽。

「你會不會覺得我很沒用啊？」心情變得低落，起身走出籃球場。

說不出安慰的話就只能胡言亂語的我，覺得自己很討厭。

黃子捷不知道何時跟上，我抬眼看他的微笑，莫名想哭，難得他沒落井下石。

「你來找怡君？」我整理好自己的情緒。

「她約八點，還早。」我看看手錶才快六點。

「那你這麼早來？不是說不給驚喜？你還是很在乎吧。」我用手肘推推他笑著說，他也跟著我的笑一起笑呵呵：「我們去吃飯吧。」

「跟你吃飯？你該不會窮到要我請？」我忍不住吐槽。

「我請我請可以了吧？賞個光吧。」他苦笑。今天的他特別不讓人討厭。

「你沒事請我吃飯幹嘛？」手大幅擺動地走在他前方。

「犒賞妳把外套洗得很乾淨啊。」

「奇怪，你又知道我把外套洗得很乾淨了？」

「走吧，我的車停那邊！」他沒輒地笑，拉著我從左邊走去。

「我要回去拿安全帽。」我指向宿舍。

「除非妳想坐車戴安全帽，我不反對，只是會覺得很丟臉啦。」他邊笑邊拉著我走向停車處，我瞪大眼睛。

「你自己的車？」他點點頭，順勢掏出車鑰匙。原來如此：「紈褲子弟。」

「叫我啊？」他見我下意識說出內心話笑了，沒有反駁，接著幫我開了車門。

我對車沒研究，黃子捷的車是深靛色奧迪。他和他的車很相配，不得不承認他的確有他吸引人的地方。把長髮紮成馬尾，看起來玩世不恭，但又因爲五官突出，髮型反而適合他的臉型。深藍色短領毛衣加上直筒牛仔褲，及一雙半筒靴，有種特別的氣質。

回頭他發現我盯著他坐進駕駛座：「幹嘛？愛上我啦？」

「瘋子，我是在想你怎麼不去剪頭髮。」我輕拉他的馬尾。

「帥哥留什麼髮型都嘛帥！」他拉拉自己的劉海，轉頭對我笑。我白他一眼。

「我們要吃什麼？」懶得再跟他討論頭髮的問題。

「日本料理。」他邊開出停車場邊說。

「喂喂喂，我很喜歡吃日本料理耶！」我笑著說。

「什麼喂？我叫黃子捷，走吧，台北有間日本料理很好吃。」他說。台北？很遠耶！

「你不是跟怡君約八點？」我焦急地說。

「妳上賊船了。」他笑得坦率。

我的心撲通一聲掉落谷底……黃子捷不知葫蘆裡賣什麼藥，不安湧上心頭。

09

當我意識到對黃子捷說什麼都沒用的時候便不再掙扎。凝視窗外，不夜城穿著繽紛的霓虹衣裳，落寞湧上心頭。不願將自己拋進如此情緒，整理思緒時深深地嘆了口氣。

黃子捷帶我去的日本料理餐廳十分高雅，服務生與廚師訓練有素，有禮貌到像是眞的日本人。每道菜都有美麗的名字，擺盤裝飾也美。店長還會親自過來問問我們是否吃得舒適。黃子捷在別人面前應對得體，今天再一次，他不像平常我認識的他。

爲什麼黃子捷一點也不在意跟怡君的約會？他眞的愛怡君嗎？他一定知道怡君有很多男朋友，爲什麼不介意也不拆穿？我越來越不懂，越來越想發問。

「你跟怡君的約會遲到了。」我看著窗外的霓虹，想沖淡自己的罪惡感。

黃子捷並沒有馬上回桃園，反而把車開到陽明山去了。

我對於他的失約也沒有再說話。沒一會，他的手機響了，是怡君打來的，接通立刻聽見電話那一頭環境吵雜，怡君應該是在夜店。

「我現在走不開，妳先跟朋友玩。」黃子捷簡單打發怡君，怡君也沒有死纏爛打。等等，黃子捷爲了我推掉怡君的約會？爲什麼？想到這點，我回頭看向黃子捷。

車子剛好也抵達目的地。

「妳沒必要這麼生氣瞪我吧。妳那幾斤肉賣不了多少錢！」

好吧。不要多想。我不要再動腦。

我下車迎著涼風，眺望台北市夜景。霧氣有點大，隱約有神祕美感，夜景變得朦朧，如此景色之中我感受到一份踏實的安全感，心情舒暢許多。

「感冒才好別逞強。」黃子捷將一件外套披在我身上，我尷尬地點頭道謝。也許他是真的看到我今天心情不好才想帶我來走走的吧。

一個對愛不坦率的人終究是沒辦法冒險的。

我不敢正視自己的問題。只是一個莫名其妙的夜晚，我看見莫名其妙等待的阿問，等待莫名其妙的天使。是他的憂鬱吸引我？還是那份痴情等待感動我？我從來沒認真問過自己在乎什麼？連放手去揮霍的勇氣都沒有。我羨慕怡君對愛的掌控力。

「妳沒有必要勉強自己，順其自然不是很好。」黃子捷笑著說。我望著他的笑。

「謝謝。」這是我的眞心。此外無法表述更多我現在對黃子捷的感覺。有時候覺得他很討厭，有時候又覺得他挺了解我的。然後又覺得他可憐，他必須和怡君其他號男朋友一起分享怡君的愛情。可是他好像也不在乎。如果是放縱，那就不值得同情了。

黃子捷起身走向前方，抬頭仰望天空好一陣子沒說話，我凝視他的身影，不知怎地從他寬闊的臂膀仿若散發出一股濃烈的孤寂，我移不開目光。

「我會去剪頭髮。」他解下馬尾，長髮隨風飄揚：「只要妳喜歡，我就做。」

我一時無法回應，目光無法移開，只能直盯一臉笑容的他。

10

連續劇般的劇情就這麼搬進我的人生大螢幕上演，絕非我意願，但它的確發生。當晚的衝擊讓我幾天食不知味。在那之後約莫兩週，我沒再見到黃子捷。

阿問也消失得無影無蹤，我把阿問當作是一場夢，努力忘記。

我一如往常地坐在電腦前做進度吃緊的畢業製作。電話響了，不知道哪來的猶豫，我望著發瘋似狂響的電話，發呆了好一會沒想伸手接聽。

「喂？小華喔，我吳宇凡，梅芬說等會要過去妳那邊。」班上的男同學。他也住在鄉公所附近，和梅芬同組做畢業製作。

「我知道了。」

「對了，大哥說今天要去吃小籠包。」吳宇凡語速很慢，經常考驗旁人耐心，有時候和人說話也像沒在看人，更常沒來由地沉默。他是個不修邊幅的藝術家，才華洋溢，沒有俗世定義的帥氣臉龐，卻女人緣十足。在班上還有位漂亮的女朋友。

「了解，晚上一點你家門口集合。」我爬到床上結束通話。

吃宵夜是大四晚上固定聚會。與吳宇凡、大哥、幾個同學經常半夜去市區的永和豆漿聊八卦。晚上十二點，由於整晚修圖，眼力耗損得厲害，閉眼休息直到門鈴響起，沒想到是怡君，她哭得雙眼紅腫，一開門便直接拉著我爆哭，我只好帶她進房間坐坐。

「妳怎麼了？」我倒溫開水給她，她抱著我繼續哭，我輕拍她的背。

「我男朋友說要跟我分手。」她抽噎地說。總不能問是哪一個男朋友吧？只得繼續抽面紙等她自己說下去：「黃子捷不要我了。」

「你們不是挺好的……」腦袋瞬間不斷浮現黃子捷解下馬尾回眸的笑容。

「他剛才來找我，沒有理由就說要分手。」她用力地擤鼻涕。

「他現在走了？」

「我不知道，我不想聽他講，不知道怎麼辦就衝上來……」怡君哽咽。

叮咚，門鈴又響。是梅芬嗎？

我不疑有他開門，黃子捷出現在門口。

他把長髮剪掉了，臉部輪廓更明顯，與先前的他給人的印象完全不一樣。

說時遲，那時快，怡君一見黃子捷便激動揪住他哭喊不要分手。我被強迫捲進一場混戰，勾起我內心難堪的記憶，只得強裝鎮定，讓出空間。我不願再重蹈覆轍。

「怎麼回事？」梅芬看起來迷惑地現身，我迅速拿起外套抓住梅芬。

「你們好好談一談，我們出去……」我無視黃子捷的目光，連電梯都不等，拉著梅芬衝下樓，梅芬追問，我也無從說起。

好不容易撐到宵夜時間，大哥準時騎車赴約，吳宇凡也從他家出來與我們會合，我和梅芬準備搭便車去吃宵夜，說巧不巧，一輛黑色豪邁經過，在宿舍前停了下來，預感般回頭望去，那個人正好把安全帽脫下來。

那個人是阿問。沒多久女孩出現，她上前緊抱阿問，阿問溫柔回應擁抱……

腦袋不斷浮現黃子捷的目光、怡君的眼淚，以及阿問擁抱女孩的畫面。

宵夜食之無味，小籠包共感我的複雜心情，像灌湯包似的，內餡多是水分湯汁。咬一口後望著剩下的半顆出神。人生像齣被老天爺拼湊出來的鬧劇。

「妳幹嘛？圖畫不完了喔？」大哥見我不對勁。

「明天教授不是要看稿？」吳宇凡的慢語速經常讓他的說話內容變得可怕。

「呃啊……不用睡了。」我頹喪地說。

大哥載我回宿舍路上頻問我是不是趕畢製趕得太累了？有朋友眞好。即使回去可能還得收拾殘局，可此時的我只想把一切都拋開，享受大哥騎車狂飆在台三線迎來的晚風。

回到鄉公所，我沒看見阿問，心想他或許已經離開，不自覺默默鬆了口氣，直到開門發現黑色豪邁停在宿舍車庫裡，心情瞬間又微微緊繃起來。我盯著阿問的豪邁駐足良久，抬頭望向每一層樓每一個燈或亮或暗的房間，胸口空蕩蕩，不知該怎麼整理現在的心情，無論如何我希望阿問得到幸福。

踏出電梯，掏出鑰匙打開房門，空無一人，我察覺動靜，回頭見黃子捷獨自上樓。

「怡君呢？」我問。

「睡了。」他有些疲倦。

「晚安。」我累到不想再掙扎。

「我和怡君——」他想繼續說。

「你說的話我會當作開玩笑。你要玩可以，但我玩不起。」

假裝不在乎地望著他，當他是最討厭的人那般硬生生盯著，他一如往常地對我揚起笑容溫柔問候：「妳怎麼了？」像被解開通關密語，淚水不爭氣地在眼眶打轉，蔓延在我與黃子捷之間的氣氛詭異，他察覺不對勁，我先做出行動：「你回去陪怡君吧。」

回房呆坐在電腦前面，腦筋卻很空。明天老師看圖稿肯定臭罵我一頓。

今天眞是精采豐富的一天，現在我才體會到平淡是福的道理。

11

接下來一個月不是趕畢業製作，就是吃飯睡覺。怡君沒有再來找我，我也沒再看見黃子捷，最多偶爾回宿舍還是會不小心撞見怡君和其他男朋友進出的畫面。

今日天氣異常得好，下午三點下課，買罐熱奶茶再閒晃到看台看人打球，不得不說閒下來特別容易胡思亂想，人才坐下就想起阿問，拉開拉環順勢往垃圾桶一扔，力道不夠沒丟進，起身將拉環拾起再扔進垃圾桶。

「小華，打球喔？」吳宇凡拎著籃球走過來，他身後的女朋友是我們班班花，佳涵。

「就你們兩個打？」我啜一口熱奶茶。

「我高中同學要過來打球，他沒見過我女朋友。他也要帶女朋友來。」

「炫耀！但你夠資格。」我忍不住調侃，吳宇凡開心地笑了出來，搔搔自己那頭蓬鬆亂髮，還不忘伸手牽佳涵的手，好甜蜜喔。看見人家幸福，我跟著開心起來。

「吳凡！」有人喊，吳宇凡應聲回頭也喊對方：「欸阿問！」

映入眼簾的是阿問和一名女孩。

阿問也看到我了，他有些詫異但仍保持笑容：「小華？妳也在？」

從來沒想過以這種形式再次相見，我以笑容掩飾自己的錯愕，回應問話。

吳宇凡和阿問與人分組鬥牛，我和佳涵及阿問的女友坐在看台上。

「妳叫什麼名字啊？」佳涵開朗地向女孩發問，我順勢看向她。

「李若蘭。」她輕聲自我介紹。多麼詩情畫意的名字。

她穿著有腰身的短白襯衫加碎花短裙，再配黑色長靴，及腰長髮染成紅褐色，還有一雙大眼睛，是個像外國娃娃的漂亮女孩。原來阿問喜歡的女孩子長這樣啊。

「小華打不打？」吳宇凡投進一球後回頭問我。

「打啊。」我向兩位女孩點頭示意，下看台進球場，但願氣喘別復發，我也有一段時間沒喝冰冷的飲品，除了白開水，只習慣喝熱奶茶。照理有保養有差才是。

身體健康，相對球技毫無意外退步，命中率不到百分之五十。

運動促進血液循環，身心跟著輕鬆許多，梳理自己的狀態更容易些。

我們一行五人到街口冰果店，大家點冷飲，我點熱奶茶。

「妳喝熱的？」佳涵驚呼。

「氣喘不能馬上喝冷的。」若蘭接過老闆送來的木瓜牛奶，再遞給身旁的阿問。

「沒想到妳跟吳凡是大學同學。」阿問攪拌木瓜牛奶，我也沒想過你跟吳宇凡會是高中同學啊，完全想像不到的命運安排。

「聽說你們交往三年了？」吳宇凡喝一口珍珠奶茶，佳涵接手嚐味道。

「我們大一開始交往，一直沒機會帶給你看啊。」阿問語畢看一眼若蘭，兩人相視而笑，吳宇凡轉頭看著佳涵也笑了。

大家成雙成對比甜蜜，就我孤家寡人一個是不是該離席以表識趣？

回想初見阿問的情人節夜晚，我曾經默默在心底許願，希望這個捧著白百合的男孩可以獲得天使的青睞，如今親眼確認阿問得到幸福。截至目前的糾結消失殆盡。

12

我不喜歡水。我不喜歡海邊是因爲吹海風頭會痛。凝視不著邊界的海洋，經常恍惚，深不可測的力量吞噬我的感知，仿若要我走向深淵。

如果想保護自己，先做出危險的舉動。拿一盆清水來把臉埋進去數分鐘不等，直到受不了再起身，前所未有的清醒會隨著濕漉漉的髮絲和水滴告訴你怎麼做。屢試不爽。忙著活命的時候，思路會變得清楚。而我只不過在尋找活著的力量和勇氣。

「梅芬！等我！」我把車停進停車格，抬眼便看見她，我們上同一節設計管理。

梅芬駐足向我擺了擺手，我飛快停好車跟了上去。

「這麼有精神。」她上下打量我。

「滿血復活！但是肚子餓了。」我裝哀怨地捧著唱空城計的肚子。

我們先進福利社買早餐，梅芬挑麵包，我選飲料，怡君剛好走進來和我對上眼。

「梅芬早。」怡君向梅芬打招呼但沒理我，隨手拿飲料結帳離開。

「妳跟她槓上了喔？」梅芬也察覺怡君對我的態度有異。

「我哪敢。」我苦笑。

「她上次在妳房間鬧分手之後有再發生別的事嗎？」她追問，我搖搖頭。

課後，我獨自返回宿舍。

「小華？」我應聲回頭，見若蘭一臉甜甜的笑容走來：「妳也住在這裡？」

「我住五樓。」我很早就知道妳住在這裡了呀。跟若蘭說話很舒服。

「我住三樓，記得來找我玩噢。」若蘭主動拉著我的手撒嬌。

「好。」我對美女毫無抵抗能力，可以理解阿問為什麼對若蘭著迷。

「還是今天晚上我們要不要一起……等一下……」話說一半，若蘭目光示意後方，我轉身見深靛色的奧迪駛進巷內，黃子捷搖下車窗揚起笑容，我當場愣住。

「妳男朋友？」若蘭好奇發問，我還來不及反應便見怡君從另一條巷子出現，同時黃子捷向若蘭點頭示意，而怡君向我走來，直接一巴掌打上我臉頰。

怡君下手之重，我被打得踉蹌，未料下秒若蘭立刻一巴掌回敬怡君。

「妳是誰！妳敢打我！」怡君氣急敗壞地想反擊，但被黃子捷制止。

「打妳又怎樣。」若蘭瞬間變臉，我傻眼若蘭甜美模樣底下的強勢性格。

「怡君。」黃子捷語氣平靜，對待怡君的態度與過去並無不同。

「你是因為她才跟我分手的！」怡君憤恨地瞪著我，然而一旁的黃子捷無動於衷，她惱怒地抓起自己的包包，用力地往黃子捷身上一砸，隨即衝進宿舍，物品散落一地。

鬧劇結束，若蘭向我投以溫暖的笑容。

「小華，我再去五樓找妳玩，我先上去。」若蘭佯裝無事回歸日常，順勢向黃子捷示意後便逕自離開，留我和黃子捷默然以對。

黃子捷輕輕拉開我摀住紅腫臉頰的手，傾身細看。

「走開啦。」我撇頭不看他，這也才感受到一張嘴說話，臉頰便痛得要命，沒注意一個轉身黃子捷將我擁入懷中，把我抱得死緊，我奮力掙脫擁抱，與他對視。

「那個雨天，跟在妳身後的那天，妳感冒發燒表演摔倒的那個雨天，我就決定了。」

「你、你不要隨便亂決定！你到底講哪天？」

「欸妳好像經常生病，我不想讓妳一個人孤孤單單。」

「我孤單關你什麼事？你才有病！」

「嗯，有病。」他一臉誠懇地回應。我摸不透他的心思。

「騙子，你不要跟我講話！」我被他氣到語無倫次，他竟然笑了。

「走吧，我們去走走。」他拉住我的手。這傢伙到底哪來的牛鬼蛇神。

13

從被怡君打到黃子捷載我出門兜風，不過短短兩小時內發生的事。這一連串的衝擊不斷浮現在腦海裡無法驅離。窗外風景趕不上思緒，我甚至喪失自言自語的能力。

「我要回去。」我必須盡快離開黃子捷的身邊。然而，回神只見我們來到一處四面環山且放眼望去滿是稻田的地方，景緻與他處不同。

「要回去也先看看風景吧。」他拉起手煞車，淺淺一笑逕自下車。

我坐在車內，透過擋風玻璃望著黃子捷緩步向前的身影，或許沒太大關係，爲什麼在與黃子捷相處時總讓我想起過去？我不願回想的過去。我只要安安分分地就可以。

黃子捷回頭看我，沒任何催促。我下車緩步走進田梗中央，閉眼感知自然，展開雙臂正覺得放鬆，卻因失去平衡，不小心踩空直接摔進長滿雜草的田裡，發出慘叫。

雜草割傷我的手臂及臉頰，腳也扭傷，實在太丟臉。

我試圖靠一己之力爬起身，餘光瞥見黃子捷從遠方快速地衝到我眼前。

「妳沒事吧？」他焦急詢問我的狀況，伸手拉我起身，孰料我的腳踝抽痛，他無預警跟著一起摔下來。正想質問他是不是故意的，卻見他臉色蒼白地揪住胸口，嘴唇發紫。

「你怎麼了？黃子捷？」面對突如其來的情況，我緊張得不知如何是好。

「口袋有藥，藍色那罐……」他好不容易擠出幾個字。

「這個嗎？」我趕緊找出藥罐，把藥倒在他手中，讓他方便往嘴裡塞。這不是我幫忙洗外套發現的藥罐嗎？這不是維他命？我被弄糊塗了。眼前黃子捷服藥過後須要等待藥效發作，他反手遮眼躺平，沒一會側身背對我，我看不見他真正的表情。

原來，黃子捷真的有病。

我們保持靜默約二十分鐘，從一開始呼吸急促紊亂到恢復正常動靜，我起身繞到黃子捷眼前，留意他的狀態，只見他緩緩抬頭看我。他笑了。

「你嚇死我了！要不要去醫院？」我著急問。他搖搖頭，蹙眉起身。

「老毛病，只是很久沒發作，妳腳扭傷了是不是？我看看。」他想看我的腳踝。

「你有心臟病，對不對？」我禁止他轉移話題。他盯著我笑而不語。

「都是妳摔到田裡去啦，害我緊張！能不能走？我揹妳？還是妳想繼續看風景？」他佯裝無事，臉色分明依舊沒有血氣，這傢伙根本逞強。

清風吹拂，我們從對視到別開目光，陷入難得的沉默，蟲鳴鳥叫鑽進耳裡。

或許沒太大關係，不過與黃子捷相處總是讓我回想起過去。我覺得他某種程度和兩年前的我很相似，但又說不出個所以然來。悄悄地回望他的背影，我是不是正在同情他？還是緬懷兩年前不復存在的我的影子？我不知道。

「我從沒要求在他身上得到什麼……」她的眉頭微皺，扯住我衣角時還能感受到她的顫抖及莫大勇氣。只一個眼神，我就徹底輸了。

她已經消失兩年了。心底立過誓不再回想，為何又想起？曾經發生過的就不可能當作沒有，更何況是我親手毀掉別人的幸福。

「臉被草割傷了。」黃子捷出聲把我拉回現實同時伸手輕觸我臉頰的傷口，我刻意避開的速度讓他反應不及，手懸在半空中，「很痛？」他語帶歉意地關心我，明顯錯置了我的情感，可我也就順勢點點頭。

狀況解除後，我又習慣性地推開身邊我想關心和關心我的人。

我已經想不起來是什麼時候開始學會逞強的了，大概永遠沒有解脫的一天。

突如其來的勇氣不過是厭倦懦弱的反抗，終究回歸平靜。

「你沒事了嗎？別逞強，還是去醫院檢查。該回去了吧？」我知道自己說話沒表情，給予關心也吝嗇得可以。連起身伸手拉黃子捷一把，都得想著這是最後一次。

他是像我的，像那個傷了人傷了自己還不懂得回頭的我。

回到後街，晚上七點。

「爲什麼要我去找她？」黃子捷停好車，手握著方向盤，注視前面山櫻樹。

「怡君很喜歡你，你再好好跟她談一談。」

「談什麼？談戀愛啊？」

「我不知道你們想幹嘛，總之你別再讓她難過了。」

「所以這是妳的希望？妳希望我這麼做？」

「什麼意思？」我反問，誰知黃子捷露出難以言喻的淡笑。

「好，我去。」他二話不說。如果他還喜歡怡君，我會開心他的決定。

想了解他的思緒卻被他習慣的小動作吸引，譬如隨手打理自己細柔的自然鬈髮絲，譬如他穿外套的時候會略略抬頭十五度，沒注意又弄亂頭髮。

電梯到了四樓，黃子捷走出去還對我揚起一枚笑，心頭微顫，我知道自己做錯事了，我只是不想被怡君怨恨，說到底，我就是選擇明哲保身。因爲不想被傷害，所以先傷害別人，因爲不想負責，所以逃得遠遠的。

甩了甩頭，頹喪回到自己房門前，發現門口貼了張紙條：「親愛的小華，如果到家，請來三樓，我跟阿問煮了火鍋，我們一塊吃吧，嘿嘿！我們先吃等妳喔！我是若蘭。」

去嗎？當然去。我沒自信現在能一個人待著而不胡思亂想。

盥洗完畢到三樓已經九點。若蘭開門一見便要我快進去。火鍋蒸氣充斥房間。

「妳來啦？」阿問正在張羅食材，感覺好久沒見到阿問哦。

我們圍著熱呼呼的火鍋，若蘭幫我裝沙茶醬，阿問幫我挾菜肉。我活像隻闖進新婚甜蜜家庭的流浪狗。累壞的流浪狗只奢求一餐溫飽，貪一點幸福。

「妳的臉怎麼了？傷口周遭都腫起來了啊！這個要擦藥，對吧？阿問。」若蘭發現我臉頰有傷口，而阿問見若蘭翻找醫藥箱才開始留意我的傷口，一邊觀察，一邊對若蘭下指導棋：「傷口要先消毒，我記得妳有雙氧水，她的手也有受傷。」

「家裡只有紅藥水，我去買雙氧水。」若蘭性急地說。我的婉拒不被接受。

「我去吧。」阿問說。

「我順便要再買點青菜和一些東西。」若蘭穿上外套。

「什麼東西？」阿問狐疑。

「女性用品啦！」若蘭淘氣地甩門，阿問微愣，我笑了。

若蘭出門不到三十秒，我又失去言語能力，阿問順手檢視醫藥箱。

「這個迷糊蛋，這不是雙氧水嗎？」阿問拿若蘭沒輒，語氣裡盡是疼愛。

「我幫妳消毒，」阿問拿棉花棒沾雙氧水靠近我：「會痛哦，妳忍耐點。」

阿問小心翼翼地替我消毒，我側臉無語地望著熱騰騰的火鍋，動也不敢動。

14

那夜的火鍋常浮現在我眼前。爲什麼沒印象距離我三十公分不到的阿問，反而想起火鍋料在滾燙的鍋裡跳倫巴？也許是享受幸福的瞬間，眼睛盯著火鍋的關係。

一個禮拜過去，我仍時不時回味當晚的溫柔，不只阿問的，還包括若蘭的。

我喜歡若蘭，她什麼時候都優雅，半掩笑顏的靦腆吸引我的視線，是天生的藝術品。沒有任何誇大虛假，也沒必要對她逢迎諂媚，我只是單純地喜歡李若蘭這個女孩。

星期三上午陪梅芬去一趟台北，下午回長庚複診。

最近氣喘犯得緊，夜半無法入眠，只能裹著毛毯窩在電腦前修圖喝熱奶茶，累到不行便靠在床沿休息。果然不出所料，伴隨頭疼流鼻水出現開始畏寒。我發燒了。

勉強騎車到校上設計管理，連點名也是梅芬跟吳宇凡幫我處理，直接趴桌兩節課。梅芬見我快掛掉，索性要吳宇凡騎我的車，她則負責把我載回宿舍，陪我吃晚餐，確認我躺平入睡才離開。迷迷糊糊也不知道睡多久，手機響了，我艱難地接通電話，但連一個字都沒力氣說出口，只能等待對方發話。

「小華，我怡君，妳現在有沒有空下來？我等妳喔！」怡君不等回應便掛斷，還以爲她這輩子不會再理我。沒有立刻爬起來，思索怡君打這通電話來的任何理由。聽她聲音挺高興的，語調高昂，應該不會是什麼壞事。只好戴上黑色針織帽，套長袖睡衣褲和我那一千零一件的黑外套，拖著蹣跚步履下樓。像算準腳程，我正要敲門，門自動打開了。

「我今天買了乳酪蛋糕，也有買妳的！」她笑容可掬地遞出一盒蛋糕，收也不是，不收也不是，我尷尬婉拒卻被用力塞進懷裡。

「謝謝，不用特地買我的。」

「因爲要跟妳道歉才買的啊，那天是我沒搞清楚就找妳出氣，子捷說我錯怪妳了，對不起啦，那妳就大人有大量原諒我囉。」怡君雙手合十向我撒嬌，殺得我措手不及，丈二金剛摸不著頭緒之際，我無意間從半掩的門戶看見黃子捷待在怡君房內。乳酪蛋糕不過是藉口，怡君叫我下來又送禮又道歉是爲了暗示我別動黃子捷的主意。

「沒事了，我不舒服先回去。」我頭痛到無法思考，讓我安靜一下吧。「妳不跟子捷打招呼嗎？他在裡面。」怡君往身後指了指房內，我擺手示意不用。而當電梯門闔上的那一秒，我看見怡君的笑容倏地消失得無影無蹤。

倚靠電梯間牆面深感無力，有一股強烈的委屈感充斥我整個胸口。回到房間躺在床上超過兩個小時，翻來覆去怎麼也睡不著，腦海不斷浮現黃子捷待在怡君房內的樣子，像是靈魂出竅似地沒有生氣，看不見他如常的笑臉。我不喜歡怡君將黃子捷視爲所有物的態度，我不喜歡她向我示威。

落寞矗立在我眼前，像落海抓不到浮木攀附。

叮咚，門鈴響了。我按住太陽穴抑制頭疼，勉力起身去開門。

黃子捷遞給我一罐熱奶茶，揚起溫柔的笑容就出現在我眼前。

人們經常下意識利用各種方式逃避現狀以求舒適。黃子捷好像不是普通人。

「眼睛大到要掉出來啦，禮物都給了，可以進去坐坐吧？」黃子捷趁我不注意，逕自溜進我的房間，我也沒制止，放任他在我房間四處參觀。這傢伙光和我存在同一個空間，便足以造成我的生命危險了，他還若無其事地進房，從口袋掏出一罐熱奶茶。怎麼還有？

「你是不是想害我？我可不想再被打，我不會再忍耐，到時候怡君美麗的臉蛋被我抓花，你別找我算帳。」我拉開拉環啜飲熱奶茶。黃子捷噗嗤笑出聲來。

「放心啦！怡君不知道我來。」他知道我處於警戒狀態。

「幹嘛跟我解釋？我跟你非親非故，你要找女人去別的地方找。」我不知怎地把從怡君那裡累積來的怨氣發洩在黃子捷身上，但黃子捷如常淡然。

「發燒了？」他想碰觸我乾裂的嘴唇，我趕緊喝奶茶避開他的關心。

「知道還不快走，小心傳染給你。」刻意拉開我們之間的距離，我倚靠窗櫺吹風。

黃子捷好像對生病很敏感，單純觀察面色便能知道對方的身體狀況。

入夜天冷，月光美。我望向靛藍色的夜空，星光寥寥也是難能可貴。

黃子捷冷不防走近替我披上外套，我轉頭看他，心想這個人是從什麼時候開始出現在我的生活裡，還沒有經過我的允許。

「你跟怡君……爲什麼，我是說……」我還沒釐清自己的思緒，導致語不成句。

黃子捷不太提他和怡君的事，不只是怡君，有時候我也想黃子捷是不是正在肆意揮霍自己的青春？和誰在一起都無所謂？又或是有其他想法？

「不知道爲什麼而活，不知道該怎麼活，好像什麼都無法捉摸。」他天外飛來的感嘆正好呼應我的思緒。我轉頭看他，他面向窗外目光放遠，接著補充：「我試著追求過自己想要的生活，到頭來感覺我擁有的一切都不正當……終究還是得順其自然，所以啊，選擇放棄也沒什麼不好，不是嗎？」他手扶窗櫺，喝熱奶茶像灌高粱。原來在黃子捷樂觀開朗外表之下隱匿如此悲觀的想法，難道是因爲他的病嗎？

「怡君知道你有心臟病嗎？」我輕聲地問。他搖了搖頭。

黃子捷將空罐丟進垃圾桶，順手抱起一隻絨毛熊玩偶往我的床沿一坐，孩子氣地任意擺弄玩偶的手腳，最後把玩偶擺在枕頭旁邊，示意讓玩偶陪伴我，我走近幫忙把床上的書及雜物清開，讓他擺正玩偶，他憐惜地摸了摸玩偶，面帶微笑地說：「要不然，妳成爲我生活的目標，我會努力拚一拚，如何？」

何……什麼？拚什麼啊？

黃子捷一本正經的態度嚇得我又直接拉開距離。

我背靠窗櫺，身後不斷灌涼風，即便如此也無法消化眼前的緊張尷尬。

黃子捷盯著我沒說話，沒一會，他起身走近我，我退無可退瞬間慌張，突然間，啪的一聲，黃子捷伸手關上我身後的窗，我順勢趕緊把飲料空罐丟進垃圾桶，心跳超過八百下。

「妳沒說話是答應了喔？」黃子捷笑嘻嘻地說。我今天老是被耍著玩。

「想得美！你等下輩子再說！」惱怒促使我氣力滿點地推黃子捷出門。莫名其妙油腔滑調嘻皮笑臉故弄玄虛的無聊男子！危險人物！回頭倚靠門板喘息，看見他的外套還披在椅上，再次開門將外套扔給他。

是我的錯覺嗎？他的面色變得蒼白，和剛才喝熱奶茶那張紅潤的臉比較起來，真的沒什麼血色。甚至他本來背對我時一手似乎揪住胸口，回頭的笑容也不自然。

「哎呀小姐，對我好一點嘛，這麼凶，小心嫁不出去。」他走進電梯站定，面向著我苦笑，語畢門剛好關上。雖然他的語氣像開玩笑，我還是站在門口愣了好一會。

突然覺得黃子捷是那一種會把嚴重的事情說得滑頭清淡的人。

我站在窗邊看著黃子捷走在泥濘的路上，他被白色路燈映著的黑色身影，有一股孤寂向外不停擴張。深靛色的奧迪是他的保護色，驅車離去的速度讓人感受不到他的脆弱。

回躺在床上，側身望著略滿的垃圾桶裡，兩罐輕靠在一塊的熱奶茶。

15

像金盆洗手的暴走族，過去的事早已無人過問，當然，也是因爲我自己逃得遠遠的，親近的好友包括梅芬都不曉得兩年前在我身上發生的事。我像一球紙團垃圾蜷縮教室角落，存在感極低，教授不記得有我這個學生，我也自暴自棄地不在乎別人如何看待我這個人。而梅芬就在我最頹喪的時候向我伸出援手，活潑開朗的她主動邀我做同組作業，與我同進同退，舉凡吃喝玩樂樣樣算我一份。原來還有人注意到我的存在。

「妳戴的項鍊墜飾該不會是……」前陣子發現梅芬戴的項鍊墜飾像一枚銀戒。

「對啊，是戒指。」梅芬將項鍊從胸間抽出，讓我確認墜飾是枚定情戒指，梅芬觸摸銀戒指的神情感覺幸福滿溢。

我不知道梅芬有男朋友，兩人甚至已經交往一年多。

沒有刻意向我提是因爲當時的我還沒走出陰霾。雖然不知道我發生什麼事，但多少也有些感覺，她不希望自己在幸福的時候讓可能遭受情變的我觸動傷痛，索性先不說。聽到她說「可能遭受情變的我」，我不自覺地瞳孔撐大，低頭吃一大口麵。

幾乎不知道該用什麼反應去想起那件事，如果沒人提起。

年前跟梅芬打賭曠課數，曠多者贏，賭注是窮學生吃不起的金星港式飲茶。

正所謂情場失意，賭場得意，我拗到了一頓好料。明天就是滿心期待大快朵頤的好日子，梅芬約我下午吃飲茶，還要介紹她男朋友讓我認識。

翌日，我盤算結束上午回診便能即時抵達金星，孰料看診細心又謹慎的醫師叨叨絮絮許久，我不時偷瞄手錶確認時間，眼見和梅芬的約會快要遲到——

「有約會啊？好啦！放妳一馬，回診記得帶驗痰罐！」醫師察覺我的躁動。

「謝謝醫生！」我禮貌退出診間，以最快速度完成批價領藥。

醫院人潮多到不像話。

從林口回桃園還需要三十分鐘。

「梅芬！我剛出醫院，現在過去！」我左手提背包，左肩夾手機，右手摸口袋找不到鑰匙，手忙腳亂翻找背包。

「別緊張啦！我跟我男友先點，妳騎車小心！來就送妳好康！」電話另一頭的梅芬聽起來心情很好。和梅芬聯絡上放心許多，我收好藥袋和檢驗塑膠罐，塞回被我拖出來曬太陽的口袋底襯，手機放進外套內袋，鑰匙也在背包底部找到。

距離約定時間遲到超過半小時，我還是過意不去，騎車一路橫衝直撞。

我討厭遲到，因爲以前經常被放鴿子。

「等待」讓人焦慮，「等不到」讓人莫名虛脫，我三步併作兩步趕到金星。舊遠東二樓。我站在裝潢氣派高級的金星門口，調整呼吸節奏，服務生制服筆挺，果然不是窮學生吃得起的餐廳，下意識掏了掏口袋裡的錢，擔心進得去出不來。用手梳理頭髮，服務生見我進門便立刻上前迎賓。

「小姐，請問一位嗎？」女服務生親切地詢問。

「我朋友先來，我進去看看！」放眼望去幾乎客滿，沒想到平日用餐也這麼多人？環視四周定睛發現梅芬，她依偎身旁的陌生男孩，餘光看見我，向我揮手。

「抱歉，醫生話多，路遠，車位又難找……」我邊入座邊解釋情況。

「點東西吃吧，菜單！」梅芬遞菜單給我，我眼神示意，開口：「這位先生是——」

眼前的這位陽光男孩有種即便不認識，但路上看見也會知道他是梅芬男朋友的感覺，髮質粗黑，膚質好，身穿紅色棉衫連帽，米白色褲子及一雙喬丹五代。

「小華妳好！我是張毅東。叫毅東就好。久仰大名。」我看著毅東眼角明顯的笑紋。

「不錯！我很滿意！」我邊吃鮮蝦河粉邊小聲跟梅芬說，梅芬露出甜美笑容，我也跟著笑，順勢追問：「妳有什麼好康要送我？」用筷子切開另一盤臘味蘿蔔糕嚐一口。

「給妳相親啊！毅東唸輔大的朋友也來了。」梅芬神祕兮兮地。

「隱形人喔？」我環顧四周沒見著人，服務生剛好送來一籠蟹黃燒賣。

「去廁所了啦，什麼隱形人！」梅芬沒好氣地說，毅東忍不住笑了，隨即看見我身後有人走過來：「終於出來了。紹強！你是去哪裡的廁所啊？」

「幾乎不知道該用什麼反應去想起那檔子事，如果沒有人提起的話……」這句話一剎那不斷不斷地重複在我腦海裡，揮之不去。

回頭一看，時間、空間就在這一刻停住了……

我看見深埋在心魔的相關人物，而這一次不可能不提。

「永遠不提」是我的奢望罷了。

16

從金星回來後，我待在電腦前少說兩小時，整晚無法專心做畢業製作，一張簡單插圖的框線我都拉不好。腰痠背痛地起身走近窗邊，乾脆出門散步，順便去多原體買水彩紙。

一如往常，我先到7-11買熱奶茶，再緩步走到鄉公所長椅坐下。

三月還是有涼意，熱奶茶只能溫暖雙手和喉頭，我拉起我那一千零一件黑外套的破拉鍊，刻意讓涼風吹熄我腦袋轉不停的金星事件。

紹強沒有說破我和他是舊識，我也沒表明，白讓梅芬跟毅東替我們介紹彼此。大概是把我的靜默看作不排斥，梅芬在聚餐結束的時候要求紹強陪我回家。與眾人揮別後，我們並肩站在騎樓沉默好一陣子。

「妳過得還好嗎？」他笑著回頭看我說。

我下意識扯住背包的帶子微微點頭，沒多說話。

「我也過得很好，不過……紹平就沒我過得好了。」

紹強知道我介意的是紹平，他哥哥的近況，主動開了口。我愣了一下把視線放向前方賣飾品的流動攤販，掩飾不安。紹平，他是我截至目前人生唯一的勇敢冒險。經歷一次就被嚇壞，冒險不如想像中有趣，建築在別人的痛苦上更不該。

「小茹呢？」除了紹平，那場冒險裡被傷害得最深的女孩，她好嗎？

紹強欲言又止，走向附近的攤販，試戴一枚貓眼戒指：「這戒指滿好看的。」

「你的手掌大、手指長，很適合你。」他二話不說直接買下。

一個背轉身，紹強彷彿京劇變臉變成嚴肅大黑臉，盯著手中的貓眼戒指思索，接著駐足緩緩開口：「她住進療養院了。」聞言我錯愕地望向紹強。

熱奶茶灑了，手一陣溫熱把我的思緒抽回。

小花狗搖著尾巴走到我前面，我的情緒無法平復，含淚摸摸天真的小花狗。有道長長人影走到我前方，隨即聽見熟悉的說話聲音：「妳真的很喜歡喝熱奶茶？」抬眼看見阿問手中也拿著一罐熱奶茶，他溫柔地笑著，出現在我眼前。

「被妳傳染了，晚上來鄉公所散步都要買熱奶茶喝。」阿問應該看得出我在難過，路燈讓我的哭相無所遁形。他沒問我怎麼了，只是靜靜地坐在我身邊，偶爾喝熱奶茶，偶爾摸摸小花狗。阿問身上散發著濃厚安全感的香味，我的不安漸漸不見蹤影。

「若蘭呢？」整理好情緒回頭問他。

「打工去了，十一點才回來。」他笑著說。

搓搓手中的熱奶茶，聽著阿問沉穩的聲音在說話。記憶是可以被現在式覆蓋的，傷痛是可以被溫柔撫平的，誰都能暫時被拯救。抓緊一根不屬於我的浮木好像開始有點不知足，苦笑的表情被阿問發現，他那雙天生憂鬱的眼睛帶著淺笑說：「妳讓我喜歡上熱奶茶的甜味，我以爲妳也是喝到甜的熱奶茶。」

每一句話對我來說都是一個驚喜、一個禮物。

我不知道阿問有沒有發現我的瞳孔微微放大，下意識想掩飾的情緒，我起身將空罐丟進垃圾桶笑著說：「我要去多原體買水彩紙，你要先上去等若蘭嗎？」

「妳要走路？我陪妳去買。」阿問留意手錶時間，把空罐扔進垃圾桶，跟上我的步伐。

我們並肩而行。阿問不知道即使一個跟上的腳步都會震得我天搖地動。

也許習慣孤單是自找罪受的認命，也許逞強是矜持過頭的表現。

從兩年前直到今天下午爲止，雖然快被生命中「再發生」的記憶覆蓋傷痛，但我知道沒有眞正結束。緊抓住快失控的感情，叮嚀自己不再愛了，特別是傷人的愛。

「妳很堅強。」往多原體羊腸小徑的第四根白色路燈柱下，高過我一顆頭的阿問低頭對我說。路燈從他的髮梢透下一種迷濛，我以爲看到天使，不了解人類卻想安慰人類的天使。

我承認黃子捷很清楚我的心思，和他在一起時總是被他戳破我以爲堅固的堡壘，歇斯底里地想要逃開。被看穿脆弱、被拆穿虛僞的心是倔強的惡魔，不肯承認失敗。我害怕黃子捷看到眞實的我。怕他看穿我只不過是個愛自己比愛別人多的自私鬼。

而面對阿問，是他要我堅信自己愛的人是天使，那種絕對包容的神情是我揮不去的留戀。恍惚間察覺一絲線索，莫非我從阿問身上感受到的那股安全感其實是一種錯覺？因爲我知道阿問不了解我，他眼裡心裡都是若蘭，所以他看不透我，所以我才能如此安心地面對阿問。我眞的好自以爲是。

阿問像稱讚似地說我堅強的柔聲細語，讓我報以淺笑。

「很高興你跟你的天使在一塊了。」我扯開自己的話題。

「假如惡魔不再出現就更好了。」他們之間的問題我沒能知道。我拍拍阿問的肩膀以示精神鼓勵。他需要的不是任何策略，而是一種走下去的堅持。誰都比我勇敢。

「事情總是要面對，該要好好結束也行，不要逃避吧？」阿問才是堅強的人，當他說出這句話的時候，我強烈感覺到自己是多麼的懦弱，心神瞬間被撞擊得老遠。

回到宿舍，將畫紙一丟就癱到床上翻來覆去地思索著。我很想做些什麼，爲兩年前自己任意逃開而留下的傷疤贖點罪，也許找除疤膏來好好整復一番。

拿起電話撥了出去，屏住呼吸兩、三秒後聽到另一邊傳來回應。我鼓起莫大的勇氣說：「紹強嗎？我是小華。我想去看小茹。」

我想我必須撥開傷口好好地檢視一番，即便明知痛楚難耐。

17

紹強給我一間龍潭療養院的地址。週末我要收拾拼湊碎裂的回憶，感傷的痛苦的掙扎的都要收集。如果不能徹底根除心病，一輩子都會被禁錮。

手拿解藥時中毒總不會太慌亂。接下來我沒有罣礙，忙碌連夜趕工畢業製作。

「誰？來了！」我一邊奮戰畢製一邊喝熱奶茶，聽見有人敲門，穿著紅碎花短睡褲跟灰色連帽衛衣，凌晨一點半邋遢開門。

「哈囉小華！」若蘭穿著鵝黃色連身洋裝出現在我面前。

每次看見若蘭亮麗迷人的樣子，我習慣性自取其辱低頭確認自己的蠢樣。

她古靈精怪，目光有神，調皮地遞出藏在身後的一盒小蛋糕給我，接著便手舞足蹈地直接脫鞋進我房間。可以如此清楚敘述若蘭是因爲我全程發愣盯著她。我對她心服口服，不自覺地像個男孩般欣賞眼前若蘭的美，她的確是無法讓人抗拒的美女。但是，我心中對若蘭也有許多疑惑，譬如她爲什麼總是讓阿問苦心等待？上回球場那輛黑色跑車的主人是誰？宵夜那晚我看見的擁抱是什麼？又是爲什麼這個時間來找我？

她是個有故事的人。我不會編故事，無從了解她，只能或沉默或聆聽或觀察。

拿出馬克杯想沖熱奶茶給她喝，她卻說想喝冰柳橙汁。

拉開冰箱努力翻找有沒有果汁，我已經好久不曾喝過冷飲了。

「這麼晚還不睡？出去狂歡？我只有冰開水。」我終於翻出一罐葡萄柚汁，但是好像過期了，絕對不行讓若蘭喝到過期飲料。

「來看看妳呀！想跟妳聊天！」她笑著說，像隻對我歌唱的夜鶯，我不知如何回應。

「在忙嗎？妳看起來好累。」若蘭喝一口開水，杯緣沾上明亮色的口紅印。

「我在做畢業製作，做不完不能畢業！有點趕。」我把剛泡的熱奶茶端過來，坐在離若蘭右邊約一公尺的地方。

「這樣啊！妳喜歡喝熱奶茶喔？」若蘭問了和阿問一樣的問題。

「就習慣喝。兩年前我把身體弄得很爛，一直生病。醫生警告不能再喝冷飲。」我苦笑回想當時糟糕的身體，順口享受熱奶茶的香醇。

「所以妳是『習慣』喝而不是『喜歡』喝？我喜歡嘗試不同的果汁飲料，嘗鮮嘛。」若蘭打開蛋糕盒，遞一塊乳酪蛋糕到我前面。我從來沒想過自己究竟是習慣還是喜歡。

「習慣也沒什麼不好啊！我想妳一定是『習慣』等待。」若蘭俏皮地說。

「習慣等待？」真是被搞糊塗了。

「等待妳的熱奶茶出現啊，或者妳是一杯等待的熱奶茶。」若蘭的說辭頗有禪意。

「妳好像詩人喔。」我拿起桌上的乳酪蛋糕咬一口。

「不知道爲什麼啊。阿問最近也開始喜歡喝熱奶茶了，其他都不怎麼喝了，要不就只喝熱開水。害我買一堆奶茶粉跟罐裝奶茶。我眞討厭喝熱的！你們一樣怪！」阿問說過，以爲安慰我才這麼說，沒想到是眞的。阿問爲什麼也戀上熱奶茶呢？開始「習慣」或是「喜歡」？喜歡不斷嘗試和冒險的若蘭能夠忍受只喝熱奶茶的阿問嗎？

「是嗎？」我心虛地說。

「那天開車來找妳的『男的』朋友也喜歡喝才是囉。」若蘭指的是黃子捷，聽她把「男的」提高聲調就知道她誤會了，我極力撇清跟黃子捷的關係。談話內容被若蘭牽著鼻子走，不過黃子捷每次出現總有熱奶茶相伴，難道黃子捷也愛喝熱奶茶嗎？我都沒仔細想過……不，別再談熱奶茶了啦！

隨口回應一句不清楚，再補一句不知道，若蘭沒有窮追猛打，反倒隨我扯開話題，聊了很多她跟阿問剛認識的情景跟甜蜜，但刻意不去提起她和阿問的問題。我也識相不問。

若蘭走後，我坐在房間裡，出神地望著桌上那杯已經不是很熱的熱奶茶。很久很久很久。

18

昨夜窗戶忘了關，晨風直撲撲在我的臉上塗鴉，睜開睡不飽的眼睛，多兩串黑輪，陽光灑在巧拼的溫熱讓我沒有起床氣。坐起身呆望著陽光射入光譜裡明顯的浮游生物。這一望要花十幾分鐘才能移開視線，我發神經似地看能不能數出有多少隻浮游生物？

隨手拿起床邊的鬧鐘，七點二十分三十六秒。

今天要去龍潭看小茹。

白色七分袖襯衫加上藍色牛仔長褲，深紅色皮外套配破球鞋，這是我穿過最正式的衣服。還記得有一天心血來潮穿襯衫去上課，吳宇凡一直問我要去哪？幹嘛穿這麼正式？他是以我個人穿衣標準評斷，要是佳涵就不稀奇，他還會問佳涵是不是要去菜市場買菜。

拿了紹強給的地址，準備出門……等等……昨天半夜我好像迷迷糊糊間下樓借人鑰匙，我把車子借給吳宇凡跟佳涵出門踏青！竟然趁我不夠清醒跟我借車。這下可好，回望宿舍三樓的房間想跟若蘭借車又覺得不妥，她是標準的夜貓子，這麼早肯定吵到她，要是阿問也在更尷尬。我不想看見阿問來應門，提醒我昨晚這裡可能上演限制級劇情。當然，另一方面也不想讓人知道我要去龍潭看小茹，任何人都不想。

站在門口想辦法時，深靛色奧迪從左側山櫻樹下那頭巷子駛進來。

好一陣子沒見到他，為什麼現在突然出現？

像被點穴似的，眼睛移不開他駕駛座的車窗，還是趕緊離開。佯裝無事決定從後街走到省道搭公車去龍潭，聽見身後車門被打開又關上的聲音，如果是黃子捷，那也是來找怡君，才這麼想就被拍住肩膀，我抓緊背包，怯懦轉身確認，眞的是黃子捷。

將近一個月沒見到他。頭髮已經長長。穿著藍色套頭連帽的棉衫、象牙白長褲，和比我白上五倍的球鞋。我打量他的一切。他一向清爽乾淨，無從挑剔。只不過他明顯變瘦，臉色蒼白。是因爲陽光照在他臉上的關係嗎？

「幹嘛盯著我看？愛上我啦？」他露出如常的笑容。

「臭美。」我連忙回神別過頭，還是惹人厭。

「一樣凶。去哪？我送妳去吧！」他走到我身邊。

他的呼吸有一點不規律。我有氣喘，對呼吸這種生理體徵特別敏感。

「沒、沒有啊，只是去散心。」不想被黃子捷知道我要去龍潭。

「車子被騎走，妳要怎麼散心啊？」黃子捷把我手中背包拿走，拎高高，不還我。

「我不是要去玩，我要去看一個住在龍潭的朋友。」我據實以告。

「生病了？」他靜下來問，我不會解釋只得點頭。

「那我載妳，妳一個人我不放心。」他拉我走回奧迪，讓我坐進前座。要是眞的被他知道小茹的事，讓他死心也好。

「你還好吧？臉色不是很好看。」我望著前方，假裝不經意地說。

「沒事啊！我有撲粉的習慣！今天撲太多了。」他笑著胡說八道，明明那張臉乾淨得連鬍碴都沒有。看他還能嘻皮笑臉，狀況應該不算太差。

撇開黃子捷的部分不談。現在要去看小茹，我心裡緊張得半死。

聽到「療養院」總覺得難受，如果當初，早知道她個性如此極端，我不會愛得義無反顧。如果當初，我早知道她和紹平不只是青梅竹馬般的家人，不只是紹平口中單純的鄰居妹妹，如果早知道她愛他，我不會傷害她。到最後，我簡直倉皇而逃，我和紹平，我們之間因爲小茹的自殺未遂而草草結束。至此，我不知道後來究竟發生什麼事，甚至不知道小茹被送進療養院。我以爲他們從此過著幸福快樂的日子。

「妳不跟我吵嘴好奇怪哦，龍潭到了，地址是？」黃子捷笑問，我趕緊拿出紙條唸了遍地址，他聽後隨即嫻熟地將車切換到另一條道路，神情與平日略顯不同，我好奇地盯著他。

「妳沒事盯著我看，我會緊張。」他將視線放在前方突然羞赧，害得我笑出來。

車子駛進一條兩旁都是林間的道路，幾分鐘又豁然開闊地出現一片稻田，遠遠看見獨棟建築，有院子和水池、寺廟飛簷、佛堂，及簡易遊樂器材。

黃子捷將車子停在療養院門外，我望著療養院裡四處走動的病患，每一位都穿著白色的病服，也看到許多類似護理師和家屬的人攙扶他們或蹲或坐在石椅上。

「陪妳進去？」黃子捷一定有許多疑惑，但他什麼都沒問。

「沒關係，我自己可以，今天謝謝你載我來。」我鼓起勇氣下車。

我走近療養院警衛室打聽小茹。

「妳是小茹的？」一位中年婦女過來招呼我。

「我是她的朋友。」其實不是。

「我是負責照顧小茹的看護。小茹在後院，我帶妳過去！」我微笑點頭，跟著她往後院前進，我回頭看一眼門口的奧迪，黃子捷倚靠車門如常微笑。他還沒走。

「這邊。」看護對我喊道，我應了一聲，回頭跟上。

通往後院的路途穿越複雜長廊，環顧四周很多人不是呆坐，就是散步、聊天或玩遊戲。

「小茹在那裡盪鞦韆，她怎麼一個人？剛才不是……」沒等看護說完便上前，小茹的及腰長髮不見了，現在是標準學生頭。我慢慢地走到能看清楚她的地方駐足。

「我可以飛得很高喔！飛得很高喔！」小茹自言自語，沉浸在自己的世界裡。

本來想找看護問情況卻找不著，迷茫之際再度聽見看護說話的聲音，回頭看見她和一個陌生又熟悉的身影交談，陽光忽然溫熱到刺眼。迎面而來的是，紹平。

19

兩年沒聽過紹平的聲音了，一下子有種想哭的衝動，更何況是活生生的他隔著小茹晃盪的鞦韆注視著我。時空靜止應該有十秒鐘，雖然感受到靜止的可能只有我跟紹平。尷尬僵硬的顏面肌肉神經全部攤在紹平的前面，連微微抽動的能力都喪失了。

當我滿腦子思索該怎麼面對紹平，小茹停下鞦韆盯著我目不轉睛……

「她不記得妳了。」紹平走近小茹身邊憐惜地看著她，小茹對紹平露出笑容。他們就像是一對完美戀人。

「我帶小茹進去吃藥。」看護攙扶小茹，紹平回頭對我說：「妳等我一下。」

看著他們三人緩步離去的背影，我不自覺地抽離現實。

紹平穿著藍白格子襯衫，雙袖整齊地翻摺到手肘的地方；牛仔褲顏色不知是刻意被刷白，或是洗久穿久的結果，他是個念舊的人。襯衫沒有完全塞進牛仔褲裡也沒有完全外放，隨性也舒服。髮不算長，黑不溜丟地隨風飄著，清爽又不失瀟灑。

他的話不多，以前要知道他的喜怒哀樂得從眼神觀察端倪。是啊，紹平擁有一雙會說話的眼睛，不經意地一個回眸、仰望、遲疑都充滿故事。突然懷疑自己關注阿問的憂鬱眼神是不是和紹平有關？始終我還是在追尋那雙眸背後藏匿的心事。

「娃娃跑去哪裡了？爺爺買糖給妳吃！」突然有個約莫八十歲的老爺爺拉住我的手。

「我不是娃娃！老爺爺！」老爺爺硬拉我去鞦韆旁一排石椅坐下，老爺爺一邊和煦地笑著，一邊從口袋左掏右掏地找東西。

望著老爺爺找不著糖果的焦慮神情，沒來由的心軟又浮現。

「我不吃糖果啦！找不到沒關係。」我細聲安撫，沒想到爺爺開始捶胸頓足。

「我沒有糖果給娃娃吃！沒有糖果給娃娃吃！」這下糟糕，我該怎麼安撫老爺爺？

「阿順爺爺的糖果忘在餐桌上了。」紹平出現，遞給老爺爺三顆情人糖。

「我的糖果！娃娃？妳又去哪裡啊？」老爺爺緊抓糖果，重新尋找他的娃娃。

紹平順勢往石椅一坐，我望著四處尋親的老爺爺也坐了下來，然而這一坐發現自己開始不知所措，心情又開始忐忑，如同前方擺盪不定的鞦韆。

「小茹住進來多久了？」我打破沉默，眼光還只能放在前方。

「一年多了……那之後就開始不太好。」他是指小茹自殺未遂的事情。

那天是紹平約好與我見面的日子，我等了很久，他沒有出現，好不容易聯絡上，竟得知小茹自殺。當時聽說小茹喝很多酒又呑很多安眠藥，她在手腕劃出一道很深的傷口。

我趕赴急診探視，目睹紹平跪在病床前緊抱住她，頓時無法再向前走，只能原地駐足。

再後來，小茹媽媽衝過來醫院揍罵紹平，紹平任由小茹媽媽打罵但堅持不離開。

「我會照顧小茹，我不會離開她。」紹平堅定地說。

之後紹平每天都去陪小茹說話，每天每天。

我其實知道當初我逃走的眞正原因。是的，我知道。我倉皇逃離並不是因爲紹平最後選擇小茹，而是他當時堅定表態的神情，那神情彷彿直接否定我們之間存在的一切，我們是錯誤，我完全接收到這樣的情緒反應跟答案，也覺得自己錯得離譜。

小茹醒來後第一個要求是跟我說話，紹平也待在旁邊。

「我從來沒有要求在他身上得到什麼，只是活著看你們在一塊太痛苦……」她撐著微弱氣力說。

「妳要好好地休養，要很幸福，好不好？」我握著她的手，她含淚點頭。

「終於讓你正眼看著我……痛苦很值得……」紹平上前，雙手緊握小茹。

小茹慘白的臉和刺痛人的話不再讓紹平覺得難堪，他什麼話都沒有說，輕輕地將唇貼在小茹的額頭上許久。我注視紹平給小茹彷彿承諾的一吻，悄悄退出病房。

此後，我沒有再出現他們的眼前。

有太多複雜情況在我腦袋不斷反覆重現，而我早已不願再憶起。到底是誰對不起誰，好像早已被時間吹蝕得差不多，不再重要。

「只是不想再打擾妳，況且小茹……」紹平淡淡地說，小茹怕我搶走她的最愛。

我明白紹平的顧慮。我拉拉手中環抱著的背包，攤開雙手才發現汗水淋漓。紹平與我並肩往前院走過去。我盡說無關緊要的話，他則一路沉默。

紹平幫附近玩遊戲的病人撿起玩具的同時，紹平忽然沒來由地開口：「抱歉。」接著緩緩回頭看著我。這句抱歉太珍貴、太多涵義，他要表達的我都懂了。我對上他的眼睛時，就再也鎮壓不住埋藏在心底的魔，差點失去控制想要擁抱他。我依然走不開。

努力壓抑自己衝動情緒的同時，眼前一道人影忽然出現——

20

「妳進去這麼久，我以爲妳……嗯？」話還沒講完，黃子捷一眼對上紹平，他習慣性地微笑點頭，同時紹平不發一語地轉頭看我。我沒立場要急著向紹平解釋黃子捷的身分，我也沒立場向黃子捷解釋紹平的身分。

「我以爲你走了。」我說。這是什麼場面。

「走去哪？我是去停車——嗨你好，我是司機老黃，黃子捷。小華的機車被妖怪騎走了，她苦苦哀求我才載她來。」黃子捷泰然地向紹平伸手示好。

「陳紹平。」紹平順勢輕握一下黃子捷的手回應。

訝異黃子捷介紹自己出場的方式，像個大孩子般調皮。我抬眼見他的髮絲透著陽光散發一股率性灑脫，儘管不知道來龍去脈也無礙他的進退應對，玩笑間消弭紹平眉宇明顯透露出來的困惑，他不想讓我陷入兩難，頂多口頭故意佔我一點便宜。貼心又可惡的傢伙，我無話可說地盯著他。

「就是這位朋友嗎？」黃子捷微笑地看向紹平。

「什麼？」我睜大眼示意他不要亂講話。

「妳朋友？」紹平問我，他的目光盯得我很不自在。

「司機。」我簡短回應。黃子捷聽到我這麼說，無聲地笑開。我忍不住瞪他。

忽然間，療養院裡有人在喊叫！我們的眼光都落在跑出來找紹平的看護。

沒等看護說話，紹平已衝進療養院的餐廳，小茹在那裡。我和黃子捷也跟了進去。

療養院的餐廳約五、六十坪，像軍教片中的長木桌椅，排列得整整齊齊。

早飯時間已過，餐廳裡的病人和看護寥寥，進門就看到大家面面相覷。靠近講台的前方，有道人影畏縮著身子、躲在角落，喃喃自語。幾株盆栽翻倒，我們隨著紹平一步步走近，看見木桌椅上被打翻的草莓、番茄，以及地上踐踏成醬汁的橘紅色液體。

「血、血……血，我流血了。」小茹全身的白衣服不規則地染上橘紅，不只是臉，連四肢都沾滿揉碎的番茄和草莓，用力撥弄亂髮，看到眼前的景象我幾乎要哭出來。

「小茹？來，我是紹平。」紹平往前蹲在小茹前方，輕輕地伸出手想握住她的手，小茹卻驚嚇似地亂抓想逃跑，認不得人。

看護一邊急忙跑到右側，想堵住小茹的去路，一邊不斷地解說。

剛才吃藥的時候，隔壁的病患拿水果邊吃邊玩，不小心捏碎一顆草莓後覺得好玩，又不斷捏碎其他顆草莓和番茄，還越來越興奮，小茹見狀便上前把齜牙咧嘴的人推開，手上沾到汁液而驚慌地揮翻水果籃，跌坐在地上，不斷大叫流血。

我跟黃子捷聽得很清楚，紹平卻半點都沒聽進去。

也許是急了，紹平一把抱住亂抓亂揮拳的小茹。小茹在他臉上留下幾道抓痕，他眉頭沒皺過一下，就只是輕輕撫拍小茹的背，溫柔地說：「乖乖，沒事了。」

「紹平、紹平……」小茹認出緊抱自己的是紹平，聲音越來越小，被安撫下來。

我是震撼的，我們都已經不是兩年前的自己，什麼都不一樣了。

這一次看見過往一切所起的化學作用。除了好好揮手說再見，什麼也不能做。

既然錯過就不能回頭，我已經走得好遠。

黃子捷將雙手輕搭在我的肩頭上，像是在安撫我的情緒。不解地回頭仰望他沉默的溫柔，再看看自己的雙臂，原來我一直在發抖。讓我發抖的是紹平跟小茹的世界遠超過我的想像。沉默卻滿是善良心思的紹平不可能離開小茹。我同情小茹。對於一個愛得發狂的人，我是絕對敬佩的。至少我沒有這麼大勇氣去愛，我很容易放棄，非常容易。

紹平安撫小茹入睡後，送我和黃子捷到療養院門口。

「你們先聊一會，我把車開過來。」黃子捷留下紹平跟我。

紹平定定地看著我沒有說話。這是最後一次，我也想好好看看他，好好跟他道別。傷口泛出血就盯著傷口，這樣我會記得小茹的存在。這個時候，紹平將我擁入懷中。

沒有掙扎地閉上眼睛，忍住淚水，回抱住他。這一抱花了我多少力氣？平常光是支撐我那顆搖搖欲墜的心就很不容易了。輕輕和紹平分開，淚眼迷濛地抬頭想告訴他我會很好，卻怎麼也說不出來，只能努力地微笑，他懂我的意思。

「妳很堅強，小茹不能沒有我。」紹平緩緩說出這句話。阿問也說過。妳很堅強。我因爲無從回應而苦笑，反正沒有繼續深究的必要。而他見我笑也回以一抹笑。

「再見。」我已經沒有遺憾。

我不再留戀地轉身往大門方向走去，深靛色奧迪隔著欄杆鐵門早已停在外頭。

21

我不知道一個轉身能忘掉多少往事，能捨去多少身影，但即便知道舊疾即將復發，也要勇敢。如果一個擁抱是對我心懷愧疚的補償，即便那根刺會貫穿心臟讓我死去，我仍會緊緊抱住。悄悄回身時，眼前轉移的景色像是被設定成慢動作，我和你就到這裡爲止了。

紹平應該是站在我身後目送我離去的吧，他應該是雙手插在口袋，雙肩微挺，一往如昔地深鎖眉頭。我沒有回頭證實，讓臆測成全我的想像。

打從坐進黃子捷的車後，他除了給我一枚微笑，就不再說什麼了。

他開車平平穩穩的，很舒適。曾經說過自己不是很了解黃子捷這個人，只覺得他在某一程度上相似於我而已。他的喜怒哀樂控制得非常好，倒不是平淡地像杯白開水那樣無趣或沒表情，應該說我沒有看過他大悲大怒大哀的情緒。

「愛上我啦？幹嘛又盯著我看，妳想害我撞車啊？」他眼角餘光掃到我望著他想事情，害我驚醒。又是一句油嘴滑舌的噁心話，把之前對他的一點點好印象摧毀殆盡。

「神經！沒啦，謝謝你載我來。」我清清腦子後應了他一句，隨即回頭看窗外的風景。只聽到他呵呵笑了，聲音很好聽，讓看著窗外的我也泛起微笑。

天氣好得不得了，我沒有注意黃子捷把車開上山去了。

「剛才來的時候有經過這條路嗎？」我回頭喜孜孜地問。

「沒有啊，帶妳去呼吸新鮮空氣。」說畢他把方向盤一轉，車便轉上了個坡去，像是自己家開的路一樣熟悉，無所謂，隨他去。

搖下車窗，我享受迎面而來的山風水氣。車子在小山路裡穿梭大概五分鐘之後，豁然開朗。沒有看錯吧？眼前大約有一百坪以上的地，分成三大區全都種滿了花。黃子捷把車停在一間三合院的門口，要我下車看看。亂興奮一把的我推開了車門，跑到花海中央，感受百花在身邊齊放的滋味。

「別又摔下去了！」黃子捷下車後，倚著車，笑著對我喊。

我向他扮個鬼臉，哪有這麼衰啊。

左邊種滿雛菊，右邊全都是黃玫瑰，而身後是一大片白百合花。

我回身仔細注視這片白百合花海，想起幾個月前的那個夜晚，阿問捧著白色百合花降落在我的世界，尋找他失去蹤跡的天使。美如天仙的是若蘭飄忽不定的笑容，阿問深深爲她吸引。白色百合是純潔神聖的天使代言人。屬於我的花是什麼？

想得正出神的時候有人拍我的肩膀，我輕輕回頭看見黃子捷嘴角笑著，捧上一大把黃玫瑰給我，我驚訝地注視著他，忽然非常想哭。

「美吧，送妳。」溫柔傻氣的笑容讓我整顆心暖烘烘，抑制想哭的情緒把黃玫瑰捧在懷中，我跟黃子捷相視而笑。

「花不能亂摘吧，被人發現怎麼辦？」忽然緊張我們的擅自進入，還隨意摘折花。

聽到我的提醒，黃子捷才一副大難臨頭的表情，賊頭賊腦地向三合院張望：「喔！那還不快走！」我一手幾乎捧不住滿懷的黃玫瑰，一手被黃子捷抓著跑向車子那邊。

雖然是做壞事卻有一股興奮刺激感湧上心頭，都把亂折花的罪惡感掃光光了。

可是黃子捷不能跑吧？我用力扯住他的手不要他再跑。這一扯，他停了，花也全散落在地上。剎那間我們彷彿讓空間止住1.53秒，並且開始萌生莫名其妙的情愫，他回身定定望著我，我看到他眼神中一絲的落寞，隨即消失。

「你不是不能跑嗎？」我氣喘吁吁地問，他的臉色又是一陣蒼白。他揚起笑容，蹲下撿拾起黃玫瑰，我也趕緊幫忙：「啊對不起，我不是故意的。」這是他特意送我的。

「黃玫瑰，很像妳。妳有沒有覺得？」他天外飛來一筆讓我愣住。

他收拾起整把黃玫瑰再遞給我，看我一臉傻樣，又說：「呵，陽光般的憂鬱，很矛盾，很像妳。」這是什麼怪句子？他說對了，我是很矛盾沒錯，不得不佩服他對我有驚人的觀察力，老實說我害怕被他看穿，這下真讓我啞口無言。

當沉默圍繞在我們之間，忽然有人出聲：「是誰在那邊？」

主人出現！我輕輕轉身面對從三合院走出來的人，準備被大罵一頓。

那人走近，是一位穿著碎花衣服的老婆婆。黃子捷沒有出聲，老婆婆走近時忽然眼睛爲之一亮，喊：「子捷？真的是你？我的寶貝！」語畢，黃子捷上前抱緊老婆婆。

「外婆！我好想您喔！」原來這片花海的主人是他外婆。

他露出疼惜的表情擁抱外婆，瞇眼感受外婆的關愛，像小孩般依偎。

寒暄過後，老婆婆親切地直邀我一塊進去三合院裡坐坐，她老人家把我當作黃子捷的女朋友，解釋都解釋不清楚，只好由她老人家去。黃子捷的外公上市區送花去了，他們兩老退休後就愛種花欣賞，還把種的花分送給附近的幼稚園跟老朋友家裡。

「我來泡茶給你們喝。」她拖著遲緩身子想進廚房，黃子捷趕忙阻止。

「我來泡，您坐著吧。」老婆婆微笑看黃子捷進入廚房。

「呵呵，子捷就拜託妳照顧他了。」外婆把手伸過來握住我的手。

「您別這麼說。」我一下子也不知道怎麼回應。

「他從小就受苦，身子不好進出醫院好幾回，這孩子從小心地善良，特別會照顧那些身體比他弱小的人，他現在可好多了呢。」原來黃子捷是看我一身病痛才照顧我，他的外婆不知道他現在身體狀況也挺糟的嗎？

「外婆在說我什麼壞話啊？」黃子捷邊笑邊用托盤端出三杯熱茶。

黃子捷並沒有表面上這麼玩世不恭，似乎有什麼隱藏在那張溫柔的面皮之下。

在外婆家待大約一小時才離開，滿懷的黃玫瑰就這麼送給我。

如黃子捷說的，我是矛盾的。思索我與黃玫瑰之間的相似。我跌入可能是黃子捷隨口胡謅的陷阱之中，真的很莫名其妙。黃子捷輕轉開他的音響，是品冠單飛後的新專輯《疼你的責任》。品冠的嗓音讓人覺得特別舒服，好像把感情全塞進歌裡面去了。

車子停在山櫻樹下，黃子捷替我開車門。

「你要找怡君嗎？」回到宿舍前，我才又想起怡君。

「我看妳進去就走了。」黃子捷笑著搖頭。

掏出鑰匙想開鐵門進去，卻被一股力量往外推出去，一個重心不穩手中的黃玫瑰又散落一地，我傻眼了。若蘭衝出門外，一腳踩壞好幾朵黃玫瑰，隨後跟出來的阿問沒注意也踩下去。我蹲下來撿拾花朵，好像自己也被踏扁。黃子捷走上前來關心。

我一邊收拾一邊回頭看若蘭跟阿問發生什麼事，他們根本沒時間發現我的花被他們踩壞，也許他們根本不知道有撞到人？上次球場邊見到的黑色跑車從巷子另一頭駛進來，我跟黃子捷收拾好站在一邊。

「若蘭！妳要去哪裡！別上車！」我第一次聽到阿問大吼。

「用不著你管！臭阿問！」若蘭賭氣坐上黑色跑車，從我跟黃子捷身邊呼嘯而過，留下阿問站在原地。

我盯著阿問看了好一會沒有說話。他的天使又不見了。

我看見阿問拳頭緊握、眉頭深鎖，原來他的憂鬱不是天生的，是若蘭給予的。

22

人有很多面可以分析，快樂的、痛苦的、憤怒的、不可收拾的。

我老是自以爲是，自以爲阿問憂鬱沉穩，自以爲若蘭嬌媚純善，更自以爲黃子捷是個玩世不恭的輕浮男孩。然而太多的主觀臆測模糊了我的判斷力，錯了也不打算回頭，仍抱著一絲希望，期許這其中也許還有些什麼對的事情吧。

愣愣地望著佇立在前方的阿問，竟一步也上前不了，即使喊他又如何？問他天使跟惡魔跑了嗎？我又沒瞎。阿問像掉了三魂六魄似地無視我和黃子捷的存在，低頭從我們之間走進進去宿舍裡。若蘭會回來嗎？什麼時候會回來？沒人有答案。

宿舍的長廊沒有陽光的照射，阿問的背影更顯得落寞。

「妳的帥哥常常被女生欺負喔？」黃子捷靠著鐵門側頭看走遠的阿問，滿臉疑惑地問我。也難怪，黃子捷第一次看到阿問被若蘭賞巴掌，第二次又目擊阿問被戴綠帽。

「妳怎麼讓他被人欺負啊。」他近乎幸災樂禍，我覺得他莫名其妙。

「什麼我的？他叫阿問。」不悅這個稱呼，我白他一眼。

若有似無的情愫在我快要相信之際，全部灰飛煙滅。果然如黃子捷的外婆所說，黃子捷只是純粹喜歡照顧身體破爛的人，只是恰巧看見我病懨懨的身影，又只是恰巧女友住在這裡，所以順便照顧我。忽然不想跟他吵嘴，別過頭望向已空無一人的長廊，不知道是因爲看見阿問遭逢爛事讓我傷心，還是黃子捷捉摸不定的態度讓我生氣。

「你要找怡君嗎？不找就掰掰。」我捧著黃玫瑰，感覺自己快要跌進陷阱。

「別氣，我走了。」他湊近我耳邊輕聲安撫，語氣真摯，接著關門離開。

溫熱氣息在耳際徘徊許久，令我動彈不得。

甩甩頭不再想，我捧著滿滿的黃玫瑰，肩頭掛著背包，很帶種地沒有搭電梯上去。好吧，我承認自己下意識想故意經過三樓看看阿問的情形，即使只是看看門邊鞋櫃上阿問的球鞋是否被整齊擺放著也好。這麼多的鞋子在炫耀它們的亮麗昂貴，我卻只注意阿問那雙有點歷史的球鞋。它被擺在鞋櫃最左邊的位置，安安靜靜地在休息。

阿問在做什麼呢？在若蘭的房裡沒有事情吧？

……算了。

我不想再重蹈覆轍。想起蜷縮角落的小茹，想起活在悔恨裡的紹平，想起兩年前自以爲幸福的自己，嚇得我回房瘋狂做畢業製作，把腦子裡的情情愛愛全轉換成畢業總審的日期跟指導老師的叮嚀教誨。這是我現在唯一能掌控的事。

之後一星期，我沒有看見若蘭回來，也沒有看到阿問進出。

可恨的是我又生病了。阿忠打來說晚上六點到吳宇凡家開會，下午兩點我卻開始發燒。無力地爬到床鋪癱平，可能因爲連拉兩天肚子的關係，窩在棉被裡也無法停止發冷的身體和絞痛的胃，我幾乎要投降了。

勉強瞇了一下後，我蹣跚地走到吳宇凡家，然後開會開到一半直打哆嗦，大哥、怡芳、阿忠外加吳宇，都要我去看醫生。也許是眞的太不舒服了，我竟然坐了吳宇凡的車去看病，全世界都知道他騎摩托車的技術有多差。我當時大概也是抱著豁出去，撞死也省得受折磨的心態，才坐上他的車吧。更慘的是星期天診所都沒開，結果發燒還白坐一趟驚險飛車之旅。

吳宇凡載我回宿舍。不舒服的時候連坐電梯都會感覺暈車。最後還是用爬的到床上，誰來救救我啊！才這麼想電話就響了，我翻動難受的身子接電話。

「……喂？」微弱的氣絲岔出來回應。

「妳老媽我啦！在睡覺啊？」這下可沒辦法正襟危坐了，我像一灘爛泥。

「發燒了？不去看醫生？梅芬咧？」我連聲說好，懶得求救，睡一覺會好點。

痛苦地不知道在床上翻來覆去多久，門鈴偏偏在這個時候響起，我遲疑半天想要假裝不在家。什麼時候不好找啊。最後還是得爬起來。開門前目光掃過衣櫥前的鏡子，臉頰被燒得紅通通，眼皮沉重地看不清楚。

「我泡了杯熱奶茶，拿上來給妳喝。」門一開，是阿問微笑地端著一杯熱奶茶。

「阿問？熱奶茶？」這時發現到自己腦子不太清醒，我努力揚起嘴角想表示謝意卻使不出力。阿問看我不對勁便把熱奶茶放到鞋櫃上的小檯子上，趕緊扶住發昏的我進房間。

還走不到幾步路，眼前一陣黑，什麼也看不見了。

聽得見聲音卻無法開口說話，只能感覺身邊的氣息。

昏倒的滋味我曾嘗過一次，害怕得不得了。這是昏倒吧？

我聽到阿問在喊我，很想回答卻無法說話。後來我聽到房東跟房東太太的聲音，又感覺到有人把我抱起來。我是不是病得不輕？這下又要到醫院挨針了。學過護理的房東太太叫人把我放在床上，把我的雙腳略提高十公分，沒想到一下子就能看到眼前的人事物了。

大家趕緊送我去醫院急診，阿問爲我蓋上厚外套，一把抱起我往外面走去。

眼皮重得幾乎撐不開，但眼淚卻先一步奪眶而出。

阿問將我安頓在房東車內，接著坐了進來，讓我靠在他懷中，他輕拍著我的背，輕聲說：「別哭別哭，醫院一會就到了。」

不知道怎麼，聽著阿問的聲音，身體好像都不太痛苦了。

23

事情往往都是在出乎意料之外的狀況下發生，通常想要的要不到，想避免的避免不了。上帝偶爾還是會注意到我這個被遺忘的子民，施點魔法讓我感受天堂的存在，即便最後要花很大的代價承受這種恩賜，例如生病。身體是痛苦的，心卻沒來由暖起來。

我坐在醫院急診門邊的椅子上等待，看見房東跟房東太太在幫忙辦理手續，還看到阿問偶爾趨前詢問醫師何時過來診療，再走回我身邊摸摸我的額頭，確認溫度，其餘大部分時候他都在環顧急診室狀況。我始終不知道阿問在想什麼，如同他不了解我。

事實上，沒有人可以眞正了解另一個人，即使是最親密的人。

認識幾個月，還是覺得他像初識那晚一樣神祕，也許是他那雙總是在搜尋著天使蹤跡的眼睛，讓我有如此感覺。

好不容易被送上急診室病床，醫生護士上前了解我的病情，再打針抽血還掛上點滴。房東夫妻跟阿問站在床邊看著我，也許是因爲累了，我微笑著向他們說：「麻煩你們了，不好意思……」隨後便沉沉地睡去。

我一個人孤單站在空曠伸手不見五指的地方，無論怎麼喊都沒人回應，只聽見自己的回音。我不敢移動腳步，忽然小茹從右側伴著一道紅色光束向我走近，她微笑拉我的手摸她的臉說：「妳看，我流血了。」倏忽間她滿臉都沾染鮮紅的血，扯不回手也閉不上眼睛，一眨眼小茹變成怡君，她恨得牙癢癢地喊：「都是妳！第三者！」莫名其妙地我的手臂被咬了一口，尖叫一聲便往後方奔跑，可是不知道怎麼回事，我一直不斷重複被絆倒又爬起來的動作，沒有人來救我。遠方好不容易亮起光源，有道人影向我緩緩走來，看不清楚是誰，只能側光看到他的笑容，他牽起我：「如果我愛妳，一定會奮不顧身地救妳。」語畢便消失不見了。

好長的一場夢，原來我在作夢。心底有種餘悸猶存的感覺。

醒來時腰痠背痛全身出汗，望著被扎幾針的左手跟正插著針頭掛點滴的右手。我發現阿問趴在床邊休息。

右手很痲，側眼看才知道阿問趴著的手壓到我的袖子，無法移動。

我躺在病床盯著還有四分之三的點滴發呆。阿問稍稍挪動他的身體，我小心翼翼地看他將臉側到我這邊來。頭髮不是純粹的黑色，空調的微風輕撩髮際。額頭飽滿地順著鼻子的弧線，搭配與他笑起來彎彎的眼睛，簡直是神的奇蹟。

阿問緩緩起身與我四目交接：「妳醒了……還不舒服嗎？」我搖頭沒說話，他伸手量我的額溫，但似乎沒把握：「我還是去找護理師好了。」

「這瓶點滴打完就可以回家休息了。最近要注意只能喝流質食物，還有多喝水，檢查報告都還好，只是虛了點。」醫生跟護士被阿問召喚過來。

阿問坐在床沿，遞給我溫開水，笑著說：「還好沒事。」接著起身整理帶來的衣物跟剛才買的濕紙巾。背影有些落寞，我知道不是因爲剛睡醒的關係。雖然很不是時候，但我想問他跟若蘭怎麼了？

「……你跟若蘭還好嗎？」話一出口，他的背影有一絲遲疑。

「妳發現了啊？」他回頭苦笑地看我。果然人一失神就什麼都看不見，他不知道我跟黃子捷看到那衝擊性的一幕。我裝傻當什麼事都不知道，不想他難堪。

「我沒把她保護好，她跑出去跟惡魔玩了。」他語帶輕鬆地說，我卻感覺到一股無奈的氣息。就是開黑色跑車的惡魔嗎？開始不能理解阿問對感情執著的標準在哪裡。若蘭是個好女孩，溫柔甜美、善良正義、善解人意又快樂，這樣的女孩眞的很美好。不過，我所看到的若蘭是不是全部的她呢？我跟阿問心裡都有底，不點破罷了。

也許若蘭是天使和惡魔的合體，想起她打怡君時的強硬表情，想起她手舞足蹈地拎著蛋糕到我房間的樣子。我說過她是個有故事的人，只是我從未親口問。手托下巴呆望點滴的阿問被若蘭美麗多變的個性深深吸引，即使痛苦也不願意離開。原來奮不顧身地愛上一個人就是這樣嗎？

點滴打完已經凌晨兩點多，阿問攙扶我搭計程車回宿舍。阿問泡的熱奶茶完好如初地待在小檯子上，只是不再熱。阿問幫我把東西都打點好，扶我到床上躺好。

「如果不舒服就打給我，我在樓下。」他開小桌燈留下手機號碼，再摸我的額頭量溫度：「應該沒發燒了，我眞是個不會看臉色的人，安心睡吧。」他一語雙關，他指的對象除了若蘭不會有別人。

聽到阿問這麼一說就想起黃子捷，他總是注意我的身體狀況，不得不承認他實在厲害，只要臉色有點不一樣就知道我不舒服。他眞是世界上最會察言觀色的人。盯著那一束幾乎要枯萎的黃玫瑰，我的思緒開始混亂。

之後的幾天，每到三餐時間阿問都會拎著稀飯來我房間。我知道他是在等待若蘭回來，順便找些事來做，好比說照顧一位脫水的病人。

「醫生說妳要多喝點水。」我坐在床上蓋著棉被，他倒了杯水。

門鈴響了。門外梅芬拎著水果，身後的毅東跟了進來。

「還好吧。妳又掛啦？」梅芬坐到我的床邊，毅東站在梅芬身邊。

「我先回去了，等會再來。」阿問先行離開。梅芬推推我的手笑了。

「別誤會。是樓下芳鄰的男朋友，我無福消受。」

「哪來這麼好的芳鄰男朋友啊。」梅芬聳聳肩打開水果袋，毅東坐在梅芬旁邊背對我們，拿起小桌上的水果刀和透明盤子開始削蘋果：「妳還好吧？什麼時候複診？」

「跟醫生約三點，阿問會載我去。就是剛才那個人。」

「我還想說等會還有事，不能陪妳去咧。」梅芬不好意思地說。

「喔？約會？有異性沒人性。」我故意挑高聲音逗她。

「哪有啊！我們和紹強約好要去龍潭。」龍潭？該不會……

「紹強說要拿東西給他哥哥再出去玩，可惜妳不能去。我會跟紹強說妳生病了，要他來探望妳。」梅芬一臉喜孜孜。

「饒了我吧，大姊。」眞的不用。

「過陣子我們辦烤肉聚會，叫紹強的哥哥和他女朋友一起。等妳身體好點，就這麼說定了喔。」我尷尬地沒答腔，反正也不知何時，肯定成不了行。跟梅芬、毅東聊將近半個小時，沒想到毅東還是桃園某車隊的一員，我沒想到的事情可眞多。

阿問拎著安全帽上來敲門說要去複診。

「一直麻煩你眞是不好意思。」出門前欠身對他致意。他已經夠煩了。

樓下有吵雜聲，我跟阿問沒有多想。

電梯裡，阿問忽然說出他的感受：「其實這幾天我好多了，還好有妳。要不然我一定很難過日子……」有點驚訝也有點高興，我終於有些用處。

「沒想到我生病還有這種功用。」結果我是個笨蛋嗎？要不然該怎麼接話吶。

在電梯這麼小的空間裡，很容易感染緊張的氣氛。

事情往往在出乎意料的狀況下發生，通常想要的要不到，想避免的避免不了。

電梯門一開，我面對阿問，看見他的表情忽然愣住，於是轉身看……我覺得，這世界上讓我想不到的事眞多，多到讓我昏倒。

這要不是上帝愛整我，就是上輩子我造孽太深了。

怡君用力抱著靠牆的黃子捷狂吻了起來，我一眼對上黃子捷的目光。

他沒反應地被怡君親吻，連我跟阿問出現在眼前，他也沒推開怡君，接著他閉上眼。

根本無法思考現在是什麼狀況？

空氣又凝結了，心掉到不知名的地方去，空蕩蕩地難受得不得了。

我應該趕快離開，但腳像是被釘住一樣移動不了……

24

我心中似乎沒有絕對的愛恨情仇，一切都可以被改變。因爲充滿不確定，心情起伏不定的振幅超過一百八十公分。無法解釋這樣的行爲算不算正常，別人怎麼想我也不了解。我的人生即使到了轉彎處也看不見藍天白雲綠草紅花……於是開始氣餒。

怡君發現有人出現便停止她的動作。我看著別過頭去的黃子捷，怡君突然上前拉住我，開始嗚咽，爲什麼讓我看到這麼麻煩的畫面。我跟他之間似乎有條無形的線在拉扯彼此的距離。

「拜託妳不要搶走子捷。」怡君在我懷裡哭著說。

偌大的空間，我只聽見怡君一陣一陣的哭聲，沒有任何同情的念頭。受不了怡君的一而再再而三，我按捺怒火緩緩地開口：「該拜託的人是你們。」

終於知道上帝爲什麼讓我移動不了步伐，祂就是想強迫愛逃避的我，面對且成長。

「如果妳眞的愛他就該只對他一個人好。不要再跟別的男生在一起了！妳這算什麼愛！不要再三心二意了！算我拜託妳！拜託妳可以嗎！」一連串胡言亂語說出心中鬱悶，我只想好好發洩。

話一說完當場大家都傻住了眼。

怡君停止哭泣，黃子捷回頭盯著我看，阿問略微詫異的表情。

……我在幹嘛!?

鼓起勇氣用力拔開被釘住的腳，以最快的速度衝出宿舍。

天啊，這是我有生以來話說得最快最多的一次。阿問跟著我出來，在我身後。我不敢再猜想自己在阿問心中的形象已經糟糕到什麼程度。不一會，他上前把雙手輕放在我的肩頭，但依然沒有出聲。在阿問心中，我失去堅強的形象了嗎？若是如此，我會輕鬆點。又或阿問覺得快人快語的我是理所當然的我呢？因爲我堅強？

「我一點也不堅強。」忽然不想他猜測我的個性和想法，我沒有想給人堅強的印象。即使是樂觀外向的人，也有絕望沉默的時候；即使是強裝獨立開朗的人，也希望能夠受到疼愛保護；即使……止不住淚水狂洩。

我不想哭。這時候，又矛盾覺得自己應該堅強起來。

阿問爲難地走到我面前，好像在猶豫什麼。我擤擤鼻子，擦乾淚水，抬頭給他一枚微笑。接著他有些生澀地伸手摸我的頭，以示安慰。這樣的安慰持續了一段時間，摸到最後我覺得自己像隻小貓或小狗。我忽然噗嗤一聲笑出來，笑得阿問一頭霧水。

如果我懂得什麼叫眞正的堅強，心境會變得不一樣吧。只是現在的我沒有能力去制止想要暫時軟弱的心，也許我是在承認自己的失敗和脆弱。

阿問載我去醫院的路上，我一直想起黃子捷。覺得他眞是一個不可思議的人，就連剛才的情況也不見他有任何的強烈反應。他的難過憤怒不堪，我都沒有看見，我還是比較喜歡那個爲我捧來黃玫瑰時展現溫柔笑容的他，即使他是怡君的男朋友也無所謂。

刺激敏感神經的重口味戲碼無法安排天天上演，那樣只會讓觀眾甚至演出人員喘不過氣，感知疲乏。生活的過場是重要的，透過時間沉澱衝擊所帶來的反思才能眞正地讓刺激轉變成成我們的養分。

之後一個星期，日子回歸平淡。

我比一般人更需要沉澱。

「下星期我們去烤肉，霞雲坪。」梅芬爽朗地說。烤肉？不會吧？

「說好要一塊辦烤肉聚會，帶妳出去散散心啊。」梅芬削蘋果的技術比我好一百倍，毅東是不是曾教過她什麼撇步。她很爲我著想，就算我有著滿肚子說不出的祕密，她也會靜靜地待在我身邊，雖然有時有異性沒人性。

「有誰去？」雖坐在床上，手還是下意識去移動滑鼠。

「我、毅東、紹強、他哥哥跟女朋友、妳，還有吳宇凡跟佳涵。還可以找妳的芳鄰男朋友啊，但不找芳鄰。」梅芬把削好的蘋果裝在盤子裡遞給我。這是不是叫作沉浸在幸福中的女人咧？她的四周散發著粉紅色的愛情光芒。

「他哥哥感覺是妳喜歡的類型。不過人家死會……」梅芬吐吐舌頭說著。

「喜歡不一定代表適合。」我塞了一片蘋果，癱在床上懶懶地說。

病好像還沒好，裡外都沒好。

穩重、深情、溫柔、體貼、外向、樂觀、憂鬱，有太多形容詞去描述每一個人的個性。形容詞眞是模糊又愛裝神弄鬼的東西，複雜到可以擾亂人的心智。我好不容易抽絲剝繭後才能理解最基本的道理。

「芳鄰男朋友咧？」她好像得了削蘋果症，還沒吃完又拿出另一顆削。

「別人的我沒興趣。他也不會去。毅東咧？去哪了沒陪妳？」我笑著轉移話題。老實說毅東的話不多，可總覺得他這人不簡單。

「他和紹強現在在忙，等一下過來載我。」梅芬終於停手，她塞一片蘋果到嘴裡。

「他們倆很好？」我指的是毅東跟紹強，哪裡不對勁。

「高中就在一塊的死黨了，換帖的。」這麼久的朋友？紹強什麼都沒跟毅東說嗎？忽然開始懷疑上次去「金星」到底是偶然的巧合或完美的預謀？如果是巧合也眞的太巧了；如果眞的是預謀，梅芬一定也被蒙在鼓裡，我大概可以猜出誰是想引起這場風暴的主謀。

但願，一切都只是上帝愛開我的玩笑。

「記得下星期要烤肉喔！我和毅東會開車來接妳喔。」梅芬的手機響了。我都還來不及決定是否要參加烤肉聚會，她就要走了。

「梅芬，我還是……」我決定不去，才正想這麼說，卻看見梅芬站在門邊笑得燦爛，下意識改口：「我要準備什麼東西？」我到底在說什麼？難道大家都看得出我的弱點？

「不用準備！毅東他們負責就好，妳人來就是了。」

梅芬走後，我呆坐床上好一會，有種奇怪的感覺，好像一切都莫名其妙被串連在一起？跟我有關係的人的生活好像黏膠般地離不開彼此，我連逃的地方都沒有，無所遁形。

總覺得我似乎又掉入另一個某人的陷阱之中。

25

也許是開始習慣怪事總發生在我頭上的緣故，對於生活瑣事的思慮變多。我不喜歡自己想太多，該來的總是會來，想避免的也避免不了。比如說我每天還是要去上課，還是會看到怡君；在畢業之前，我還是會看到黃子捷，看到若蘭和阿問。懷疑自己是否早忘記怎麼去珍惜身邊的每一個人，當麻煩多過於依戀的時候，我沒有勇氣跨越障礙。

到了最後，我發現自己根本就是想咬著牙撐過剩下不到兩個月的大學生活。

當我一個人試圖釐清思緒時，很清楚自己要的是什麼，但也僅限於一個人的時候。

我想起紹強非常崇拜哥哥這檔事，剛開始我和紹平交往的時候，紹強每次聚會總是高興地和朋友們嚷嚷我們非常般配。紹平由著紹強胡鬧，但我沒辦法，偶然一次因爲起鬨的場面實在太過尷尬，我私下告訴紹強不要再刻意高調宣傳我和紹平的關係，紹強反問我爲什麼不行，懷疑我是不是想要離開紹平。我說我沒有那個意思。

直到關係更熟稔，紹強才向我抱怨哥哥總是把家裡的事往肩上扛。

責任感太重的結果，是先失去自我，再犧牲自我的幸福。

紹強希望紹平能夠爲自己痛快地活一次。哪怕紹平做出什麼傷天害理的壞事，只要是出自他本人的意願，紹強都會很開心並且熱烈支持。

所以當初紹平主動追求我，紹強當然是雙手贊成。

局外人聽起來一定會覺得非常美好吧，他是我過去人生裡唯一的冒險，我是他有生之年的奮不顧身，既然愛得轟轟烈烈又爲何落得如此下場？

仔細想想，或許對於紹平來說，小茹的事也是家裡的事。

紹平和小茹是對門鄰居，從小雙親相識。不過小茹是單親，只有媽媽。兩戶人家都在夜市做生意起家。紹平從小被父母囑咐要多多照顧單親並且心思敏感的小茹，把她當作妹妹般疼愛，鄰里街坊都是親密的家人。

紹平從來沒有隱藏小茹的存在，他說他們認識很久，像家人一樣，也向我當面介紹小茹是自己的妹妹，不是乾妹妹，她就是妹妹。

我相信紹平，他是如此坦蕩，界線分明。我們擁有不需要太多言語交流便能夠讀懂對方心思的默契，我們甚至相信彼此擁有世上最美好的愛情。直到小茹爲愛自殺，直到紹平親眼目睹小茹奄奄一息躺在病床上，我們才眞正明白，家裡的事，終究大過我們的事。

「妳很堅強，小茹不能沒有我。」紹平對我說這句話的當下，我覺得刺耳，但是會不會其實比我更加絕望的是親口說出這句話的他呢？我還恣意認定全世界就屬自己最不幸地逃跑。原來最沒有資格跟別人談愛的是我。

星期五晚上，我泡了一杯熱奶茶放在小桌上，認命地趕著畢業製作。

坐下沒十分鐘，門鈴響了。到底誰會在忙得要死的畢業製作中跑來抬槓？

門一開，若蘭笑著塞給我一盒精緻的蛋糕。

接著鑽進我房間。「又喝熱奶茶啊？我帶了冰奇異果汁給妳喝呢！」她把我桌上的熱奶茶拿去倒掉。草綠色的濃稠液體倒進只裝熱奶茶的馬克杯裡，我有種被強迫的不適感，卻說不出話阻止改變。也許被動的我下意識希望改變。

「妳還沒回房間去？」我坐下來看著滿得快要溢出來的奇異果汁，不知該從何下手。若蘭古靈精怪地點頭，就像什麼事都沒有發生。她穿著印有美國國旗的貼身小T恤，下襬有鬚鬚樣式的牛仔短裙。眼眸擦上淡淡的綠色眼影。除此之外其他都是天生麗質。

「阿問在等妳，回去看看？」我看見快樂的若蘭，只想到難熬的阿問。

「我知道他在等我。我不知道要怎麼面對他。」若蘭的確在意阿問吧？

「我覺得阿問很愛妳，也很擔心妳，趕快回去吧。」難得直接對若蘭說出心底的話。

「怕他生氣，不敢進去囉！」她不好意思地說，手邊卻開始收拾：「好，我回去看看他。」她是個想到什麼就會馬上去做的人。

電梯口，她一如往常調皮地跟我說再見，又突然半正經地說：「我愛阿問，但我是個沒有辦法只喝熱奶茶的人。」電梯門關上，我也愣住。若蘭是個敏感的女孩，她知道我有滿腹的疑問才跟我說這句話嗎？

那一晚我失眠了。

「小妞還在睡？快起床！我們大概半個小時後到妳那兒喔！」從被窩裡爬出來接電話，劈頭被梅芬開朗的聲音驚醒，對了……今天要去霞雲坪烤肉。撇開個人感情因素，我應該要很高興有機會可以出去走走的。

今天天氣好，我站在窗口望出去，心想老天爺眞賞臉。

一輛白色的廂型車從中興路轉進我家巷子裡，梅芬推開車門抬頭向我揮手。

「眞慢！」梅芬拉著我的手要上車。

「我是跑下來的耶，這位大姊！」我一坐上車，毅東回頭問：「身體好多了嗎？」紹強也向我打招呼……腦袋怎麼突然又想起「完美的預謀」那件事。

「現在要去哪？吳宇凡說他們先去霞雲坪，佳涵說下午有事，自己先騎車去了。」梅芬向前探頭問他們倆，「去龍潭接紹平跟小茹，他們在療養院等我們。」紹強說。

「我忘了帶相機！」梅芬轉頭對我說。

「那我上去拿我的。」我把包包放著，推開車門，跑上樓去。

由於懶得脫鞋，我跪著移動步伐進房間拿相機再挪動至門口，這時，手上的單眼相機突然被拿走，還有一隻手拉我起身，抬頭見黃子捷淺淺地微笑說：「妳在做什麼啊？傻蛋。」

這下可好，我沒想到他還會出現在我面前，一時之間不知該怎麼面對。沉默飄散在我們之間，好尷尬，這時，口袋裡的手機開始響起音樂，是樓下梅芬打來催促我。

我一邊望著黃子捷，一邊遲疑地接聽電話。

「喂？妳在妳家迷路了嗎？」梅芬在電話那一頭說著，我正想起身回話，忽然黃子捷蹲下抱緊我，手機被他按掉，放到地上去。正要掙脫他的懷抱，罵他莫名其妙，他卻撐住我的肩頭輕輕地吻了我的嘴唇，用一種非常不可思議的溫柔。

天啊！整個腦袋「轟」一聲完全空白，我瞪大眼睛僵住沒有任何反應。

地板上的手機在黃子捷吻著我的同時，不斷響起音樂……

26

我身邊有好多坑坑洞洞的陷阱，一不小心就會跌入陷阱。在來不及反應之前，隨時都有可能被陷阱中的怪手抓住，除了害怕，還會惱羞成怒。全都是因爲容易受到驚嚇卻愛強裝勇敢的關係，我該好好面對自己的弱點，要不然到最後可能會落荒而逃，很狼狽。

黃子捷的吻不是狂風暴雨式的掃街過境，沒有強硬粗魯或令人厭惡的動作，只是反覆輕啄我的唇，彷彿像個欲言又止的害羞男孩，走到門邊卻不敢敲門。

在還來不及反應的時候，他侵犯了我的行爲自主權。照道理應該賞他一巴掌，不，我的個性應該會甩上兩巴掌。爲什麼我回過神卻在觀察他的舉動？爲什麼撐住我雙臂的手略略顫抖？老實說，幾乎分辨不出顫抖的是我，還是他。

手機音樂響起兩次循環，他鬆了雙手，視線往後退，沒有悔意地對著我淺笑，我盯著他黑白分明的眼睛愣了老半天。直到手機音樂再度響起，他將手機接通，舉到我耳邊。

「小華？妳沒事吧？怎麼不接電話？」梅芬著急地在電話另一頭叫著。

「我拿到相機了。」我一邊望著黃子捷，一邊回話。

拿過他手中的單眼相機和手機，我低頭轉身想進電梯間去。

不生氣也不難過，只是什麼話都不想說，我發現自己眞的沒有在道德範圍之內的情緒反應。黃子捷猜不出我的情緒，於是在電梯快關的時候撐開門、闖進來，像個孩子般說：「妳要出去？」他分明在擔心些什麼卻又要強裝沒事地盡說些無關痛癢的話。

沉默又周旋在我們四周，想感覺他是否有些躊躇或緊張的氣息，可惜的是他穩如泰山。始終不明白自己爲什麼沒有掙脫他的懷抱，是害怕什麼強烈舉動之後，擁有微弱心臟的他會受到驚嚇？還是我害怕他心碎？兩個眞的心，一個維持他身體的生命，一顆支撐他靈魂的脆弱。

宿舍長廊距離門口約二十公尺，我聽見梅芬在外頭說話：「不早說！坐不下了啦。」我三步併作兩步趨上前開門，吳宇凡跟佳涵也在？不是說他們直接去霞雲坪了？

「怎麼了？」我拉著鐵門說。

「有人睡過頭啦，現在要一塊去。但車子不夠坐，等會還要……紹強他哥跟他的……」梅芬的抱怨因爲黃子捷跟在我身後而停止。

「我們剛才在電梯間碰到的。」我隨口回應。紹強和毅東也在這時候下車。總覺得所有人的眼光都放在我和黃子捷身上。我轉頭看了黃子捷一眼，結果他竟然冷不防地說：「我有開車，可以幫你們載人。」

「好啊！你不會要帶著怡君去吧？」梅芬的如意算盤只有黃子捷清楚。黃子捷從口袋裡掏出車鑰匙按一下自動鎖，讓山櫻樹下的奧迪解鎖。

腦筋打結的時候，很難想到退路或其他意外發生的機率。

這次烤肉在我瞥見紹強盯著黃子捷，不知在盤算什麼的神情時，萌生出一股不安感。我竟然還有心思在一旁觀察黃子捷。氣色略顯蒼白的他和依然玩世不恭的笑容非常不搭。

「走吧，上車。」黃子捷接過我的單眼。

「我們也坐你的車。」佳涵拉著吳宇凡走過來。

還好有傻大姊佳涵和無厘頭吳宇凡相伴，一路有說有笑。也意外，黃子捷很健談。

車子駛近龍潭療養院，紹平站在警衛室邊和看護說話，小茹蹲在路邊玩花拔草，她今天穿著一套可愛的淡藍色連身裙。紹平穿著淺灰色的T恤和深藍色牛仔褲。我只適合遠遠欣賞兩人看似平靜的甜美幸福。注視紹平與小茹之間，以為不說話就不會有人發現。孰料黃子捷一直留意我的目光，像是暴露行蹤的小龍貓，我將視線放得更遠，映入眼簾的是翠綠山巒橫亙在幾束白雲之間。

霞雲坪是個讓人很舒服的地方，一條小路先彎進當地小學和三兩人家邊的樹林，享受約三分鐘的森林浴後出現一座古老的小橋，旁邊有塊小空地滿是槭樹，深青蒼綠。紹強將廂型車駛入小空地，而黃子捷停在一旁沒有轉進去。

大夥欣賞著難得的美景，我走到橋頭看潺潺溪水裡是否有魚的蹤跡。以前經常陪紹平去溪邊釣魚，這個休閒活動很適合安靜不多話卻異常有耐心的他。

黃子捷走到我身邊，調皮地說：「任務完成，走了喔。」

「喔。」注意力回神過來看他，該不該留他？

「是啊，我在這應該不受歡迎。」看不見他臉上有任何情緒起伏過的掙扎痕跡，算是個樂天派嗎？頭髮又長了。他實在不像是屬於我們這個世界的人。除了整體的穿著方式，他那一臉略蒼白的氣色特別明顯。我沒阻止他也沒留他，見他平闊肩膀線條的背影遠離。直到梅芬看見他開車門，佳涵和吳宇凡發出疑問，讓所有人全都回過頭注意他的動作。

「一起玩嘛。」佳涵笑嘻嘻上前拉他，把車鑰匙丟給吳宇凡。

「我只是司機啊。」黃子捷沒脾氣。我從橋頭走到大家身邊沒說話。

「司什麼機？不要囉嗦，快把東西搬到橋下去吧。」梅芬忍不住嚷嚷。梅芬向來嘴硬心軟。吳宇凡把車鑰匙丟還給黃子捷，毅東請求他協助。

黃子捷看我一眼，扮了個鬼臉。不老實的傢伙！我也扮了個鬼臉送他。

「梅芬，妳幫我哥照顧一下小茹好嗎？我讓他幫忙搬東西。」紹強搬著紙箱說。紹平看著小茹乖乖地和梅芬散步遊玩，便與我們其他人一塊搬東西。

「還有沒搬下來的嗎？」毅東問。

「還有一箱我哥去搬了，還有那個……」紹強不知道黃子捷的名字就看著梅芬要答案。

「他叫黃子捷啦。」梅芬一邊陪小茹一邊答。

我坐在河床邊大石頭上看著紹平和黃子捷，紹平搬著一箱重物，看起來有點勉強。

「哥，你讓黃子捷搬吧。你的手……」紹強看見紹平扛重物爬下岩石。

紹平的左手不是很靈光，那是過去的舊傷。以前他騎腳踏車載我到鄉間小徑遊玩，那一次摔車，他爲了保護我被路邊雜草堆裡廢棄的鐵條跟碎瓷器割傷，護住我的左手撕裂傷嚴重，韌帶差點斷掉。

我起身想幫紹平接紙箱，黃子捷先跳了下來接過紹平的紙箱。

「喔？果然不輕。」他頑皮地笑著，一個轉身把東西搬到紹強那邊。紹平下來之後，見我擔心便說：「手，好多了。」我點頭說沒事就好。

「報紙沒帶啊，小華妳跟紹平一塊去撿樹枝，好不好？」紹強站在河床那頭喊。紹平向紹強點個頭，便向河床另一頭上游走去，我一時之間不知所措，原地駐足。

「子捷？你幫我把這些石頭架成爐子。」紹強喊住往我這邊走的黃子捷。

「要去嗎？」紹平回頭問我。

27

我以爲路到了盡頭再沒有去處時，藏鏡人用推土機把眼前的高牆推倒，想爲我開出一條活路。我期待牆另一頭的天空，雙腳卻因爲傷痕累累再無法移動半步。在欣然接受與委婉辜負之間，無法動彈。

往溪谷的上游探訪而去，前方配著潺潺溪流聲看到的鬱鬱綠蔭，在日光照耀之下彷彿還混著淡黃色系的粉彩散布空中。柳樹的枝芽下垂至溪邊，飄飄搖搖嘻笑戲水；槭樹在微風一吹後，散了一地紅綠參半的葉子，像是給偶然來到的我的特別恩賜。我舒服地呼吸著，望向離我不到三步的紹平。

從後方注視紹平略駝背的身影，習慣性的駝背也許是不想離天空太近，又或是對任何事情沒有指望的關係。我沒問過他，他背影散發出來的憂鬱彷彿催眠般令我忘記去問。我是個會注意小細節小動作的人。看到他自然垂下的左手略略發抖，大概是因爲剛才搬過重物，忍耐過度的緣故，我內心糾結成一團苦澀。

「妳還在啊？」他回頭淺笑，聽到他難得的幽默，我笑著跟上，與他一前一後走著。

跟紹平一起有種安全感，幾乎跟阿問的感覺相同。曾經說過，與我一塊喝熱奶茶的阿問可能是我潛意識中對紹平的投射，由於看穿自己這點荒唐，所以內心常常不自覺地比較起阿問和紹平之間的相連性。在那一晚恰巧看到沉默不語的深情阿問在等待天使。這是阿問個性中最像紹平的一部分。之後與阿問接觸的機會多了，自然了解到世界上根本不會有如此相同的兩個人，只是在某個印象上重疊兩人的影像罷了。對於紹平的個性，我是佩服多過於無奈；而阿問，我卻是無奈多過於佩服。

沿著溪邊，紹平在樹叢根處拾起一些小樹枝或乾柴，撿拾差不多分量後，他從口袋裡掏出麻繩纏繞，捆好小樹枝。

「哪來的繩子？」我問，紹平捆好乾柴之後，找了一塊大石頭坐下來休息。

「本來控制病人用的。」怕小茹發作時要綁她的嗎？邊聽邊思考就坐在紹平前方右側的石頭上，「看護硬是要我帶出門，沒辦法……但我從沒打算這麼對她……」紹平斷斷續續說完，閉上眼睛，仰頭十五度迎著微風，好像在調整自己的心情。

「還釣魚嗎？」我轉身臉向著溪流，傾下身子用手撥弄水花，故作輕鬆。

「很少。」溪水流動的聲音蓋過他的嗓音，我回頭看他。

他微笑嘆了口氣，跨過幾顆石頭坐到我隔壁來，注視溪底是否有魚的蹤跡。

「找紹強陪你釣啊，或其他朋友……」我拿一根小樹枝掃過水面。

「紹強不釣魚。我這麼悶，很掃興。」他不愛說話，人緣卻好，很多朋友都不知道在哪裡認識的。他身上沒有其他的通訊器材，除了兩年前的生日，紹強替他辦了叩機。紹平不像個朋友很多的人，但他確實是。

「不會啊。跟你一起很舒服。」說出我的肺腑之言。糟糕，我就是會下意識說出心底的話，怎麼還能跟他說這些五四三。正想解釋就聽到他開口：「我也是，就算不說話也沒關係。」說畢又將視線拉得很遠，讓人摸不著思緒那麼遠。

給人厚實安全感的他，最沒有安全感。

「走吧。」他拿起手邊一小捆乾柴起身，手伸過來拉我起身。

誰知道我還沒來得及抓住他的手，突然間失去平衡往溪流摔去，紹平見狀想也沒想地用他無力的左手想抓住我……沒抓穩，我整個人掉進水裡餵魚，紹平也濕透了。

更糟的是，我的腳踝被卡在石頭縫裡，動彈不得。

「有沒有摔傷!?」紹平緊張地想拉我。問題是我今天穿白色T恤，起身肯定曝光。

「等一下、等一下!我自己起來!自己來!」急忙拒絕紹平。他不知道我的避諱。

「會感冒的……」他喃喃地說。

雖然今天陽光普照，山裡的溪水還是好冷，冷得我直打哆嗦。

「你幫我找梅芬過來，好不好?拜託!」紹平聽我這樣說，東西一放馬上衝回營地。

我想趁著紹平離開慢慢起身，竟然動不了，卡在石頭縫的右腳確定扭傷，只能坐著發呆等梅芬過來，水底有蝦還有小螃蟹?我搬開石頭，開始抓蝦。

我不太會抓螃蟹，怕被牠夾到。耶，我抓到一隻……

「傻瓜！妳在做什麼！」一隻大手把我拉起身靠在自己身上，還用外套蓋住我。我仰頭看到的是黃子捷氣喘吁吁的模樣。

「腳受傷了？」紹平走到我跟黃子捷身邊，檢視我的腳踝。梅芬也跨越石頭趕來。

「能走嗎？」紹平才剛問，黃子捷二話不說一把抱起濕答答的我。

「喂！你放我下來！」我著急地說。

黃子捷根本不理會我說的話，紹平默默撿起地上的小樹枝，梅芬在一旁護著我。就這樣抱著我走了一段路，黃子捷沉默得一反常態。我沒有再掙扎，也不知道要說什麼。畢竟，他離我很近。

「抱歉，害你也一身濕。」終於發出聲音向他道謝。

「有什麼不好意思的，妳身體不好，感冒怎麼辦？」他知道我不敢起身的尷尬。旁邊紹平恍然大悟的表情不明顯，我卻能感受到他的自責。快步拎著乾柴先行的背影讓我覺得自己傷害了他。

「笨蛋！我先去車上幫妳拿乾淨的衣服。」語畢，梅芬也先跑回去了。

「你的臉怎麼髒髒的？」黃子捷的臉有木炭灰。

「我生火嘛……後來發現有報紙呢，那樣比較好生火。」他抿嘴說。事情不出我意料，我確認了紹強的企圖，「生火也不用找樹枝吶，我很厲害的。」他很聰明卻沒點破。

一撇炭灰印在他的臉龐。

「笑什麼！哪有人掉到水裡還在抓蝦的，蠢死了！」他孩子氣地說。

「你管我！放我下來啦，我很重啦。」我不想被他抱著虧。

「怎麼可能放妳下來……」他癟著嘴說，我們之間又沉默了。

回到烤肉區，除小茹外，大家的表情都有異。

黃子捷輕輕地將我放在岩石上，梅芬手拿乾衣服走過來，向我示意。

「梅芬，妳扶小華到樹後換衣服，她現在不上去……」紹強提醒梅芬。

「笨蛋來吧！」梅芬點頭向我伸手。梅芬立刻向我伸手，黃子捷也想攙扶我起身，卻沒想到被紹強制止：「子捷，男孩子不方便，你來幫我吧。佳涵？妳幫梅芬。」

是我的錯覺嗎？總覺得他們之間瀰漫一股火藥味。

黃子捷確認我安全無虞後揚起微笑，泰然自若地跟著紹強走。

紹平陪在小茹旁邊，偶然與我對上眼，他似乎有什麼話想對我說，偏偏我被梅芬和佳涵又扶又拉地帶離現場，就一個轉身，內心諸多疑惑都因爲錯失時機而煙消雲散得不到答案了。

28

絕對相信每一個人身上都有他獨特的魅力，散發的氣質隨著與生俱來的獨特而成就某些事蹟或行爲。例如，不經意飄浮的溫柔、隨性開朗的笑聲、成熟穩重的嗓音，以及憂鬱深邃的瞳孔。這些特質有可能重疊在同一個人身上。我很糟糕的就是常常對號入座，只憑當初一眼一個念頭就佔滿腦子所有的思緒。

梅芬和佳涵在樹後邊守著扭傷腳的我擦乾身體和換衣服。

「妳什麼都不用做，妳就陪小茹。」我換好衣服，梅芬扶我到小茹身邊坐。小茹？我搜索紹平身影，他幫忙毅東架另一個要煮湯的爐子，我們再度相視，些許尷尬游離在彼此交換的笑容之間，慶幸也被陽光抵掉一些不自在。

白煙裊裊，吳宇凡獨自坐在那邊烤肉。向來做什麼事情都從容到慢呑呑的吳宇凡，也有手忙腳亂的時候，原來他的才華不包括烤肉。黃子捷和紹強呢？怎麼沒看見……

有時候覺得自己常常在意一些沒資格在乎的或人或事。

「我漂不漂亮？」小茹突然拉我的手觸摸紹平幫她戴在頭上的小白花。

「嗯，很漂亮。」輕撫她端正得像是精品的臉蛋微笑說。

小茹是個看起來很舒服的女孩，活潑中帶點嬌氣，傳統保守但經常做出讓人意想不到的事情。細細眉毛配上發亮的靈氣雙眸，鵝臉蛋與福氣的鼻子更是相襯。她善良卻不認輸，大度卻不易說服。現在該把她當作小茹？還是一個單純可愛的孩子？我無法確定自己面對小茹時所展現的笑容背後隱藏了什麼。沒人看出我高漲的情緒，直到現在，我對小茹仍心有餘悸。

「又發什麼呆呀？來，烤雞翅。」抬頭只見黃子捷的表情被陽光照得我看不清楚，但依然能感覺他瀟灑身影，還有包容一切的溫柔聲音。他手拿兩隻雞翅，一隻遞給我，再轉身面對小茹，獻寶似地遞出另一隻烤雞翅給她笑說：「我沒偏心喔，妳也有！」

「好吃吧？沒人吃過我烤的超級無敵美味雞翅，除了妳跟小華以外。」黃子捷語氣溫和又不失調皮地對怕生的小茹說話，按她感到舒適的方式接近相處，不到十秒鐘便瓦解她的警戒心，甚至不知看見黃子捷特意扮的哪個滑稽表情或鬼臉，讓她瞇起眼笑了。

「我一直覺得你很不可思議。」看見眼前景象，忍不住說出對他一直以來的感想。

「怎麼會？」沒有回頭直視我，從他的側臉看起來的笑容特別悠然。看見小茹很開心地一口一口吃著黃子捷給的雞翅，吃得滿嘴都是。我想這就是黃子捷的不可思議吧，把人的戒心全部融化的神奇能力。

「怎麼不吃？難道妳也要我剝啊？」他瞄到我手上的雞翅還沒開動。

「神經！」我用力咬了一口雞翅，不理會他的臭美。

當我看到有著脆弱心臟的黃子捷還能開心說笑時，其實很安心。倔強的他不肯承認自己脆弱的生命，那一份頑強是與我類似的基因，同等心疼。

「很痛，你痛嗎？」忽然小茹摸著黃子捷左側臉頰說著。

「不痛，妳還吃不吃？」黃子捷轉移話題似地說。小茹不是一般人。

「很痛嗎？很、很……很痛嗎？」小茹小心翼翼輕觸黃子捷左側嘴角。

「怎麼了？」我的傷腳不能動，只能喊他轉身。

「我還有約先走了。別太想我唷。」黃子捷笑著起身背對我。同一個視線的延伸，我看見紹強也正望過來，我知道一切都不對勁，卻不忍心勉強黃子捷回身讓我看看傷口。我會哭。

「小心開車。」望著他的背影，一股難忍的落寞侵佔眼前的藍天綠茵，只因為他強裝的瀟灑。紹強對他說了什麼又做了什麼，我自私地不想再問，再挑起些複雜的事端不是我所希望的，更何況我的腳受傷，也逃不了。

正當黃子捷伸手輕巧俐落地爬到橋上，紹平也跟了上去。

我看著梅芬沒有說話，就算問也暫時得不到答案吧。

我誠實坦白地面對自己的直覺，剛才紹強找黃子捷談話，或許跟紹平有關，紹強不喜歡黃子捷所以起了衝突，然後……然後……光是揣測到這裡就很糾結不忍，我甩頭望向清澈的溪流，想醒醒腦子沖沖思緒。可是我不應該繼續沉默，不能再繼續無情。

紹平不知道什麼時候坐到我和小茹身邊。雖然黃子捷很討小茹的歡心，但是小茹一見到熟悉依靠的紹平，便一把緊拉住他的大手，躲進他的懷中。

溪流對岸邊一排槭樹被涼風吹起落葉繽紛的詩意，帶點失意。

「抱歉。」紹平輕撩小茹的頭髮，我還以爲他在跟她說話。

沒有回應任何字句，我第一次讓沉默無限蔓延。

右腳裹了兩個星期的藥。

我盡量窩在宿舍裡休養生息，還是沒辦法完全康復。而且說是說休養，哪來的美國時間呢？大家其實都在瘋狂趕畢業製作的進度。

三餐全靠梅芬。最近常常看到毅東來桃園陪梅芬，我也漸漸跟毅東熟絡。

「剛才買麵沒拿筷子啊，唔，我記得有。」毅東把麵倒在碗裡時，梅芬正發牢騷。

「我去拿好了。」毅東細心地把東西都打理好，然後起身要出門。

「我去，這裡你不熟。」梅芬是個很獨立的女孩子，在愛情上也是主導性強的一方。總覺得毅東順從梅芬的方式不像寵溺女友，愛到卡慘死的男友，反倒像是那種做錯事小心翼翼跟老婆賠罪的老公。

梅芬拿了桌上的鑰匙便出門，我望著毅東，腦袋閃過他們的愛情可能開始出現危機，卻沒有積極地警告他，女人的直覺。說起來我眞的是個很愛猶豫不決的人，連建議忠告都再三地以爲是錯覺。有時候我會想，體貼細心的毅東究竟是不是梅芬的眞命天子？

翌日，拖著尚未痊癒的傷腳，我一拐一拐地走在學校裡，被叫成「跛腳華」。梅芬陪我慢慢走，也因此遲到二十分鐘設計管理課；熟稔的教授一見我跛腳進教室，便不斷逗趣調侃我一心向學的毅力值得大家好好學習，接著忍不住追問我到底爲什麼可以把日子過得如此多災多難？眾人哄堂大笑，實在太糗了。

唔？怡君帶了一個男孩子坐在我和梅芬前方。男孩趴桌睡覺沒有抬頭。

「那是黃子捷嗎？」梅芬小聲地問我，我聳聳肩回應。

「好像會下雨……」我心不在焉地說。

「晚上會下雨吧。喂，小妞！」梅芬一邊專心抄筆記一邊發問。

「嗯？」我應一聲，窗外滿山頭的菅芒花，搖曳得眞淒涼。

「妳喜歡黃子捷還是紹平？」梅芬突然扔炸彈，害我措手不及。

「想太多。」我故作鎭定，其實三魂七魄差點飛了。

「呵呵呵。」梅芬對我的答案滿意度超低，但也沒有再問下去。

一下課，梅芬扶我起身，我的右腳不是很聽話，痲得要命。

「小華！我跟男友要去吃晚餐，記得幫我倒垃圾。」怡君叫住我。

怡君身邊睡眼惺忪的男孩並不是黃子捷，只是身形有點像。我忘了回應，怡君繼續說：「我就不介紹了，男朋友被妳搶走很丟臉！」語畢，兩人親暱離開。

「妳說什麼啊！」梅芬不等反應便上前大喊。他們沒聽到，聽到了也不予理會。

她在挑釁我。聽著怡君的笑聲很難受。

她仍然愛黃子捷，那個不經過同意一腳踩進我生活的人。

捍衛愛情的領土是她天生的職責，即使不再愛了也要贏到底。光是看到她強吻黃子捷的畫面，就夠讓我舉白旗投降。

「妳還好吧？」輕拍我的肩膀。

「……我很討厭黃子捷，非常討厭！」我回頭定定地說。

梅芬沒再說什麼，只是繼續輕拍我的肩頭。

把喜歡的東西推得老遠是老毛病，因爲不相信上帝會眷顧這樣一個愛自己勝過別人的我，現在的我，覺得很痛苦。

29

覺得自己像是一位戴著鋼盔的鐵甲武士，藉由外物來厚實自己的胸膛，提高獲勝的機率。可脆弱的骨子裡總有些許懷疑，眼前勝利的戰袍不是憑著自己的力量獲得的。所以，我寧願穿著單薄的白布衣，手持一把劍，瘋狂擊潰敵人，哪怕必須要賠上自己的性命也沒關係。那才是我要的眞實感。我想我絕對不會承認自己懦弱，即使鮮血隨時會染紅白布衣，也是驕傲的腥味。

跟梅芬一塊從學校下山後便分開。

「晚上到我打工的店裡坐坐，別悶在家裡。」她擔心我自閉。

「我沒事。晚上不是會下雨？記得帶雨衣。」我不想讓她擔心。三兩句關心便足以讓我決心重新站起來，相信友情力量的強大，我只是心頭悶著的糾結須要宣洩罷了。在還沒找到方法之前，我想我會一直沉默下去。

回到宿舍，我泡了一杯熱奶茶放在桌上。

看著濃郁的褐色液體摻著白色紋路不斷地在杯口迴轉，更確信自己現在非常悶……今晚，我決定讓熱奶茶靜靜地待在桌上，直到失去生命的熱度。

本來打算將自己埋進功課裡忙得昏天暗地，不去胡思亂想。結果坐不到半小時就耐不住性子在房間裡走來走去。外頭的雨下得好大，聽著可以洗滌厚重鬱悶的雨聲，也聞到清爽的氣息。鄉公所的鵝黃色燈光依然在紛飛的強雨中若隱若現。

突然想起自己還沒有吃飯，我理理頭髮，拿了把傘下樓。

喜歡在雨中撐傘的感覺，傘底下的世界彷彿只屬於自己，巧妙地將我與其他事物隔開，貼不近也碰不到我。我喜歡雨天。穿著涼鞋踏在路上積水的窪地很有趣。小吃攤販提早打烊，後街找不到想吃的食物，只好去7-11買些熱食果腹，莫名其妙地還是買了常喝的熱奶茶，剛才明明還泡了一杯。

腳步一轉，我走到鄉公所早已濕透的長椅坐下。

雨傘被夾在左肩頭與脖子之間，我吃著黑輪串，還沒開罐的熱奶茶放在椅子邊淋雨。壞心情好像被大雨漸漸沖刷乾淨，如果想哭也可以用力哭，雨水跟淚水難以分辨。

有撐傘跟沒撐傘差不多，半身幾乎濕透。

傘飛了。我的臉被雨水打濕，眼看傘就在離眼前三公尺處，卻一點也不想起身撿拾，原來，淋雨很舒服嘛……閉上眼睛將臉向上仰，接受大雨洗淨腦子裡所有思緒和罪惡感，雙手撐在長椅的椅背上邊緣。

我一直想起在鄉公所偶遇阿問的晚上。

那晚的氣氛和阿問略微低沉好聽的那句「謝謝」，在我腦海裡不斷地重複播放。自從知道若蘭對於阿問無意的殘忍和他們彼此深愛之後，阿問已不再是擾亂我心思的人。什麼時候開始不再介意阿問的？是再次見到過去深愛的紹平，確定自己對於阿問只是移情作用？還是那個總不經意擾亂我生活步調的黃子捷？

我知道讓我放下阿問的人是誰。

只是我不能承認，因爲不會有結果。

在釐清心中所有害怕的疑惑和罪惡後，我想喝熱奶茶。

雨水拍打得我幾乎無法睜眼，索性閉上眼睛，伸手緊握放在椅子上剛買的熱奶茶，終究我還是需要它來作總結，讓溫暖掩飾心中的惆悵。

想扳開拉環卻使不上力，突然間，熱奶茶被拿走，勉強睜開被雨打到有點痠痛的眼睛。黃子捷同樣沒有撐傘，左手握住我的熱奶茶，右手拉了一下米白色的褲子，蹲在我前方笑著說：「雨下得這麼大，妳不怕奶茶越喝越多啊？」

總是翩然來到我的世界，一點聲音都沒有，連敲門的禮貌都沒有。

我望著他出神，心想他究竟是什麼奇怪的生物？

「喂，妳這個一天到晚都生病的傢伙，不該淋雨。」拉開拉環遞給我喝。

「你這個隨時都有可能倒下的傢伙，不該閒著沒事陪人淋雨。」

他聽我這麼說，笑了出來。看他彎彎的笑眼，我的心用力撞了一下。

米白褲子搭配淡綠襯衫及雙色格子背心，即使下著雨的黑夜，還能感受到他一貫的衣著品味。他喜歡套上背心，像要讓脆弱的心跳多一層保護。頭髮雖然沒有第一次見面時，能束成馬尾那麼長，卻也偶爾會遮住他的笑容。他似乎又瘦了些，遞給我熱奶茶時手的骨節深刻明顯，雨水順著他的額頭、睫毛、鼻尖，甚至嘴唇滴落，消失不見。路燈照著他蒼白的臉龐。

黃子捷學我閉眼、仰頭讓雨水打濕臉，隨性拉低身子，將頭靠在椅背上像是在休息。我沒有一個人時的自在，雙手不安地擺放在膝蓋和大腿附近，還握著我的熱奶茶。

「都被你害慘了。還不抓緊你女朋友，到時候被搶走可別哭。」我不想明說，不想讓他難堪。我眞的不想。

「妳說那個男生？我今天看到怡君跟他一起。」他一點火氣都沒有。

「不生氣？」我必須確認。爲什麼我比你還生氣？

「我的心臟不好，情緒不能太激烈。」他如常地笑了笑。淋雨眞的沒關係嗎？

第一次聽到黃子捷認眞坦承自己心臟不好。原來他一直在控制自己的情緒。不過是輕描淡寫的幾個字，我卻好像突然理解了什麼。像這樣的生活過了多久？打從出生，抑或在媽媽肚子裡時，黃子捷的人生就註定不能放肆了嗎？

我的手機響了，是梅芬打來的。

「在哪？我今天提早下班，毅東說要去桃園市吃宵夜，現在去載妳。」

「我在鄉公所的長椅這邊。」無法對梅芬說謊。

「妳淋雨？快回去！我和毅東快到了！」梅芬好像早知道我會亂來，隨即掛斷電話。

黃子捷睜開眼睛，將身子往前傾，手肘撐著膝蓋托住下巴，回頭看著我笑說：「妳總是這樣，我才放心不下。」聽他這麼說，害我一時不知道要回什麼，只好起身。

「我我、我又不是你的誰！幹嘛放心不下？你了解我多少！你別害我成爲破壞人的第三者就好啦，我不要這樣！」緊握著手中的奶茶空罐強裝不屑地說。討厭他對我溫柔的關心。他好一會沒有接話，我起身往宿舍的方向走。也許再說一句就要崩潰了。

雨還是一樣大，寸步難行地想撿起雨傘。

黃子捷從背後拿走我的奶茶空罐，走到我眼前認眞地看著我。

「我了解，」他把熱奶茶舉向我說：「我知道妳愛喝熱奶茶；我知道妳不想再像兩年前一樣重蹈覆轍；我知道妳什麼話都擺在心裡；我知道妳愛逞強；我知道妳不夠堅強，需要人照顧；我知道……」他邊說話邊貼近我的視線，雖然他的聲音、語調表現跟平常沒什麼不一樣，可實際上我第一次接收到他激動的情緒。原來黃子捷什麼都知道，包括我跟紹平、小茹的過往。

他在雨中緊抱我，用有點顫抖的聲音說：「如果可以，我希望自己是妳的熱奶茶。所以，請妳不要再等待了……」就這麼一瞬間，所有理智、眼淚都隨著黃子捷說的話全部崩潰瓦解，我用力抱著他，用力地哭。

起先他輕輕地拍著我的背好一會，越拍越慢……

忽然他的身體像是失去重力似地往我的肩頭倒了下來。

跌坐在地上，黃子捷倒在我身邊。天啊！發生什麼事!?

30

遇到突發狀況，我的瞳孔總是先微微撐大三公分，身子僵硬地一動也不動，腦子像遭受重擊似的。那衝擊其實要命的可怕，如果能夠及時被搖醒還能活命，否則就再也醒不過來了。我開始懷疑視網膜反射傳遞到細胞裡的衝擊是否只是假象，這也許是最愛跟我開玩笑的上帝玩的把戲，看著臉色慘白的黃子捷痛苦地倒臥在雨中，我希望這不是上帝對我的懲罰。

臉色比剛才還沒有血色，雨就這麼一直狂打在他原本還能展現溫柔笑容的臉上，他右手緊抓胸口的衣服，難受蹙眉的模樣就像是完全失去抵抗力似的。

「黃子捷？黃子捷！」我拉起他的上半身抱在懷中，翻找他的口袋，沒發現他的藥。

就在這時，一輛白色廂型車正好轉進鄉公所，車燈往這裡照。

車子急停在我和黃子捷的身邊，車上的人衝下來，毅東和梅芬。

「梅芬！」我喊著，毅東跑過來看見黃子捷倒在我懷裡幾乎失去氣息，情急之下一把扛起黃子捷往車上放，我跟梅芬一同上車。

黃子捷的氣息微弱，雖然他就在我的身邊，卻感覺和他像相隔天涯那麼遙遠。全都是我害的，要不是我悶得發慌跑出來淋雨；要不是我逼得他追上前來激動地表達他的感情，應該也不至於……我下意識地屏住呼吸，深怕自己把黃子捷身邊的空氣吸光。

醫師及護理師將幾乎失去意識的黃子捷小心抬上活動擔架。

根本無法思考整個程序該有的步驟，我無法將視線從黃子捷身上移開半點，深怕一眼就會失去他這個有著溫暖笑容的大男孩。他在我的眼前逐漸失去生命力，他是因爲我而倒下的啊。

醫師爲黃子捷戴氧氣罩，掛點滴，拉來生理監測儀。這一切太不符合現實情節，坐在急診室裡，我和梅芬、毅東面面相覷，特別是他們倆根本不知道黃子捷有心臟病。

注視著躺在眼前氣若游絲的黃子捷，難以體會他到底有多痛苦，我下意識緊抓住胸口卻止不住內心強烈的恐懼。

「我以爲他只是瘦了點，以爲他這麼玩世不恭，也不像有病……」梅芬也很慌亂。

「他全身都濕了，先幫他換衣服……來，39.7度」護理師替黃子捷量體溫登記後便先離開。毅東隨護理師指示去拿乾淨的病服。黃子捷身上沒有帶證件，只有手機。梅芬翻查黃子捷手機聯絡人名單，看見「爸爸」兩個字。

「我打給他爸。」我失去判斷和處理事情的能力，要不是梅芬和毅東，眞不知道該怎麼辦。愣愣地望著黃子捷出神，忽然腦中想起跟他第一次在家門口相遇的情景，那一臉故意和嘻皮笑臉。

「剛才查到就診紀錄和慣用的藥劑，狀況比較穩定了但還是——」一名中年醫師拿著病歷簿說，又有兩、三位醫生走過來。

「現在就送回去啊。」

「Q504，妳們先推上去，快點。」

梅芬、毅東又不在，現在我能做什麼？眼看黃子捷就要離開我的視線。

梅芬從外頭跑回來：「我聯絡不到——」趁黃子捷還沒被推走，我拉著她：「他們不知道在幹嘛！一會說要先送回去，一會又說要——」毅東拿著衣服也恰巧回來。

「小華妳先聽我說！我聯絡不到他爸媽，結果聯絡上他弟弟！他說黃子捷是擅自跑出醫院的，他爸媽都不知道。他現在趕過來！」不會吧，我呆掉說不出話來了。

我們沒機會好好探討黃子捷逃院的問題，只得趕緊跟上護理師的腳步。

他們要把黃子捷帶回屬於他的病房，他的世界。

這是跟我們八竿子打不著的世界才會發生的事嗎？以前我表哥也曾經因爲膽結石住院太無聊而逃出醫院，可大家只覺得他太膽小或沒擔當。難道換一種病名或冠上什麼嚴重狀況，一切就變得不可思議了嗎？

醫生及護理師把黃子捷推回病房，我無法詳細說明他們專業領域之內的事情，只知道他們正盡力救黃子捷，我們三人呆呆站在病房一邊看，這輩子我還沒看過如此繁複的診療過程，進進出出眼睛都快花了。折騰一整晚，黃子捷的狀況也趨於穩定，只是還沒醒。醫生並沒有趕我們，只是要我們別太打擾病人，還叫我把濕衣服換掉。

病房內，乾淨潔白的窗簾和一高一低兩個櫥櫃，低櫥櫃上有黑色的熱水壺，還有幾套放在床頭邊的乾淨衣服，較高的櫥櫃上則放著一束黃玫瑰。

「小華，妳知道黃子捷有心臟病？」毅東坐在梅芬旁的沙發椅把手邊問，我點點頭。我們都不約而同地往病床上臉色略轉好的黃子捷望去。

門外傳來動靜，病房門開，除了護理師，一位男生走進來。他走近探視黃子捷。

「沒事。謝謝妳。」他向護理師微笑，感覺像個年輕的醫師。

「是你們把我哥送回來的？謝謝！」男生回身微笑看著我們說，沒有剛進來略焦急的神情。我哥？他是黃子捷的弟弟？

「你是黃子揚？」梅芬站起來向前，食指不經意指了一下。

他笑著點頭，坐在病床邊的椅子上，再順勢看看他的哥哥，黃子捷。

他細柔的黑髮跟黃子捷很像，髮尾乾淨整齊地落在耳根處，不像黃子捷即將過肩的長髮。眼睛和微笑雖然似曾相識，卻多了點成熟穩重。他有黃子捷所沒有的稍稍黝黑健壯的身體，黃子捷實在沒什麼肉。

「我爸媽還不知道這回事，今天一整天我都在找他。我才剛從美國回來，所以他會去哪裡，我實在不曉得。」黃子揚神態從容。

「黃子捷什麼時候開始住院的？」梅芬好奇地問。

「兩個禮拜前。他偶爾會偷跑出去，不久會自己回來。上次也是，不知道從哪回來弄得一身濕，還受傷。」黃子揚說到這裡，我想起霞雲坪。我走近床邊看黃子捷。

「我出去一下。」毅東站起身走了出去。

「之後呢？怎麼辦？」梅芬追問。

「爸媽知道了也沒辦法，他就是一句沒事，他不想說就一定不會說，只要身體狀況沒出大問題就真的沒事吧。而且他整天在醫院也無聊，不是看書就是發呆。」黃子揚用平穩的語調陳述事實。

「小華，我想我誤會黃子捷了。」從梅芬的聲音能感覺得出來，善解人意的她難過得不得了，我的淚水在眼眶裡直打轉，卻倔強地不肯承認自己的脆弱。

黃子揚看到梅芬難過的神情便笑著說：「沒事，我哥不會介意，真的，不管妳誤會過他什麼，就算講他壞話也沒關係，他都會當成是稱讚，從小就是這樣，妳不要太在意！」梅芬破涕為笑。他們是兄弟，連話術都類似，避開傷害人的刺耳話，溫柔寬容一切的人事物，即使世界對他們並不公平。上帝是想把黃子捷召喚回去然後用力說教一番吧。也許，他是天使也不一定。

我都不曉得他的真實身分。

黃子捷的手忽然抽動了一下，眼睛淺淺地往我的方向睜開。

輕輕地，還是對我笑了。

看著黃子捷隔著氧氣罩的微笑，淚眼模糊的我也笑了。

31

人生會不斷地往前推進，在一切都還來不及回頭看的時候，過客也就產生。不管是成爲別人生命中的過客，抑或別人成爲自己生命中的過客都一樣，伴隨「過客」字眼來的情緒多少都帶點淡淡的哀愁或遺憾。可這就是人生。

人生正在進行，其他人也在我不知情的自己的人生裡打轉，帶衰的我幫不上忙，只能由衷希望每一個人都能幸福。

推開病房門馬上看到黃子捷不喜歡吃稀飯的臉，覺得很好笑。

「我討厭白稀飯。」他手拿調羹，正猶豫要不要繼續吃稀飯。

「你還不能吃太刺激的食物。」護理師不買單黃子捷的孩子氣。他抬頭一見我進來，立刻挺身端坐笑嘻嘻地說：「來啦！來啦！」

這次的見面，距離上次他在雨中倒下已經第四天過去，從他嘻皮笑臉程度看來身體好多了。對出病房的護理師點頭致意後，我便坐到他病床邊的椅子上。這個原本就沒什麼肉的傢伙，經過這一次好像又憔悴了不少。

「梅芬等一下過來，她先去買點東西，你一個人在？」我盯著他的氣色瞧。

「子揚剛才還在，醫生叫他去。應該很快就回來了吧。」他用調羹撈了撈白稀飯然後放下，雙手枕在後腦勺，抬頭望著天花板說，不一會又古靈精怪地偷瞄我。

「幹嘛！都生病了還不老實一點，滿腦子怪東西！」

「我還以爲妳想說妳愛上我了呢。」爲什麼用這麼開朗的口吻說出油腔滑調的話？

「神經！鬼才愛上你……你有沒有好一點？」聽完前半段，他立刻露出被爽快打槍的反應，笑著搖頭，聽到後半段又一直笑著點頭，到底是眞的開心還是裝出來的？

「要不要通知怡君？」我問。

「爲什麼？」他眞心疑惑。難道眞的跟怡君分手了？那一天設計管理課，怡君的話原來是這個意思。看他猛喝討厭的稀飯多少能了解。

「你會不會覺得你很亂來？」雖然他是個病人，還是忍不住想說教。那一晚所有的畫面跟細節都清楚地烙印在腦海裡，實在讓人很難忘記。他推卸責任似地聳聳肩說：「沒辦法，有人就愛讓人擔心啊。」

「喂喂喂！是誰讓人擔心啊？是誰躺在病床上啊？」我忍不住大聲起來。

「是黃子捷啊，不是喂喂喂。」他吐吐舌頭，知道自己理虧也只能傻笑。

正想繼續對他說教下去時，門忽然推開了。

「呵呵，子揚？」黃子揚進來時還帶著一束黃玫瑰，梅芬也一塊出現。

「我們在電梯口碰到，剛在樓下買了喝的，要喝嗎？」梅芬笑著高舉手中的飲料。

黃子捷一直對梅芬猛點頭，被我白了一眼。

梅芬的眼眶紅紅，發生什麼事了？是我看著梅芬太出神還是怎麼著，都忘了要回答她的話。黃子揚走到我眼前說：「剛才就看她一直在揉眼睛，好像沙子跑進去。不過我剛幫她看過了，沒有細菌感染。」黃子揚說話有外國腔。梅芬笑著點頭附和。

「梅芬妳怎麼來的，毅東咧？」我從她手中接過果菜汁。

「今天車隊有聚會，他跟紹強一塊去了，我叫他不用陪我來。」

總是在忙得不可開交或自身難保的時候遺忘了某些人的情緒，像個盲人看不見眼前的景色是否依舊。在安然度過幾個危機後，才會發現一切好像不太一樣。「改變」沒有所謂好或壞，只是看透某些東西，或對於某些人事多了些其他酸甜苦辣的想法罷了。

有時候會覺得可惜，但大部分的時候，我都是欣然接受「改變」。

對於梅芬爾後的改變，我欣然接受的程度遠超過可惜。

因爲我希望她能夠得到眞正的幸福。

「我什麼時候出院？」黃子捷抬頭問。

「你蹺了兩次院，還弄得這麼糟糕。你說醫生會不會讓你出院？」黃子揚收起笑臉拍拍他的肩膀說。看起來黃子揚更像哥哥，我走到梅芬身邊坐下，讓子揚去跟黃子捷談。

「老爸今天晚上提早回國，你要有心理準備。」子揚的神情讓我困惑，黃子捷聽到他爸爸，表情隱約沉了下來，子揚想繼續說：「爸可能會——」

「我的身體我自己知道……」黃子捷難得打斷別人說話，他嘴角微揚，神情複雜。

不一會，黃子捷抬頭看我，神情瞬間的改變猶如尋到安心的力量發源處。他就這麼盯著我超過一分鐘，總覺得黃子捷想對我說什麼，卻又嚥回去似的，他望向白色窗簾外的藍天。瞬間感覺黃子捷離我很遠，好像不久後，我就再也看不見他。

「我該走了，畢業製作趕進度。」我任性倔強地生悶氣，太多游移不定的怪因素壓得我透不過氣。梅芬點頭也跟我一同起身要走。

「我載妳們回龜山。」子揚拿起病床邊小櫃子上的車鑰匙。

「我騎車！我要先去台北一趟，你能載梅芬嗎？她要開會。」

「好啊，不然等會沙子又跑到眼睛裡很危險喔！」子揚說話溫溫的，讓低頭收拾東西的梅芬愣一下隨即笑了。子揚微笑，雙手插在口袋，雙肩微挺，看起來很善解人意。

「小華小姐，小的有話跟妳說哩。」黃子捷對我說。只有我一個人留下來。

子揚和梅芬離開，白色病房的寧靜我才真正感受到，風從窗邊吹進，先撩撥一陣潔淨的柔軟窗簾，再撲上黃子捷略顯蒼白的臉龐，接著掃過我的毛細孔跟頭髮。沉溺在這樣的白色情境實在不好，時刻提醒我眼前有個比我還倔強的男孩在為他的生命奮鬥。

「怎麼了？過來坐下。」黃子捷說。

我半步也移動不了，害怕不該發生的會發生，必須抑制住可能醞釀成災的情緒。

「我馬上就要走了。」我淡淡地說。我知道我很殘忍，但眼下一切發生得太快太急太失控，無論是他的病或是他的人生。我現在還緩不過來，也害怕他準備對我說出我無法承受的事實。

「我會去看妳的畢業展。如果還活著啦！」他輕鬆的口吻像把自己當成局外人。

「還開玩笑？」轉身推開門要走，聽見他的笑聲在我身後飛舞著旋律很好聽，但我沒有回頭再說什麼，因爲知道自己一旦回頭，就再也無法克制滿溢的感情，我一定會哭出來。

「一切都是我多慮，黃子捷只是身體不好，沒有什麼大礙的。」

走出他的病房後，我這麼努力地想著。

生命可以複雜也可以簡單，來來去去沒有一定的道理。即便悲觀如我，也想把對人世間僅存的一絲希望拿去塡滿黃子捷的世界。

走到電梯門口，我無意間聽見護理站有人談話。

「好可惜喔，沒辦法救了嗎？」

「是啊，我聽說了。不是說心臟負荷已經過大嗎？」

從醫院離開之後的好幾天，我沒有忘記過黃子捷。

只是身邊的畢製和一堆瑣事纏身，所以一直沒有機會再去醫院探視他，不知道他的身體有沒有好點，或是他出院了沒有？幾個星期過去，我沒有黃子捷的消息，並且分身乏術，因為我被突如其來的消息炸飛出去好幾公里遠……

某一天，我拎著大包小包的模型材料跟幾張四開裱板，正要開宿舍的門，突然感覺身後有股視線。紹強坐在摩托車上，一臉憂愁地向我打招呼。

「怎麼了？」我還是繼續我的動作。

「拜託妳去看看我哥，好嗎？」他走到我身邊。

我不想再回到過去重蹈覆轍，我和紹平之間已經過去了。我們早在兩年前就結束在小茹奮勇捍衛愛情的鮮血裡，不可能再有什麼事讓我們和對方有所關聯了。

「上個星期小茹不知道受什麼刺激，她拿菜刀砍傷幾個病人……」

紹強斷斷續續地說出這樣的震驚話語，我懷中的東西差點掉落一地。

「騙人。」

「我哥也被砍一刀。」

「那他們有沒有怎樣？是什麼事情讓小茹變成這樣？」我緊張地問。

紹強的眼淚在眼眶中打轉，我知道他不會開這種玩笑。

「小茹暫時被隔離。」他說到這裡停了一會，用力深呼吸，再看著我緩緩地說：「紹平從那一天起就呆坐在小茹被隔離的病房前，比以前還自閉不再說話……現在只有妳可以幫我說服他了……」

32

當心中那盞燈火開始忽明忽滅，我開始擔心自己的三心二意會刺傷身邊愛我的人。我不是聖人，從一開始就不是。即使一開始就認錯也得要揹負起聖人的職責，拯救需要我幫助的人。不要再拜託，不要再道歉，你們應該要恨我。

跟著紹強來到療養院，看護和紹強領著我緩緩地走進地下室，暗無天日的長廊隨著看護開燈才亮起，幸好長廊底有一扇小天窗，還看得見外頭的陽光。靜默無語，體感漫長，我們快走到長廊底，紹強停下腳步，也讓看護駐足。

「我哥在小茹隔離房前，妳過去看看他。」我隨著他指的方向看去，一個人影就蹲坐在那裡。落寞的、孤單的、沒有精神的紹平，我慢慢地走近眼前縮成一團的人影。

走到紹平的身邊，我該說什麼，該怎麼說，沒有頭緒的我慢慢地接近失了魂的紹平，天窗灑下一束陽光，紹平靠在小茹隔離房間前，雙手緊緊環抱雙腿，臉埋在其中，我的眼睛被反射的光線刺了一下，我注意到紹平左手握著一枚水藍色髮夾。

那是從前我們一行四人逛夜市的時候買的。

紹平說我適合藍色，爲我挑的水藍色髮夾，還細心地幫我別到頭髮上去。

還記得那時候小茹選的是一對粉紅色髮夾，紹平也幫她別上。我不知道水藍色髮夾怎麼會被紹平拿去，是我離開之後遺落在他那裡，然後被收起來的嗎？

我站在隔離房前朝房內望去，看著小茹一臉茫然地喃喃自語，我心裡很是沉重。

我蹲下身子輕拍紹平的肩膀。他沒有反應。

「紹平，你不要這樣子。」紹平聽見我的聲音，緩緩抬頭看我。幾乎不敢相信眼前的人是紹平，滿臉鬍碴，左臉還被割傷，整張臉布滿塵垢。我靠著天窗打下的光看著落魄的紹平，腦袋都空了。

他用盡所有力氣地緊抱住我。

我感覺自己和他貼近的臉頰有點濕濕熱熱，紹平在哭？輕拍他的背想安撫他的情緒，微微的顫抖讓我知道他還能呼吸，濕熱的眼淚讓我知道他還有知覺。沉默的你，到底有多少痛苦壓抑在心底不說呢？

「我眞的很認眞在照顧她……」哽咽中，他好不容易說出這句話。

「我知道、我知道。」我用力猛點頭地附和。

「連妳都放棄了地照顧她……」眼淚忍不住地狂掉，腦中浮現的是在療養院再度相見時門口的道別，我轉身之後的紹平，爲我受傷而無力的左手微微抽動，卻無法拍住我的畫面，他難過地說：「我連想妳的權力都放棄了……我什麼都沒有要……」

這是不是一場惡夢呢？

我閉上眼睛，希望惡夢趕快結束。

如果世界上能夠有些絕對或是能夠二分法的事情就好了，或有像孟婆湯能喝了就讓人遺忘痛苦的東西也行。氣餒想要放棄時，心也能不抽痛，不掉眼淚地勇敢往前走；沒有勉強喜歡或接受的心情，只要告訴自己「要喜歡」就可以「馬上喜歡」的魔法，那麼宇宙間也許根本就沒有痛苦沒有難堪。

抱著痛苦不堪的紹平，我的心裡充滿罪惡感。

即使到現在，我還是莫名其妙地想著一些無關緊要的爛方法，明明看到有人身陷沼澤卻忘記應該先伸出援手，而盡想著逃避。

「……對不起。」我還能說什麼。

我的心好像被撕裂了。

就這樣一個緊抱不知道過了多久，紹平激動的情緒漸漸平復。我轉頭向紹強和看護招手，讓他們幫我攙扶紹平離開地下室。

紹平一直緊握我的手，連紹強爲他換衣洗臉也沒有放開。

剛開始沒察覺，直到會客室剩我和他們兄弟倆才發現，紹平早已累癱了，躺在沙發沉沉睡去，但因爲沒安全感，所以一直握著我的手。

「我哥還很喜歡妳。妳知道是因爲小茹的關係，他才什麼都沒說。」紹強的話讓空氣都凝結了。我當然了解紹平的苦衷。我沉默地看著紹平緊握著我的手。

「我們不可能了。」我決定勇敢說出感受。

「因爲黃子捷？」紹強不屑。

「怎麼可能是因爲他！對了！講到黃子捷，你那天是不是打了他？」本來不想提的，既然他主動提了就攤開來說，問黃子捷本人是不會有答案的。

「我已經跟他道歉了。」紹強略有悔意地說。

「都已經動手了！你知不知道他……」他可能活不久了啊。

「我知道啊我都知道！」紹強忍不住大喊。

原來是那個時候，紹強把我和紹平之間的事全部告訴黃子捷。

「我也想過等黃子捷死了再去找妳，不過我怕哥——」

「你說什麼啊！根本不是黃子捷的關係——」

我想離開這裡。

絕對不是因爲紹強把「死」字套用在黃子捷身上才想逃避離開；絕對不是因爲想到黃子捷可能會死才生氣想哭；絕對不是……那傢伙就算是全世界的蟑螂都死光，他也還毀滅不了，那傢伙一定是從八點檔連續劇跑出來的主角，老是不經意地做出一些賺人熱淚的爛事，而我只不過是一個入戲的觀眾。

「對不起，我只是……」紹強遞給我面紙，我早已泣不成聲。

就在這時，我的手機響起，是梅芬打來的。

「喂？梅芬什麼事？」我輕聲地說。

「我是子揚，妳在哪裡？」電話那一頭傳來的是黃子揚的聲音。

「怎麼了？梅芬怎麼了？」子揚用梅芬的手機打電話給我？

「不是梅芬，是我哥……」黃子揚話還沒說完，手機便被梅芬搶了過去：「黃子捷情況不是很好……」

「我馬上過去！」我結束通話想飛奔去醫院，卻發現自己根本動彈不了，熟睡的紹平不肯放開我的手，紹強走到我眼前說：「妳要走？」

「紹強，我載她去醫院吧，不要做會後悔的事。」毅東推門進來說服紹強，我看著紹強一個回頭便走出會客室，我知道他默許了。

「……不要走。」紹平忽然開口說話，他不是睡了？

「要去醫院的話，我就在外面。」毅東只能做這麼多。我知道。

「紹平？」我驚訝地說。

「抱歉。」紹平沒放手，反而握得更緊。

「那我要走了。」我趕緊起身說。

「我再也不要忍耐了，我真的很喜歡妳。」他使力一扯，讓我挨近他的身邊。

兩年前那個義無反顧的紹平回來了，忘記會傷害小茹而不顧一切的眼神。也許當年我看到他的義無反顧會動搖。可是現在望著他這樣的眼神，著實覺得可怕。

「可是，黃子捷他——」滿腦子都在想黃子捷，他有沒有受苦？

「我沒辦法管這麼多了，我知道妳今天再見他，我們就再也不可能了……」紹平只是使勁地用力抱緊我。紹平的義無反顧是沒人能阻止的，我終於想起不多話的紹平爲什麼會有這麼多道上的朋友，全都是因爲他沉默卻強硬的個性啊。我根本無法離開。

無法立刻飛奔到黃子捷身邊的我，覺得自己可能沒有辦法再看見他了。

我想見黃子捷，眞的好想。

33

當軟弱情緒充斥在體內時，容易讓人感覺沉重。失去拔腿就跑的力量和勇氣之後，如果不起身走動，就此殘廢了也不知道。如果有什麼信念可以支撐人的慾望，強大到傷害別人也不足惜，那一定很了不起。然而急切需要拔腿就跑的我，好像被緊抱住我的紹平吸光能量。眞的，隨著他使勁的氣力，我感受到自己體內的變化，細胞壞死，幾乎被消耗殆盡。

現在有著這樣信念的人，不是我，是紹平。

「對不起。」毅東把車停在我的宿舍樓下，駕駛座旁的我已經放棄掙扎，望著熟悉的山櫻樹搖搖頭。從紹平阻止我離開到現在已經過了一天一夜。

「我現在送妳去醫院還來得及？」毅東想補救，可我什麼都不想再提。我失約了。濃烈的罪惡感不斷湧現，我開始懷疑自己對黃子捷到底存的是什麼樣的感情？

「那妳保重，照顧自己，再見。」語畢，毅東黯然驅車離開。

我沒有埋怨，我只是懷疑自己。

「妳只不過是因爲他快死了才同情他，那是同情啊！」

「這樣對他來說很殘忍的，對這麼愛妳的我也很殘忍！」

紹平幾句話就沖毀了我剛釐清認知的情感，我沒有勇氣去醫院見黃子捷，沒辦法坦率地告訴他我的想法。我根本不知道自己的感情，有時候我也認爲自己是同情他的。

毅東走後，我望著宿舍不想進去，反方向地往街口的7-11走去。

玻璃映著窗外藍藍的，今年夏天好像比往年來得慢。裝著各式各樣飲料的大冰箱，隨意瀏覽了三、四遍，最後，還是買了罐熱奶茶。熱奶茶似乎能暫時溫熱我快要凍結的心。

離開了7-11，我走到鄉公所。

輕輕扳開拉環，輕啜一口熟悉的奶茶香，現在時間早上六點，東方溫熱陽光配著淡藍細白的完美天空。每個人如常出門走動，流浪狗也覺得乏味，可莫名的黏稠糾結在我左胸口裡。黃子捷又不是我的誰，就算不去又怎麼樣呢？要是我眞的喜歡他，昨天早就不顧紹平跑出來了，怎麼可能現在還呆坐在這裡呢？

一對男女從前方的公寓推開了門，女孩對男生說：「喂，你要走了喔。」男孩捏捏女孩的鼻尖笑著說：「嘿嘿，是啊，不要太想我喔！」感覺起來好溫暖，我好像看到黃子捷的笑容疊在男孩的臉上，想到他每次總是嘻皮笑臉地對我笑，也許那樣的溫柔太過深刻了，我忍不住嘴角也跟著微笑，卻止不住眼角的淚，一低頭就一直狂掉……我已經努力不在乎他了，爲什麼心裡還是覺得很痛苦？都不知道自己在做什麼了。

左右搓動熱奶茶，腦袋空空，什麼想法都被淚水沖掉，突然一張面紙遞到我眼前。

「怎麼啦？誰惹妳哭了？」阿問揮了揮手中的面紙向我微笑，害我一下子不知所措，趕緊別過頭去，用手袖擦拭眼淚說：「我沒事……」

阿問沒有再問話，只是待在我身邊，看著四周走動的人。

「你跟若蘭還好嗎？最近都沒見到你們。」我喝了口奶茶，轉移話題。

「我們很好啊！幾次若蘭都跑去敲妳的門說要一塊吃火鍋，妳不在，她很失望。」阿問側頭笑著。

「最近比較忙。」我乾笑。那種簡單的生活不知道離我有多遠，單純的喜歡和患得患失的心情，比現在複雜糾結的情況還要好很多。負擔單方面的心意，遠比雙方痛苦絕望的愛戀還要好解決，隨時收手都可以。

「謝謝妳。若蘭都告訴我了，說妳幫我說話……」阿問向我道謝。

我笑了笑沒多說什麼，我只是希望他們能夠幸福。

「過一陣子畢業，我和若蘭就會搬回南部去了，我們再找個時間一塊吃火鍋？雖然夏天快到了，熱呼呼的火鍋並不適合。怎麼樣？」看樣子他們之間沒有問題了。雖然若蘭跟我說她是個沒辦法只喝熱奶茶的人，但是阿問這杯熱奶茶終究還是她的最後選擇。他們兩個那麼相愛，到哪裡都不會分開。

「她那天回來就沒來由地跟我說一句話。」阿問歪頭思索著。

「什麼話？」我喝著熱奶茶笑著問。

「她說我是她的熱奶茶。聽起來好像還不錯。」聽到阿問這麼說，我想起那個雨夜，黃子捷蒼白的微笑，他用顫抖的聲音對我說：「如果可以，我希望自己是妳的熱奶茶。所以，請妳不要再等待了……」那瞬間我感受到熱奶茶對我有多重要的意義。

「妳的熱奶茶呢？」阿問傾身問我。

打從第一次見到阿問的時候，我就知道他的確是天使。阿問的話讓我有了無限的勇氣，每一次都是給我當頭棒喝般的提點。我不能呆坐在這裡！有個溫柔調皮的好男孩自願當我的熱奶茶，即便我愛自己比愛別人多，也沒有任何怨言。

「阿問！我要先走了！」我揹起包包跑向宿舍車庫。

「記得我們的火鍋！」阿問什麼都知道似地對我笑，我回頭向他揮手道別。

往醫院路上，我滿腦子想著等會見到黃子捷要好好表達自己的情感，我不要再隱瞞自己的感覺，我要告訴他這一切不是同情，絕對不是陷入八點檔泡泡劇裡的入戲太深。趕到醫院我衝進住院大樓，等不及電梯就爬樓梯上五樓，心裡還想著要告訴黃子捷，即使怡君出現阻止，我也不再退縮——怡君？站在黃子捷病房前的人是怡君？

還來不及反應，怡君看到我就氣呼呼地上前打我一巴掌。

「妳幹嘛來這裡！誰要妳來的！」怡君大聲罵我。

子揚和梅芬從病房走出來。

「妳幹嘛亂打人！」梅芬推開怡君，我哪管痛不痛，抓著梅芬問：「黃子捷怎麼樣了？」梅芬一臉欲言又止的樣子，我想衝進病房卻又被怡君擋下：「子捷要是有什麼三長兩短，我一定不會放過妳的！」

白色病房，新鮮黃玫瑰，病房裡連個人影也沒有？

「黃子捷去做檢查？還是……」喃喃自語地問，衣櫥裡的衣服和一些熱水壺之類的小東西都攤在病床上，似乎是有人開始要整理打包。

「他出院了，堅持出院。」梅芬走到我身邊說。

「昨天我爸媽從美國回來。我爸要我哥飛美國治療，我哥不去，跟我爸大吵，病就發作。醫生說再發作就不行了。」子揚邊說邊開始收拾衣服。

「妳怎麼這麼慢？手機也關機，去妳家找妳的時候遇到她，她還硬是要跟來。」她沒好氣地瞥怡君一眼。我滿腦子都在想黃子捷爲什麼要離開醫院？

「他這麼虛弱還出院做什麼？」忍不住莫名光火。

「我媽求我哥去美國，我哥答應了，只說去美國之前不想再待在醫院，老爸就妥協了，出院就順他的意思。」子揚解釋。

「黃子捷在哪裡？」我想見他。

「他一直在等妳——」梅芬正要說話，怡君搶話：「誰說！他笑著說不用等妳來！」

「這位小姐，妳不要亂說話，妳可以走了。」子揚請怡君離開之後繼續收拾。

「黃子捷是笑著，但比哭還難看，不知道逞強什麼！我聽了都快哭了。」梅芬哽咽，而我的眼淚早就停不了了。

「即使我們不說，妳也會知道他在哪裡。」子揚眼神示意我正視前方，梅芬也讓我仔細想想，前方就是病床和那一束黃玫瑰。

「我知道他在哪裡了！」我恍然大悟，馬上動作，子揚擋住我的去路。

「我載妳去吧！」子揚體貼地說。

就在我看到那一束黃玫瑰的時候，我已經知道黃子捷在哪。

34

戲台斑駁，戲碼老套，最紅的戲子也有該下台的時候。即使觀眾不願散去，但到該謝幕變不出把戲時，就得識相地戲終人散。至少保持笑容，因爲下齣戲正要繼續上演。我的眼淚總是搭配謝幕掌聲，震耳欲聾的鼓勵讓人幾乎忘記呼吸，拚命用力深呼吸，硬憋著捨不得吐氣，那味道裡有一絲不捨摻在滿足的淚水裡。

難道我也是戲子？我的人生是一齣被安排好結局的戲碼？

事情往往不如預期，下意識咬指甲的不安舉動頻率點出了我的在乎和恐懼，那種脆弱怎麼也掩飾不了。坐在後座，我不停想抓住勇氣的尾巴，希望倔強的自己能夠開口，那麼一切應該會有轉機。

「怎麼了？妳的臉色不好。」子揚單手開車，空出的另一隻手摸梅芬的額頭。

我忽然察覺到子揚跟梅芬間的莫名情愫，從眼神交會中迸裂出一絲絲溫暖，像是幻化成精緻粉色綢緞般的嬌柔。要不是最近黃子捷跟紹平的事太混亂，也不至於沒察覺出換帖死黨纖細情感的改變吧。我揚起簡單的淺笑，承接眼前美滿的情愫。

沒多久，窗外出現有別於市區的景緻，車子通過一片黃綠竹林後轉上，穿梭在樹林五分鐘的車程，陽光配著幾乎分辨不出藍色天空的耀眼，那片讓我怦然心動的花海依然活力滿滿，回憶追著我，影片不斷快速倒轉暫停，深刻烙印。我一輩子不會忘記在花海為我捧上滿懷黃玫瑰花的笑容。

我相信黃子捷出國治療前待在這裡一定比醫院來得舒服。

「這裡好美！」梅芬驚喜地搖下車窗，子揚把車停在三合院前。

「這裡是我外婆家，下車吧。」從背座看見子揚的笑，他轉頭對我說：「他在裡面。」

見到他第一句話該說什麼？有沒有好好休養？

衝動一旦經過急速冷卻便會開始顧慮很多，想都沒想過的事全部鑽進死胡同。我現在正陷入迷思當中。下車走幾步路，雙腳像有自我意識似地無法挪動，眺望三合院，神經線被扯得緊，子揚和梅芬見我回頭，我深吸一口氣往前走。

三合院前廳，外婆跪在佛堂裡念經，聽見動靜轉身看發現是子揚，喜出望外。

「子揚！我的寶貝，你終於回來了！」老人家緊抱住子揚說。

「外婆！您好不好啊？」子揚扶外婆在藤椅上坐好，外婆眼眶泛淚。

「不好，子捷又病了，你要好好照顧你哥。」外婆拉著子揚。我和梅芬對望了一眼。

「我記得妳，妳來看子捷呀？」外婆認出我，她走近握住我雙手的力道觸動記憶，讓我眼淚幾乎奪眶。

「哥呢？在房裡嗎？我們想進去看他。」子揚對外婆柔聲細語。

「他去花圃了，你們去陪陪他吧。」外婆語氣心疼。子揚眼神示意讓我去花圃找黃子捷，接著他向外婆介紹梅芬，老人家一見梅芬，便欣喜地把她當作子揚女朋友看待。我默默退出屋內，前往花海。

深靛色奧迪停在花圃旁，我走近，透過玻璃探看是否有黃子捷的蹤跡，他不在這裡。拾起一片竹葉，承載記憶的花海不再是三塊自成風格的花圃，雛菊和白百合不見了，眼前是整片黃玫瑰。我沒看見黃子捷在花海展臂呼吸的身影，沿著花圃小徑尋找他，結果發現黃子捷的專用輪椅，放眼望去不見他的蹤影，擔心他是不是發作倒地。

原本三分的花圃岔路，右邊多半是白樺和菩提，連接三合院，直接通到廚房或倉庫；左邊滿山搖曳的竹林，林間交錯發出沙沙聲，牽引我踏上鋪滿褐黃竹葉的小路，大約十分鐘的顛簸路程，黃子捷真的是往這個方向走嗎？

我聽見老鷹在天空盤旋發出的叫聲，前方應該有塊空曠的地方。走出竹林，我發現一池綠澄澄的湖，靜謐地座落於此，風吹竹葉，片片落湖面，陣陣漣漪點綴眼前美得不像話的景緻。眼前竹林外，湖左側有棵巨大樟樹特別顯眼，於此同時，我終於看到眼前真正特別的脆弱靈魂，黃子捷。

他躺在鋪滿竹葉和樟樹葉的地上，像躺在舒適的床。我悄悄地走向他，見他單手枕頭，另一手遮眼，身旁散落幾枝黃玫瑰，我蹲地想確認是不是昏過去了？

……他是睡著了吧？

沒打算吵醒他，坐在他的身邊看著前方的風景。

一支釣竿架在分岔的樹枝上，浮標像在湖面坐定似地沒動靜，難怪黃子捷睡著。他來釣魚？到底有沒有魚？盯著浮標沒動靜，我開始打量黃子捷。

寬鬆的暗紅色連帽上衣配白色的純棉長褲，一雙藍白球鞋。爲什麼這傢伙走休閒風還是一樣清爽好看？標準衣架子。上帝眞是不公平啊……不過，黃子捷眞的有點瘦，被遮掩住的臉也沒什麼血色。生病的確是讓他吃了不少苦頭。

噗咚一聲，湖面浮標沒入水裡，我拉住被扯動的魚竿，有魚上勾！誰知道這湖的魚有這麼大的力氣。眼看差一步，我整個人都要摔進看不見底的湖裡去！

「怎麼一回事啊！」我驚嚇嚷嚷。突然一隻大手攔腰抱住差點摔進湖裡的我。

「傻蛋啊？摔下去我可救不了妳！」黃子捷將我拉到一邊，魚線剛好被魚扯斷，彈開，只剩一條飛在空中的細線。黃子捷把魚竿架回樹枝上，不見他懊惱或洩氣。

就在他放好魚竿的短短幾秒鐘，我意識到自己這才眞正看見活生生的黃子捷，他正常呼吸，生命正在運作，我內心感動不已，感到到眼淚都快溢出來了。黃子捷一個起身走向我，微笑，輕拭我的眼淚再撥開我額前的頭髮，他注視了許久，害我尷尬得不得了，倔強地別過頭去說：「看、看什麼？」不等我說完，他略略顫抖地抱緊我，再輕聲地低頭在我耳邊說：「……我好想妳，眞的好想。」

被黃子捷抱在懷裡，看不見任何湖水、看不見竹林樟樹，只聽見他脆弱的心跳。

那訊息是要告訴我，此時此刻，他的溫度暫時不會消失……

35

染色體或其他基因一定都是有思想的小個體，複雜糾結卻少不了任何一個，那些都是成就一個完整人類的必要條件。事實上人類在一個時間會重疊好幾種情緒，愛得不完整，恨得不完全，容易跌入矛盾的心理。在我體內，愛情的基因摻雜超過百分之四十二倔強，百分之三十八莫名其妙，剩下來的是我經常不願意承認的純愛。很難搞。

閉上眼睛感受這一份被包裹住的溫暖，我動也不動地僵著身子，深怕稍有挪動便失去原有氛圍的甜味。撲通，撲通，撲通，跟不上節拍器的心跳聲隔著骨頭，努力向我傳遞想要活下去的意志，低沉而勇敢。我不忍再聽，下意識輕推開黃子捷，只懂得逃避的我寧願抬頭相信他的笑容。

「你幹嘛勉強出院啊？」轉身走向樟樹邊說著。在發問過後差不多有一分鐘沒有得到任何回應，我回頭看黃子捷在幹嘛？他側身對著我，雙手插口袋閉眼仰天。是不是因爲輪廓本來就比較深？他的側臉從額頭，鼻梁和長睫毛，鼻頭到嘴唇，甚至順下來喉結的弧線，把湖光山水的青綠寫意勾勒出一個完美的結界。

風一陣，揚起四周竹葉樟葉，湖面漣漪藍天綠葉，再搭配他髮輕柔飄逸的自然鬈，賞心悅目的情景不忍破壞。剛才瞬間有點害怕這陣風會不會把他吹得不見蹤影，因爲我早就懷疑他不屬於這個世界，以爲他眞的是天使。

「幹嘛盯著我看？愛上我啦？」他調皮地一個回頭再傾傾身，拉拉衣服的紅色連衣帽，戴在頭上向我走來，曖昧的餘味縈繞在我的心頭，我相信黃子捷沒有察覺到不對勁，因爲心裡有鬼的人是我。他是想做什麼就做什麼的人，行動力驚人卻不欠周詳的思考，坦蕩蕩到莫名其妙的地步。

「怎麼可能啊？臭美！」我忍不住反駁。

「我好慘，被妳拒絕一百次。過來，這裡很舒服。」他隨便亂說，把連帽掀到後頭。

「喂喂！你還沒回答我啊？」我指出院一事。

「我不是喂，我叫黃子捷，不知道還能再叫幾遍，還亂喂喂叫的。」他邊說邊回頭用指尖點點我的額頭，一點也不在意。我的心頭忽然糾結抽動了。

「不接受治療不會好的。」我皺著眉頭說。

他笑著看我，又望向前方的湖水，在他眼底留戀的是哪一片美好的景色？話到嘴邊，猶豫該怎麼說的模樣，讓人心疼，他很多時候很多事情在沒必要的狀況下不會解釋或追究。

終於他還是開了口：「從小到大，每一次被送進醫院，我都能知道自己出院的時間。我太了解自己的狀況。再胡來也會在眞正倒下前乖乖接受治療，我有繼續活下去的勇氣，前提是病還有得救，沒得救就不用勉強治療，我不做白費力氣的事。」

黃子捷平靜到讓我害怕，明明就要摔下懸崖卻不為所動，像談別人的事那般輕鬆簡單。第一次聽他這麼提自己的事。

「沒試過怎麼知道？連試的勇氣都沒有，談什麼活下去的勇氣？」還是想反駁他。

「我在下賭注啊，我的病被治癒的機會不大，待在醫院也沒用。發病最多也只是拖延幾分鐘的生命……我爸已經安排好之後要在美國的醫院待一段時間，我——」

「待在醫院比較保險吧！以後等你好了就不用再去啊，那不是更好嗎！笨蛋！不論是待在美國或是台灣的醫院，還不是都一樣！」我瘋狂炮轟他想法上的不是。要不是念在他是病人，真想把他腦袋打開來看是不是構造有問題。

「不一樣。」他輕撫我的頭，再順勢拉我近他的胸膛，聽他的心跳，「不一樣的。是賭注。妳現在聽著的心跳早已不受我的控制了。我不希望當妳以後回憶起我的時候，只記得醫院的消毒水味。」黃子捷略略抽動的消瘦身子似乎努力壓抑自己的情緒，他的情緒起伏不能太大。我離開黃子捷的胸膛面對著他坐好，用力認真地說：「你不會死的。」

不專業的密醫掛出的保證連自己聽了都腿軟，即使如此，我也不願意承認堅強的他在心底早已有消逝的打算，是宿命或灑脫早已分不清楚。

「別擔心啦，我沒事！我還有心跳。」黃子捷拉起我的手放在他的胸口，想讓我安心。紅著眼眶盯住藏在左手和骨子裡背後的脆弱，別過頭去沒有說話。也許是看我都沒反應，黃子捷嗯的一聲拉長了發語詞，淘氣地說：「因為護理師打針下手太重，醫師沒情趣，我才提早出院的啦。何況怡君知道我住院就不好了。妳們倆要是爲我打起來，我都不知道該怎麼辦呢！」

「我幹嘛爲了你跟怡君打架！你眞的很臭美哎！」我吐槽他。

我撐起身子拍拍塵土，隨手摘下旁邊竹林的一束枝葉往前緩步走去，一對鳶鷹仍在天空中盤旋著，時而尖銳，時而富有磁性的鷹鳴。我特別喜歡山頭的寧靜，忍不住會被吸引著微笑，低頭凝視竹葉顏色紋路的變化，隨意搖晃三五枝葉的樸實美。

「妳要小心別摔下去，湖水很深，很危險。」黃子捷戴上紅色連帽衣的棉帽走到我身旁，雙手插在口袋，上半身略略往後傾，先抬頭看鳶鷹，再將視線放在遠方的山頭，而後是近處的整片竹林，最後落在青綠的湖面上，好久好久。

「我以前曾經在這裡游過泳，不騙妳喔，我知道水很深。」他側臉帶點微笑神祕的語氣，讓我覺得奇怪，游泳？他不是劇烈運動都碰不得嗎？

「騙人，你怎麼可能游泳？你身體不是……」看見我驚訝，他又笑了。

「那是我出生後第N次被送進醫院，十七歲的時候。打球爬山游泳賽跑，我沒有一項能做。那年暑假來外婆家這裡玩，看著子揚在湖水邊玩水游泳，我卻只能一下午都呆坐在樹下看書。我不明白爲什麼弟弟能做的事，我卻不能做。結果啊，趁著晚上大家睡覺的時候，我跑到湖邊來……」黃子捷邊說邊蹲下來，撿起小石子往湖裡丟，撲通！深沉而似乎觸不到底的水聲配著水花濺起，著實讓人害怕。

「我枕著石頭，躺在湖邊淺處享受清涼，月亮掛在天上很大很美，照在湖面再反射到臉上的光暈，感覺像是喝醉一樣。當時幾乎看傻眼，完全忘記是要來游泳的。後來，可能是因爲太舒服，不小心趴在石頭上睡著了，子揚忽然出現叫我，害我嚇得猛一起身，卻滑倒摔進更深的湖裡去，當然啦，我不會游泳。不斷掙扎也沒有用，反而喝了不少水。就在我幾乎要放棄的時候，有一股力量把我往水面拉，結果是外公救了我。不過，這也是我昏迷兩天之後才知道的事情了。」黃子捷說畢笑了笑，把連衣帽往後摘。

他談起往事的時候，眼角都彎彎的。

「還記得我一醒來就看見子揚在我病床邊哭，聽說哭了好久，因爲他認爲是他害我摔進湖裡的。」用手梳理一頭蓬鬆的頭髮，他習慣性仰頭閉眼幾秒後再甩甩頭，這是他自己從來沒發現的動作，因爲實在很沒有意義。

我聽著他說話，觀察他的一舉一動。

「子揚以前很愛哭，總是跟在我身後流鼻涕。可是那一次之後，他就變了。當時我昏迷剛醒，他哭著握住我的手說他以後一定要當醫師，其實就我自己貪玩惹的禍……」說畢他又從手中丟幾顆小石子到湖裡去，我們沉默看著數個大小不等的漣漪漸漸擴大，互相交錯偶有阻礙，能在無意間圈畫出美好的水舞。不可思議的是，沉默迴盪卻能感受一股暖流直撲而來。

「我第一次聽你說你自己的事。」我雙手蜷著，往上拉高身子踮踮腳，舒展筋骨，再回頭對他說。他走到樟樹邊拾起地上的黃玫瑰再遞給我這份溫柔，微笑，再抿嘴猶豫地說：「不管……這是不是我的最後一段日子……陪我。」

我盯著他誠懇認真的眼神，無法表示什麼意見。我唯一的念頭就是牢牢記住他的臉、他的笑，和他的一切生命訊息。徹底感受到那威力極爲震撼，低頭細數著他經過喉結發出的字字句句，我紅了眼眶。

「走，去兜風。」他任性地牽起我的手往花圃的方向走。

「你要開車去哪？你別鬧啊！」被黃子捷緊握住的手不敢甩開造次，只能迎合他的腳步，深怕動作太大會影響他的氣息。我抬眼見他單手梳理頭髮，回頭風又吹亂，天真傻氣的模樣配上略顯蒼白的氣色，我無法拒絕他。

「我們兜風去喝熱奶茶好了。」黃子捷說出這句話的時候，我深有感觸。別人也許無法理解熱奶茶對我的意義和感動。人的一生肯定會在自己的生命裡留下什麼深刻細微的蛛絲馬跡，以供人探索其內心世界。我生命裡細微卻深刻的特別存在是一杯熱奶茶。

奶茶，一定要喝熱的，才能品出每個人獨有的香醇味。

望著黃子捷因病而吃力的背影，我認定是特別存在的，這杯等待的熱奶茶。

……希望永遠不會冷掉。

36

雲煙裊裊，只有風能夠享受輕盈帶絲的涼爽雲霧，靄靄穿梭。

展臂沉浸在水氣之中，大聲說出屬於自己的自由。沒來由地開始羨慕身邊眼前的白雲藍天一花一木，甚至爲了任何清風搖曳的平凡而感動，是因爲過於渴望自由的關係。那是比起幸福還更容易讓人觸覺的落寞。振幅不大的一個低頭仰頭，是註定象徵追尋盼望的微弱乞求。

「別走這麼快。」竹林路上輕扯開黃子捷的手，我怕他心臟負荷不了。黃子捷的腳步略停，回頭笑著又牽起我的手，也許顧慮我的擔心，他腳步漸緩與我並行。

竹林路徑寬不超過五十公分，隨風沙沙地偶爾不經意地掃過我和黃子捷的臉。

黃子捷領著我前進，總快我半步。我抬頭從側後方看他，臉色蒼白更顯得他的頭髮烏黑，波浪微鬈的髮飄散不定，合著竹葉的吹拂輕掠，時而低頭撐著風揚起微笑，時而抬頭調整呼吸，一切自然合理。也許是太過注意他的一舉一動，忽然覺得不眞實。

走出竹林路，我們回到種滿黃玫瑰的花圃岔路上。

我看見黃子捷不一樣的神情，他站在美麗花海裡，舒服自在地享受陽光。

「雛菊和白百合呢？被你拔光？改種黃玫瑰？」我好奇發問。他見我五味雜陳，拉我往岔路另一邊種滿菩提、白樺的地方走過去。我以爲那裡通往倉庫廚房，踩著凸起的樹根和黃土，經過倉庫後門還有一塊空地，雛菊和白百合全部移植到這裡。

我蹲下身子觸摸白亮到反光的百合，再抬頭看遠處一整片的雛菊，內心感動。他的心思細膩。沉迷於某件事物的人很少會顧慮到自己喜好之外的事，這是藏匿在人類基因之中最理所當然的道理，大家多半能體諒。反而是出現特例的時候會引起一陣不可思議的驚歎，即使是眞理也一樣變得畸形。

「拔掉太可惜，花也有生命，我花了兩天的時間把它們都移植到這裡來。」抬頭望著黃子捷的傻氣笑容，他越發不像一開始認識那個毒舌不恭的富家子弟。我不知道這是不是原本存在他個性中的一部分，只知道上帝要是讓眼前善良溫柔的他消失在世上，就是不通情理的。他懂得生命珍貴的重要，所以才有滿滿的不捨吧。

「你記不記得我曾說過……」我摘下一朵白百合喃喃地說。

「嗯？」他用手撐在膝蓋上傾身，想聽清楚我說什麼。

「你是一個不可思議的人。」我抬頭定定地說，細柔頭髮直垂在我眼前，他歪頭沉默好一會兒，忽然，我們相視而笑。

「這花能不能採？」當初與阿問初識的夜晚，一束白百合花和白色禮物開啓了所有不可思議的故事，至少對我來說是這樣沒錯。

想送阿問和若蘭一束白百合花，祝福他們現在的幸福。

黃子捷不等我說完，便走到旁邊竹籬笆將上頭的樹繩解下來，開始摘花。等我們摘滿少說有二、三十枝百合花，他便左捆右纏俐落地將整束花捆在一塊捧到我眼前，笑著說：「走吧，我們去當花店的快遞。」

他一手捧著百合一手拉著我，走上花圃邊，黃子捷便把奧迪的後車門打開，把百合花放進去。他撐住車門作賊似地往三合院方向看去，關上後車門再輕推我坐到前座去。很猶豫是否該讓黃子捷這樣胡來，我不想做會後悔的事。

「你很皮耶，我才不跟你一起瘋。要是你昏倒了我怎麼救？」技巧性地轉身退到他身後。以爲他拿我沒輒，背對我有些氣餒，誰知道他故意垂著雙手又回頭扮鬼臉給我看。

「噗哈哈哈，笨蛋！」我忍不住笑出來，天曉得他還有心思搞笑。

突然間，黃子捷的笑容倏地收起來，看著他取而代之的皺眉嚴肅。

我回頭看見一位年約五十好幾，西裝筆挺的男士向我們走來，子揚和梅芬跟過來的神情凝重，外婆站在三合院門口邊，我看不清楚她的表情。他是誰？黃子捷往前跨一步，讓我到他身後並扶著車尾。子揚趕緊走到黃子捷身邊，梅芬一直對我使眼色。

「你去哪？我答應你出院，沒讓你亂跑。」說話不疾不徐但很有權威感。

「爸，哥只是去花圃，沒去……」爸爸？子揚想解釋卻被父親的冷漠止了口。

黃子捷向子揚擺手示意不用替他隱瞞或說情。沉默游離在我們四周，特別是黃子捷跟父親四目交接，很難說得明白投射過來的是嚴苛、是關愛，或是其他的情緒。到底發生了什麼事情？黃子捷把霧煞煞的我送上前座，自己則繞過車頭走到前車門。

「你不要命了是不是？你非要讓我欠你媽多少才甘心？」他父親見他一意孤行直接飆罵，我在車內看不見黃子捷的表情，只能看到他的手緊抓門把。

「不要拿我媽來壓我。」說畢黃子捷坐進車內疾速駛離，隱約聽見他父親喊他。以前我總說不了解黃子捷這個人，想多知道他一些事情，因為他實在是太過神祕了。今天以前，我不曉得原來他的情緒起伏也會有不受控制的時候，特別是我從來沒看過他生氣。車子開出樹林前，我們陷入長時間沉默。

「花，送到哪裡去？療養院嗎？」黃子捷終於開了口。

「我是要送給若蘭的。她是阿問的女朋友。」我回頭看後座滿滿的百合花說著。

「那就是要去妳家囉！阿問？該不會……」他露出賊笑。

「你管我。」我端坐癟嘴，他對我報以狂笑，表情變化超豐富。

幸福滿到快溢出來的人不需要擔心，我擔心的是離幸福遙遠的人……當我這麼想著的時候，回頭盯著正在開車的黃子捷。他不知道我的想法，見我沉默，突然冒出一句：「別逞強。」我沒有應答，將視線放在前方的省道路上。我知道那句話的意思，黃子捷以為我喜歡阿問，想要我坦然面對不要逃避。也許是在那瞬間了解到他的想法，我有點不知所措。該就讓他繼續誤會下去？還是該說明白？我不知道。

如果喜歡我，為什麼總是不在意地鼓勵我追尋戀情呢？

「你不也是愛逞強。」我還是忍不住說說他。

「我哪有？」他笑著回應，當我正猶豫是否要繼續問下去，他像領悟到我的提問，側頭發出嗯哼一聲，沒有皺眉嚴肅也沒有不悅。他恰巧把車開進桃園市區。

「我跟子揚是同父異母的兄弟。現在家裡的媽媽是子揚的媽媽。」黃子捷語出驚人地持續自爆隱私：「我媽在我十三歲的時候去世……我媽是因爲我死的。那時候我的病發作，她送我去醫院的時候出車禍。」他的語氣平鋪直述，毫無情緒起伏，反而讓人難受。車子轉進後街，就快到宿舍。

「那你爸爸呢？」

「我爸不在，他去找子揚的媽媽。」

「呃……」該不會是不倫？

「沒錯，就是妳心裡想的那樣。子揚跟我差兩歲。我爸在同一個時期周旋在兩個女人之間。我媽是大房，子揚的媽媽是二房。」難怪他好像不太喜歡他父親。

「你恨他們？」我話雖問出口，但想起黃子捷跟子揚感情很好。

黃子捷將車子停在山櫻樹下，從車內仰頭望著外頭的山櫻樹，盯著看了一會。

「我媽臨終的時候告訴我，她愛我爸爸，也很愛我，我不會恨一個媽媽愛的人，我誰都不恨，我恨的是我自己。」他語氣始終淡然。

難怪黃子捷不太喜歡提到他自己的病，總是顧左右而言他。有時候我也會想在黃子捷看似開朗調皮的面容之下，是不是早就沒有勇氣活下去了。沒想到他光鮮亮眼的外表下有這麼痛苦的過往。他將車子熄火，低頭思索再抬頭對我露出笑容，彷彿說他一點也不在意。正想開口安慰他，他往我後方看過去，語帶笑意地說：「花的主人出現了，走吧。」

回頭，看見阿問和若蘭正從後街走回來。

時間空間像是忽然靜止一般，前後進退不得，包括我的情緒思路。

37

「碰撞」、「激盪」、「迴旋」這些詞，無論怎麼看，都會泛起一股張力十足卻不見得正面的能量。當幸福和痛苦同時攤在眼前要人去感受的時候，往往不能自私地只享受幸福的愉悅，因爲痛苦掙扎掀起的波瀾會撐大敏感的毛細孔。無法等量的遺憾會在視網膜後不斷地衝擊竄升，再一鼓作氣鑽往最脆弱的鼻內吹氣，莫名其妙的一陣酸意之後就再也搞不清楚是感動或難過了。

我的心思全部放在黃子捷身上，特別是隱藏在他善意的溫柔之下的傷痛過往。所以儘管隨著黃子捷的聲音望向阿問和若蘭，我卻著實感覺到自己整個人的身心分離。

「怎麼了？」黃子捷把臉湊過來盯著失神的我。

「幹嘛啦？你想嚇死我啊？」把混亂先擺一邊，我鼓起勇氣走向他們……

「小華！妳去哪裡了呀，好幾天都不見妳，好想妳喔！」若蘭一見到我，便開心地衝過來拉住我的手，用甜美的笑容向我發出超強電力，我不知所措地任由她扯動雙手。

「今天吃火鍋好不好啊？阿問！你說呢？」若蘭拉我的手轉頭對阿問說。

「妳不知道若蘭整天吵著要我找妳吃火鍋。」阿問拿若蘭沒輒。

若蘭向阿問扮鬼臉，美女就是美女，連任性倔強都讓人疼愛萬分。

若蘭的亮麗吸引我的目光，風格打扮有自己的品味。刻意刷白的貼身牛仔褲貼著她修長的腿；令人噴鼻血的好身材，套上印有幾個粉紅英文字母的鮮黃色小T恤；低頭是一雙現在最流行的超尖頭皮鞋，再配上她向來俏皮可愛的笑容，簡直是現代維納斯。

「司機有沒有份？我也愛吃火鍋。」黃子捷捧著白百合從山櫻樹下走過來，阿問和若蘭貌似有點訝異，黃子捷把花送給若蘭，我接著說：「這是要送給你們的花。」代表我們的祝福，希望你們幸福快樂。

故事是不是結束了？一個寒流來襲的夜晚、一束白百合花、一個銀色禮物盒、一個等待天使的男孩，和我的一杯熱奶茶。

阿問替若蘭接過白百合，向我投以一抹難以言喻的微笑。

「你是那天的帥哥？」若蘭直率地盯著黃子捷。他們見過面，我被怡君打的那天。

「是的，美女。就是我。」黃子捷跟若蘭寒暄。有時候我覺得他們某個部分很像，相似到相配。

「我們上去再聊。」阿問一手抱花一手牽著若蘭往裡面走。我原地盯著他們的身影。

「我等會上去找你們。」我向他們喊道，他們揮手示意了解。

黃子捷從側後方傾身到我眼前，溫柔地說：「說了別逞強的。」低頭沒搭腔，我想尋出一點線索。只要遇上若蘭，我什麼想法都會被吸走，靠越近越有感覺。這與若蘭是不是好人、情敵或其他身分無關。我唯一感受到的是若蘭的魅力不斷提醒我的渺小，連僅存的自尊都蕩然無存。我對若蘭沒有敵意。與阿問無關，純粹是我自己的問題。

「我的腦子有點打結了。」緩緩地吐出這幾個字。

我跟黃子捷走到便利商店買了熱奶茶，然後往鄉公所走去。

黃子捷不發一語地走在我後面，我突然想起這個體弱多病的傢伙禁不起折騰，猛一個回頭撞上他的胸膛，撞擊力道令我跌坐在地。

「你——」還沒開口便被黃子捷一把拉起，他暫時幫我拿著熱奶茶，讓我拍拍自己褲子上沾染的泥土。

「妳眞的很喜歡表演跌倒欸！身上零件摔壞啦？」黃子捷面對我，後退走路，俐落靈活得不像個病人，他走下階梯坐在我第一次遇見阿問的長椅，重新把熱奶茶遞給我。黃子捷經常率性而爲，態度瀟灑不羈，充滿理所當然，卻總能讓人打從心底折服。

「那不是你第一次說我愛表演跌倒，你忘了吧？」我扳住拉環，在黃子捷身邊坐下。

我想起他借我外套的夜晚，不知情地被女友背叛又撐著單薄身子離開的那個夜晚。

黃子捷笑而不語，用唇頂著罐緣不知道想什麼，沒一會啜了口熱奶茶。

「幹嘛？」幹嘛有話不說。

「那時候，妳急急忙忙跑出去是爲了找阿問，對吧？我沒有偷偷跟蹤妳喔，是剛好我的車就停在鄉公所附近，不小心看見的。」他一臉無辜。

「我怎麼沒看到你？你躲在哪裡？」我乾脆問個詳細。

「我一個心胸寬大知所進退的正常人，就光明正大坐在鐵樹下的石梯，看著你們的熱奶茶在冒熱氣，你們聊天聊得很開心，我什麼都沒聽到哦，只是透過路燈……看見妳的嘴巴、妳的熱奶茶，冒著熱熱的熱氣，好像很溫暖的樣子。阿問身上也有，不過跟妳身上的不一樣，我分得很清楚。那一晚真的好冷，妳看不見我，是因爲心裡沒有我。」和風輕拂黃子捷的側臉，將他的頭髮吹散開來，他又啜一口熱奶茶。

「我有夜盲症。」我隨便胡扯。黃子捷聞言笑了出來。

我能夠想像那一晚的黃子捷，用自己的想像塡滿屬於我和他之間的回憶，不，也許是我、阿問和他三個人的回憶。在我和阿問討論著他美麗天使的時候，另一個天使縮著翅膀在黑暗的角落，望著我們。

正當我思索過往，黃子捷隨性地將身子壓低，將頭輕靠在我肩膀，從側上方看著他的頭髮和超長睫毛，我的心臟撲通撲通跳好快，僵住身子不敢隨意挪動，只能試著舉起拿熱奶茶的右手，微微顫抖。

當時他是什麼時候離開的呢？他有注意到怡君的背叛嗎？還是他早知道卻故意放任，只因爲自己有病呢？我寧願他什麼都不知道。

一起一伏的呼吸頻率順著他的體溫透過來，他像隻被馴服的貓。

靠著我的肩膀沒有抬頭，他緩緩地說：「別想太多。我什麼都不想再追究，那些對我來說根本毫無意義……從小到大，我從來沒有像此刻這麼清醒地過日子。當我知道人生並不長卻仍看不到終點的時候，根本無法好好地過日子，我的生命找不出生路，於是開始自暴自棄。如同妳說的，我是一個不折不扣的紈褲子弟，跟三五好友四處玩樂，隨意和誰在一起都無所謂，不是想玩玩，卻也不知道人生該要有什麼樣的目標……」

語氣停頓之間我沒有多大的驚異，也沒有爲了反駁而反駁。他只有在這時候才能有勇氣坦承自己的過往吧。

「直到遇見妳，我還記得是個雨天，跟在一直喃喃自語的妳的身後，我忽然像是領悟到什麼一樣。妳很特別，那無關長相身材或外在，我也不太會說。就像是把所有繁華霓虹都拆光，把燈紅酒綠的糜爛全抽走，只留下單純質樸原始的韻味，那種很soft的味道吧，總之，我就是在那樣的雨天遇見了妳。」他挺身坐好，把他的熱奶茶罐伸過來輕敲我的罐身，笑著看我再低頭輕聲說：「謝謝妳。」

「你這幾天怎麼跟我說這麼多事？不想保持神祕啦？」我輕敲黃子捷的奶茶罐以示回敬，其實內心很不安。

「對啊，我要把過去二十年裡沒遇見妳的話趕緊說完啊……」

「你慢慢說。」

「那不行，我時間不多了——」他百無禁忌地說。我愣了一下不知道要回應什麼，他俏皮地拉高語調補充：「我是妳等待二十二年的熱奶茶欸，再不喝都快冷掉了。」他喝光最後一口的熱奶茶，走到長椅旁的垃圾桶前。我看著黃子捷的背影決定鼓起勇氣，我不知道自己脫口而出的是什麼？可以確定不是同情的濫話。

「黃子捷，我……那個……你其實——」我正在組織想對黃子捷說的話。結果黃子捷沒能把空罐扔進眼前的垃圾桶，鐵罐落地，我被聲響嚇一跳，抬頭看見黃子捷的目光落在石梯上方倚靠著藍色轎車的紹平，隨後紹強和毅東也跟著下車。

很有可能發現我們注意到他，紹平直接下階梯往我們所在方向走過來。

「你們怎麼來了？」擋在前面，我不想讓紹平他們與黃子捷扯上關係。

「我是來找妳的。」紹平一把將我拉住。

我被紹平突如其來的舉動嚇得怔住，黃子捷立刻拉開紹平的手，要他放開我，我往退幾步落進黃子捷懷中，接著碰的一聲，黃子捷倒地，紹平也錯愕，原來是紹強出拳揍了黃子捷！

我望著黃子捷嘴角的血漬，急紅了眼。

38

不要告訴我過去有多少的無奈和委屈，是你放棄了解釋的截止期限。別讓人學會接受事過境遷之後，又殘忍地把我拽回從前。人擁有的雙眼和四肢必須配合使用，必須不違背常理、不違反天命。如果人們都活在回憶之中，那麼現在的、未來的可能性也就不可能成立了。

黃子捷左手按住下巴再擦掉嘴角的血跡，右手撐住不穩的身子站起來，對我微笑示意沒事。我順勢攙扶他輕微顫抖的身體，擔心他的病是否會發作？情緒起伏或衝擊是否過大？肯定是因爲愛逞強或強要面子的緣故，黃子捷低頭不發一語，看不見他的表情只好輕撩起遮住他臉部的頭髮，再看到嘴角的輕微紅腫，我不忍心地皺起眉來。

紹強再想替哥哥出頭也不該出手打人，何況他知道黃子捷的脆弱。

「你憑什麼打人！什麼理由！你太過分了！」我對紹強怒吼。就在這時，紹平主動攙扶黃子捷坐回長椅，我趕緊陪同在側，警戒紹平的任何行爲。然而，黃子捷竟也不拒絕紹平的攙扶，甚至對紹平揚起禮貌的笑容，完全不迴避紹平的視線，泰然自若。

「我不會對他怎樣。所有的事，妳別怪紹強。」紹平的話對我說，但目光盯著黃子捷，反身坐在黃子捷身旁。

幹嘛要當黃子捷的面說。

黃子捷毫無反應，視線落在鄉公所前方的水泥地上。

「我以爲妳不會離開，即使我必須照顧小茹，妳也不會離開我，但現在不一樣了，所以我什麼都不想管也不想再沉默……」像是全盤托出所有的陰謀一般，聽著紹平的話中有話，我感到無止盡的恐懼。紹強順著石階走下來，我搞不清楚狀況。

「你胡說的吧？你怎麼可能知道我……」我試圖拼湊來龍去脈。

「因爲『金星』不是偶然，我和毅東的出現也不是恰巧，不會有這麼巧的事。」紹強耐不住性子自白，我看向毅東，希望他可以說出我能接受的事實。

「不可能，毅東是梅芬的男朋友啊，不會吧……」我盯著毅東歉疚的模樣，心涼一半。也就是說毅東是受紹強的請託才接近梅芬？

「小華，我很抱歉。」毅東道歉。

「別跟我說……你對不起的是，梅芬。」我阻斷他的發言。就在這時，黃子捷不發一語地走過來牽住我的手，他想要帶我走，無視他人存在。

「站住！你別走！」紹強看不順眼黃子捷的率性，又快步衝了上來。

黃子捷定定望著氣憤地向自己衝過來的紹強，輕輕將我推離他的身邊，避免我受到波及。在我害怕衝突又要爆發的時候，毅東跟上前想要阻止紹強，但怎麼也攔不住。說時遲那時快，紹強出拳揍了黃子捷，毅東及時護住黃子捷，結果反被紹強一拳結實地打在肚子上，黃子捷雙手扶住倒在他胸前的毅東。

「毅東你幹嘛！」紹強錯愕。冷眼旁觀的紹平也起身上前。

「紹強，別再做讓自己後悔的事了。」毅東額頭冒著冷汗還勉強撐起一個微笑給紹強，紹平蹙眉開口對我說：「下次，我再找妳。」語畢轉身離開。

只是一句話，我卻覺得好冷好冷。

毅東一股勁地挨著肚子站正後，向攙扶他的黃子捷伸手，黃子捷微笑地也握了握他的手，同時也要紹強別放在心上。

「你們有沒有怎樣？」我問。

「沒事。」毅東輕聲回應，我覺得有點抱歉，剛才對他還很不客氣。

「我揹負太多不單純的動機和梅芬在一起，我不知道怎麼做才能彌補她……我實在沒資格再說什麼，但是我對梅芬是認眞的，我喜歡她，跟其他人沒關係。早在之前，我就見過她了，只是——」話還沒說完，一個聲音阻斷了毅東所有的線路。

「說這些太遲了吧？」梅芬先從石階上走下來冷冷地看著毅東。

「妳誤會了！毅東是說……」我想替毅東解釋，卻被梅芬的眼淚晾在一邊。

「你打電話給我說小華和黃子捷有危險，就是爲了要讓我知道你從頭到尾都在欺騙我嗎？你是紹強的走狗嗎？你有沒有人格啊？有沒有自己的思想？」梅芬揪住他的衣領喊，毅東任由她扯著，眼光沒有逃避，直直地注視著梅芬，有一股悲傷竄出，我覺得很難過。

黃子捷搭住我的肩膀微微拍著，安撫我的情緒。

「妳不要怪毅東！」紹強上前一步，瞬間又被毅東扯住衣袖。

「怎麼了？」子揚順著石階走下來，毅東失神地看向梅芬，只見梅芬的眼淚不斷滑落。子揚走到梅芬身邊安慰她，毅東把一切收進眼底。紹強拉住毅東：「毅東走吧！沒有必要在這裡受委屈。」

事情變得複雜，有人曾說事情如果亂了套就該徹底打亂，一切才能重新開始。不知道哪個莫名其妙的人提到「要建設就得先破壞」的怪話，我肯定承受不住革命烈士的壯志心情。埋怨和思索並存在我的腦子裡打轉，卻依然拿不出方法來幫梅芬和毅東。

毅東一手撐在腰間忍著痛，一手拭去梅芬的眼淚。

梅芬的背影再也感覺不出一絲怒氣，反而有一種深深的難過氛圍環繞在她四周。我以爲這一切都有轉機，毅東是喜歡她的，如果梅芬願意原諒他，一切都沒有問題。

「你沒有任何話要說嗎？」梅芬想給他一個解釋的機會。

誰知道毅東低頭好一會兒，再抬頭，竟然對梅芬說：「……我們分手吧。」

空氣好像被凝結住。毅東順著紹強的手勁被扯回榕樹下的車子邊，梅芬的背影疊著另一邊毅東的背影，微微顫抖；而毅東關上車門的一瞬間，眼角閃爍著淚光。

顫抖配著淚光，我的心都揪在一塊了，梅芬的幸福到底是什麼？

我盯著黃子揚出了神，想問他能不能告訴我答案？

39

想要痛哭一定得使勁，美麗的眼淚覆蓋著毒液，使得人們鬱悶發狂；感覺悲傷一定要大聲嚷出自己的悲傷，否則堵在胸口的鬱悶會使人絕望失神。不管是悲傷或眼淚都不能儲存，無法洩洪的水庫遲早會使壞。

此時此刻我不要看到妳的笑容，勉強撐起的笑容。

鄉公所前掀起的一場風暴似的鬧劇，我們眼睜睜地看著鬧劇的上演落幕，大家是主角也是觀眾。原本謝幕時該要有的熱烈掌聲和安可喊叫，都因爲大家軟癱一地累到不行而作罷。我們忘記爲戲鼓掌叫好，連散場也免去謝幕，空留一地沉默。

「喝水嗎？」我從樓梯間的飲水機倒了三杯白開水端進我的房間。

坦白說，小小房間同時塞進四個人也實在尷尬。梅芬坐在我的床頭把玩絨毛熊玩偶；子揚坐在床尾發呆；黃子捷瀏覽一遍書櫃，抽出一本村上春樹翻看。

有一種「刻意避免」的氣氛正圍繞我們，我把白開水放在小桌上後準備席地，誰知黃子捷忽然將書本一闔，順手將我扶起說：「若蘭不是要我們去買火鍋料嗎？」我愣了一下，看著黃子捷示意讓他們兩個獨處的眼神。

「我忘了……梅芬一塊留下來吃火鍋？子揚？」我看向梅芬以為她會拒絕，沒料到梅芬抬頭微笑點了點頭，然後繼續把玩著絨毛熊。而黃子捷輕拍弟弟肩膀示意，這是我看過他最有大哥樣子的時候。

「別發呆啊，傻瓜走啦。」他一把牽我走出去。

「你們兩個果然在家啊！」才關門便看見電梯門口的若蘭。

「若蘭說要問你們想吃什麼。」阿問站在若蘭身後。他總是注視若蘭的一舉一動。

「大家一塊去買吧，還要買梅芬和子揚的份。」黃子捷笑著說。

「還有誰要來啊？」若蘭俏皮地勾起阿問的手腕笑嘻嘻地問。

「我同學跟這個人的弟弟。」我接著說，又指指身邊的黃子捷。

「什麼叫這個人啊？我叫黃子捷，大小姐。」他輕揉我的頭髮，一陣笑談之後，我們便前往附近大賣場採購。接著煮火鍋煮到大約六點半。雖然一直都在若蘭房間裡處理食材，我心裡老惦記在我房間的梅芬和子揚。

「怎麼了？」黃子捷趁阿問他們合力洗盤子的空檔，在我身邊蹲下輕聲問。

「我很難過毅東和梅芬的事，我要負責任。」我一邊下鍋高麗菜一邊洩氣地說。

「……阿問，我們去叫他們下來。」語畢黃子捷隨口往廚房一喊，便拉我出門。

黃子捷在樓梯間鬆了手，大刺刺地直接坐在樓梯上，米白色長褲角順著他的腳自然垂下，暗紅色的連帽長袖有點蓬鬆，看起來很舒服。我先是出神地注視著他，忽然又想起該上樓找梅芬。

「不是要上去叫梅芬他們？換你發傻啦？」我倚著樓梯間的窗戶。

是我的錯覺嗎？黃子捷的氣色比起剛才真的蒼白許多，他低垂的睫毛配著氣色有一種難以言喻的模糊感，喉嚨感覺乾裂，他嚥了嚥口水。

「過來，坐這裡。」黃子捷抬頭微笑向我伸手，要我坐在他前面。被他的微笑牽引，不自覺緩緩地轉身坐在黃子捷的下一階樓梯，本想側頭問這傢伙搞什麼鬼，他從身後將坐在前頭的我擁入懷中，害我心跳漏跳好幾拍。那力道很溫暖地包圍在四周，黃子捷的呼吸熱氣就在我的臉頰邊游移，除卻緊張，還有種深刻的感動，把之前的模糊感一掃而空，因爲我能清楚感受黃子捷的生命仍然溫暖。

就這麼抱著我有五分鐘之久，他的呼吸開始不規律，我想轉頭確認他的情況，但他多使了點力，在我耳邊輕聲地說：「別動，我已經沒有太多的力氣可以再這樣抱住妳，我想記住這種感覺，把它帶去美國。妳現在什麼都不要想，好嗎？」黃子捷感性地說，才幾句話就足以讓人掉下眼淚，這裡面多半帶著無奈和心疼。這一刻，我彷彿能預見和黃子捷的生離死別，他突如其來的擁抱是有了什麼感應，還是對我隱瞞了什麼呢？我失去分寸，他溫柔地將臉埋進我肩頭上的髮，和他細柔的髮絲交雜在一塊，甚至垂到我的眼前，微微飄晃，那是因爲顫抖或是激動？我沒有答案，莫名的心疼不斷撞擊我的胸口。

「我坐在長椅上想著，就算是這樣也無所謂，就算妳喜歡的是阿問、紹平，或是其他人都無所謂。眞的，我喜歡妳……」他的語氣眞誠，我的瞳孔微微撐大三公分，這是黃子捷第一次說喜歡我。伴隨著感動，我的淚水直直猛掉。

原來下午他呆望著不發一語是在想這些事，可是，事情不是這樣的！我清楚明白自己對紹平是同情憐憫，我只是感覺自己虧欠他和小茹；對於阿問，我只是欣賞他的執著和勇氣，畢竟他是我遇見的第一個天使，給我勇氣的天使。如此而已。

多少次我都沒機會說出口，總是被中途打斷，所以黃子捷一直以爲我像每次吵嘴一樣討厭他，不行，我要勇敢一點！我要告訴黃子捷自己喜歡上他了啊。

「黃子捷，其實我……」鼓起勇氣，我打算做有生以來的第一次告白。

「妳別放在心上，我沒逼妳的意思。」黃子捷見我吞吞吐吐，好意替我找台階。

「啊不是，你聽我說——」我這次一定要說清楚。

此時，樓上突然傳來開門聲。

黃子捷順勢摀住我的嘴巴，示意暫時別說話，留意樓上傳來的聲音。

怎麼一回事，我是不是被詛咒？

「我沒事！眞的沒事。不過就是分手嘛……我要走了。」是梅芬的聲音，笑笑的語氣之中幾乎掩蓋不了她的悲痛。我和黃子捷悄悄起身往上慢慢走，停在四樓往五樓的樓梯間，我能從下往上看到子揚，梅芬應該是在靠近電梯那一邊，看不見她。

「也許他有什麼苦衷，他覺得自己對不起妳，那不是妳的錯。他不是也說他對妳是認眞的？」子揚安撫梅芬。我轉頭看一眼黃子捷的反應。

「幹嘛？愛上我啦？」他故意小聲地說。

「神經！」我下意識回了嘴。

「我不知道，我甚至開始懷疑他和我在一塊的快樂驚喜溫柔體貼都是裝出來的！你要我怎麼相信他！我怕小華自責才忍住，這不是她的錯！」梅芬激動地說。

「幹嘛要忍住，妳幹嘛這麼爲他人著想。我會保護妳的！」子揚再也無法冷靜，梅芬的話讓他跟著激動，我也快要失控了……

黃子捷輕拉住我的手，挨近我的臉頰輕啄了一下。

「傻瓜，別再耿耿於懷，讓他們去吧。火鍋，留給我們自己吃吧。」黃子捷俐落無聲地下樓，我抬頭往五樓方向看去，子揚將梅芬擁入懷中，疼惜地安撫梅芬。

回到若蘭房間，小倆口已經圍爐開吃。

「你們去外太空叫人啊？」若蘭調皮地說，黃子捷左右手各拿一枝筷子端坐裝可愛。

「黃子捷！你裝什麼可愛！」我叨唸。

「不喜歡啊？那我叫阿問裝可愛給妳看。」黃子捷回嘴。

「煩死！再吵不給你吃！」我們竟然還能鬥嘴。

「你們的感情很好嘛！對吧？阿問。」若蘭邊吃著高麗菜拌沙茶醬邊笑著調侃，向阿問尋求認同，阿問微笑點頭，害我跟著不好意思，若蘭趁勝追擊：「不承認沒關係，火鍋料買太多了，妳和帥哥要負責吃完喔！可以吧？帥哥？」黃子捷聞言一笑，作勢努力攪拌醬料假裝要赴戰場，令人捧腹。

晚餐吃得很開心。火鍋蒸氣充斥屋內，我不時注意黃子捷的氣色，他被蒸氣沖得臉頰紅通通，看起來像普通的健康人，如果時光就此停住該有多好。上帝不會捨得他鍾愛的天使逗留在凡間太久。一直以來都不曾真正感覺黃子捷是我們這個世界的人類。

「我把垃圾拿去樓下的垃圾箱放。」我提著兩袋垃圾往外走。

「我陪妳去。」黃子捷把碗盤收拾一半便準備起身。

「喂，倒垃圾而已，你幫忙若蘭收拾。」我笑著阻止，自顧自地出門。

電梯到一樓，我蹦蹦跳跳地穿越長廊，垃圾桶放在大門口內側。

「那你今天晚上要陪我，不准回去……」怡君挽著陌生男孩有說有笑走進來，我剛倒完垃圾一抬頭便跟怡君對到眼，正覺得實在尷尬，怡君下一秒突然撲進男孩的懷中大哭，我完全不知道該怎麼反應，怡君怎麼了？

「怎麼啦？寶貝？」男孩摟住她。

「就是她！她之前騙我錢又聯合她男朋友欺騙我感情，真的很壞！她都沒有覺得對不起我……」怡君哭著說。聽見怡君這麼說，我當場傻住，而原本輕聲細語的男孩臉色驟變並向我走過來，我看到男孩身後怡君的賊笑。

「你、你要幹嘛？」好痛！他倏地一把掐住我的喉嚨，力道漸漸加重施壓，越來越用力，我快喘不過氣來了。

「妳很行嘛！手段很厲害嘛！使不出力了嗎？我很小力欸，跟怡君道歉，說！」這個人不可理喻，怡君有必要這麼做嗎？

「放開我，好痛……咳——咳——」我沒辦法掙脫，呼吸變得好困難。

盯著這男生身後的怡君的笑臉，配著陰暗的長廊。

妳是惡魔嗎？

40

人生長不長短不短，免不了抉擇。往往事過境遷，大部分的人會懷疑自己的抉擇，追著眼前闢好的康莊卻不滿足似地抑鬱寡歡，因爲心裡總在揣測被捨棄的「錯過」是否才是眞正的未來。我相信那些不是三心二意，而是得不到踏實安穩的自省。從揣測中得到的答案只能當作假設，假設不存在於過去。人類的矛盾在此時冒出了芽，越長越高。

空氣無法到達咽喉以下的任何部位，每個器官都要缺氧了。

「知道不好受了吧？跟怡君道歉！」長廊的燈沒開，我看不清楚這個人的樣子。

他的力氣太大加上我的氣喘發作，我忍不住握緊拳頭往他臉頰揍過去，誰知道對方不痛不癢，掐住我的手腕直接壓在牆壁上。我怒瞪一邊看好戲的怡君，男子見我倔強不肯認輸，便湊近我的頸部，我嚇得瘋狂掙扎但沒用，一使力就被他掐得更緊。

「放、開、我！」我好不容易吐出幾個字。孰料這個人變本加厲地先是親我的脖子再狠狠咬我，我再也忍不住地哭了出來，眞的好痛！

「呦，怎麼哭啦？」他知道我在顫抖。

「你不乖，親別的女生。我吃醋了喔！」怡君嬌嗔抗議，湊近環抱這個男人的頸子熱吻起來，而我被壓在牆壁動彈不得，用力閉眼不看撒旦親熱。

「回房間再說，我想看你親她再咬她，好不好嘛！」怡君要求男子，我抵死不從。但幾乎要失去力氣。這時電梯那頭傳來黃子捷和阿問的說話聲音。

「阿問，剛才若蘭說要喝什麼果汁啊？你要喝熱奶茶？」

「小華咧？要喝什麼？」

「她怎麼倒個垃圾這麼久？」

啪的一聲，我勉強回頭看到黃子捷提的垃圾掉在地上，黃子捷衝過來直接出拳揍了那個男人，我倚著牆軟癱在地還是難以呼吸。怡君看見黃子捷突然出現顯得錯愕。阿問幫忙打開長廊的電燈，也趕緊過來關心我。

「妳還好吧？流血了。」他緊張詢問。我按住脖子，盯著激動的黃子捷，擔心他發病。

「阿問，快點阻止他，會發病……」阿問趕忙拉住與男子扭打的黃子捷。

「你去看看小華！」他讓黃子捷停手，再喝止男子動作。

黃子捷衝過來抱緊我，安撫般頻頻說著沒事了沒事了，我怎麼顫抖得這麼嚴重？不對，顫抖的是黃子捷。我忍痛推開黃子捷的懷抱，見他臉色蒼白、嘴唇發紫，結果這個沒分寸的傢伙竟然塞給我一枚沒有說服力的笑容，讓人心疼。

上帝保佑，我不要再一次看到黃子捷在我眼前倒下。

「子捷，我……」怡君怯懦地想要解釋，沒料到那個男人惱羞成怒推開怡君，一腳往黃子捷背上踢，黃子捷因爲抱著我失去平衡倒地。阿問見狀立刻制止他，更沒想到的是，怡君揪住那人甩了兩巴掌，尖叫喊道：「你幹嘛打他！王八蛋！你給我滾！滾！」不等那人反應，怡君硬把對方推出門外。

黃子捷的冷汗汗珠從髮絲滴落到我的臉頰上。

「黃子捷？」被保護在懷中的我抬頭，黃子捷輕輕鬆開我，讓阿問攙扶我起身，自己扶牆起身，步履蹣跚地走向淚眼婆娑的怡君。

「你受傷了嗎？對不起！」她哽咽地輕觸黃子捷發白的臉。

我不討厭怡君，她是眞的很喜歡黃子捷，不然不會做得這麼過分。

「都是我的錯，請妳不要怪小華也不要傷害她，是我單方面喜歡她。傷害了妳，我眞的很抱歉。」黃子捷明確向怡君表態。

「我就是知道你喜歡她才氣不過，我也知道你沒有喜歡過我，明知道我還有其他人也不過問。剛開始我眞的不明白你的瀟脫跟不在乎，上次跟梅芬去醫院才知道……」說到重點，怡君收了口，並將視線看向我，神情有些哀怨。

「爲什麼不是我？我也能照顧你啊。」她扯著黃子捷衣袖。

「我還好，不擔心，只是這傢伙沒人照顧不行。」黃子捷畫風突變，淘氣地對怡君說：「她沒有妳這麼討人喜歡，也不像妳那麼漂亮。她又固執又愛鬧彆扭，最麻煩的是她經常亂生病，比我還慘。我想多積點德，多照顧她點，這樣可能會上天堂。」

喂！你眞的有必要把我說成這樣嗎？我抿嘴向阿問投以訴苦的眼神，誰料阿問竟然噗嗤笑了出來，怡君也被逗得破涕爲笑。就我沒好氣，從側後方看著黃子捷的笑臉，意外瞥見他扶牆的手仍然顫抖，沒有人發現異樣，我出神盯著他發抖的手和身影。

「還是這麼溫柔，我是眞的很喜歡你……到時候你別後悔，我不吃回頭草。」怡君一把抱住黃子捷好久，不捨地鬆開他之後走向我。

「我不會跟妳道歉，妳還是從我身邊搶走了他。」語畢，她頭也不回地離開。怡君爲了黃子捷破壞自己對愛情的原則。

驕傲的她受傷了，傷得不輕。

喉嚨雜音不斷伴隨我的呼吸竄出，氣喘越發嚴重了。

「妳氣喘滿嚴重的，要不要去醫院？」阿問擔心問我。

「該去醫院的是他。」我指向黃子捷。我房間裡還有氣管擴張噴劑。

「那就上樓休息。」黃子捷見我不聽話，走過來直接想把我抱起來，被我制止。

「我能走，我才不要變成大麻煩。」我知道他不想去醫院，那就必須休息。

阿問協助黃子捷攙扶我回房間，若蘭知情後衝上來氣憤好久。後來阿問覺得黃子捷和我都需要好好休息，便拉著正義感爆發的若蘭回去三樓。

「過來，擦藥。」黃子捷打開醫藥箱準備幫我擦藥。

「先把你的藥吃了。」同時我倒水遞給他，我知道他口袋有藥。

黃子捷笑了笑，乖巧喝水服藥，拉我倚坐床沿，再拿桌上的噴劑給我，我也聽話噴藥。

氣氛變得微妙，我們不吵嘴，也沒再交談。

他細心地替我脖子的齒痕、傷口擦消毒藥，輕輕地吹氣。我因為感覺刺痛而挪動身子，也因為他靠我太近，心裡七上八下想找話聊，孰料黃子捷直接湊近吻我的傷口，將臉埋進另一邊的頸部髮絲中，像隻溫馴的小貓輕靠著我，我腦袋一片空白，心裡卻感到溫暖和安心。

他的氣息不順。我彷彿看見上帝在招手，要我把祂的天使還給祂。

上帝消失，視線落在剛泡好的熱奶茶上，最後一絲熱氣也快要消失。

黃子捷眞的是上帝的天使嗎？還是等待的熱奶茶呢？

我不想破壞眼前短暫的寧靜⋯⋯

我輕輕地抱住了他。

41

我喜歡涼爽的天氣，像還沒日出的阿里山，涼風微冷，舒適得讓人特別清醒，那種清醒沒有幸福感，單純只是清醒，不適合添加柔和或甜美等形容詞，那是我唯一認爲不需要添加幸福香料的時刻。

太陽尚未露臉前站在阿里山看日出，手撐欄杆，眺望遠方，深吸一口氣，陽光會灑滿大地，幸福會降臨，所以日出前一刻就好好享受清醒的芬芳。

充滿波折的一天過去，生活重回日常，上課，吃飯，跟指導老師討論，忙畢業製作，和三五同學吃宵夜聊八卦，心裡踏實。

今晚大哥再度發出號召令，召集大夥晚上十二點到永和豆漿吃宵夜。

溫熱的豆漿店、久違的逗趣老闆和夥計、琳瑯滿目的美食，突然感動不已。

「小華，妳幹嘛一個人傻笑？」吳宇凡用似看非看的眼神飄向我，語畢便塞了一口蛋餅進嘴裡。他還是一樣瀟灑不修邊幅，海灘褲加上寬T恤，我托住下巴笑著說：「吳宇凡，你今天怎麼看起來特別帥。」

「那可不行喔，小華妳別趁佳涵沒來就……哈哈。」大哥笑著調侃我。

「是是是，我的口味跟佳涵可不同。」我又嗑一口小籠包。

吳宇凡和佳涵的感情一直很好，他到底有什麼魅力能把班花佳涵迷得團團轉。

大家開始八卦滿天飛，除了宵夜，我被八卦流言給餵得飽飽。

「對了！怡君最近換新男友呦。」圓圓說。

「她換男朋友又不是新鮮事。」大哥完全不驚訝。

「我也看到了，那個人還來陪怡君一起上課。」吳宇凡補充。

我喝著豆漿，盯著蒸籠裡的三顆小籠包。忘不了怡君那一晚的神情，殘忍冷笑、哭泣、無奈、絕望、義無反顧，全部出籠。像是受傷的猛獸，也像失寵的小孩。

「小華！妳在發什麼呆啊？」第一次參加宵夜聚會的志弘喊我回神。

「沒有啊，什麼事？」豆漿的吸管都快被我咬爛了。

「怎麼沒看到梅芬？」連跟她同一組的吳宇凡都向我提出疑問。

那天到現在已經過了一個星期，我始終沒見著梅芬。因爲感覺對不起她，所以我一直沒有勇氣打電話給她。雖然她不怪我，但我確實得負起相當的責任。

黃子揚有好好照顧她嗎？毅東就此放棄了嗎？梅芬有什麼想法又有什麼改變？

「幸福」對某些人而言，似乎怎麼也抓不到手，反而漸行漸遠。

凌晨兩點回到宿舍，梅芬突然現身，她站在山櫻樹下，一見我便開朗地大聲打招呼，我還反應不過來，她便拎著大包小包說要去我宿舍坐。一進宿舍，梅芬就坐在小桌子邊開始掏出袋子裡的東西，我邊看著她滿心歡喜的樣子邊泡熱奶茶。

我把剛泡好的熱奶茶放在梅芬手邊，在床旁席地盯著她把背包掏空。

「吳宇凡說找不到妳。」我捧起其中一杯熱奶茶喝。

「我去玩啊，剛剛才回來。我把東部全部玩遍了呦。這些是我買給妳的名產，鴨賞、蜜餞、麻糬、釋迦餅，還有茶點！我通通買回來了。」她喜孜孜打開一包麻糬給我吃。

「妳一個人去玩？」我愣愣地接過手發問。

「對啊。」她拿起熱奶茶喝一口，背對我繼續分名產，邊分邊說：「這是給大哥的，這是給吳宇凡跟佳涵的，阿忠的，志弘的——」我看著她曬紅的手臂和背影，心裡很難受。

「梅芬，我——」正想道歉。

「不用說抱歉，我現在很好，眞的。」她搶先一步說。

我緊握手中的熱奶茶，不知道梅芬做了什麼樣的決定。沒有過問是尊重她，她想說會跟我說。我們姊妹倆沒有再提起那些傷人的事情。

整晚，她聊起去東部有多好玩，遇上什麼人和什麼有趣的事蹟，我則說起最近學校發生的事情和聽來的八卦，最後梅芬先行累癱地掛在我床上呼呼大睡。幫她蓋好棉被，我再泡了一杯熱奶茶，走到窗邊吹風。

凌晨五點，鄉公所前已經有許多老人家出來活動筋骨了。

把熱奶茶放在小桌上，靠在床邊遠遠地看著熱氣冉冉，伸伸懶腰再轉個身往窗外透了一口氣，梅芬肯定睡到下午才會起床，以防萬一，我留紙條說我到鄉公所前走走。

坐在鄉公所的長椅上就會不自覺地想起黃子捷。

怎麼是想起黃子捷呢？一開始在這個長椅上給我回憶的不是阿問嗎？

阿問給我的回憶有著平穩的祥和感，不管笑容還是動作都輕輕的，那是一種不特別深刻卻讓人感到溫暖的滋味。而黃子捷的回憶像是一股洋流，他本身沒有什麼強烈的性格或激動熱情的反應，卻總牽引我的情緒，他像是在藍天白雲之下的帆船旗，還有反客爲主的能力，把藍天大海當作襯底似地逍遙灑脫，神采奕奕。

除去學校生活，我唯一放心不下的就是黃子捷要去美國的事。不是捨不得他去，是害怕他不去。我要他答應我好好養病，也會定期去醫院檢查。昨天早上還打給我說他今天要到醫院檢查。

我只是想相信黃子捷給我的笑容，是對我承諾不死的保證。

當我一陷入自我情緒的時候，往往看不到也聽不見身邊的動靜。

「怎麼啦？一個人傻傻地在發呆啊？」阿問不知道什麼時候走過來的。

「阿問，你怎麼也這麼早起？」我挺起原本雙手撐在膝蓋的身子，他坐到我身邊笑著沒多說些什麼，安安靜靜的，我覺得很舒服。

「妳黑眼圈好深，又沒睡覺？氣喘好多了嗎？」他盯著我的黑輪，我乾笑兩聲。

阿問仰望天空，若有所思地說：「我是認識妳之後才開始喜歡喝熱奶茶的，那種濃醇的香氣很讓人留戀。不過，熱奶茶的濃郁香味好像不適合每一個人，熱奶茶的甜度、溫度，甚至密度不一定能和每一個人match。」從側面看著阿問，聽著他說的話，總覺得他像獲得什麼脫胎換骨的領悟般，更嗅出他眼神下的備戰狀態。

「即使如此，我還是愛喝熱奶茶。原因不明。」語畢，他托著下巴笑了。

「你是若蘭的熱奶茶啊。」我提醒他。

這時他雙手都托住下巴，低頭一陣靜默。他們之間的問題還沒解決嗎？

「是啊，我是她的熱奶茶。我現在希望不是……」怎麼說這句話呢？

所有可能發生的情況全部在腦海演練一番，我希望阿問能告訴我發生什麼事。

「若蘭她不喝熱奶茶。」他抬頭苦笑，我恍然大悟，輕拍他肩膀想鼓勵他。

就在阿問邀我共進早餐之際，梅芬從宿舍那頭衝過來，我起身向她靠近，阿問跟著。

「那個……」梅芬上氣不接下氣著急地說。

「怎麼啦？妳別緊張慢慢說啊！」趕緊拉住梅芬的手想安撫她的情緒。

「子揚打給我說黃子捷等一會要飛美國。」她穩住情緒。黃子捷昨天在電話中沒提這件事。

「他今天去醫院前就發病了。他爸打算直接送他去美國——」話還沒聽完，我便往宿舍停車場跑去。

「小華！妳要騎去機場喔？冷靜一點！」阿問一把拉住我。

「妳現在騎摩托車也來不及啊！」梅芬也阻止我。怎麼辦，我去不了。

我們的腳步正巧停在靠近山櫻樹的石階梯邊，望著青綠的山櫻樹隨風搖曳，時間卻比風飛逝得遠好幾倍，徹底感到無能為力。苦惱當下，一輛黑色跑車開進巷口。若蘭下了車，她是徹夜未歸嗎？我看阿問的反應，若蘭也看到我們。阿問突然跑了過去，我拉著梅芬趕緊跟過去。

「阿問，我……」若蘭歉疚地準備說話。

「小蘭，我跟他說清楚！」一位男生從駕駛座那頭下了車喊著，狠盯著阿問走來，我跟梅芬想阻止世界大戰。孰料阿問竟然開口對若蘭說：「能不能請妳朋友把車借我？」阿問向他的情敵借車載我們去機場？阿問，你不要低聲下氣。

一陣天旋地轉，看著阿問難以形容的表情，忽然覺得好想哭。

我彷彿看見阿問的那一杯熱奶茶，漸漸地失去了他的溫度……

42

淚水直接越過眼眶義無反顧似狂掉的經驗很少，那是哀痛到極致的展現。眼淚像寶貴的珍珠，雖說珍貴，人們多半還是會投以鄙棄的眼光，指責你輕易丟棄自尊心，不夠矜持，卻忽略在自己內心深處的羨慕慾望，早已鼓脹得蠢蠢欲動。其實只要一個眼神，人類的脆弱就無所遁形，哭泣不是脆弱最極致的表現，淚水只是不得已的障眼法罷了。

我不知道阿問會開車，開往機場路上沉默充斥，喉頭像是哽著一根巨大的魚刺，包裹著疼痛的語言，殊不知傷口開始潰爛。我一方面擔心黃子捷，一方面對阿問歉疚，情緒交錯複雜，卻得拚命忍住眼淚。

阿問眉頭微蹙卻不曾開口埋怨半句，我討厭悲劇在身邊發生。

手機音樂聲衝破沉默，是梅芬的手機。

「現在怎麼樣了？我們正在路上……好，一會見。」結束通話，梅芬探頭拍拍阿問的肩膀：「阿問！可以開慢點了，黃子捷暫時穩定了，他爸太衝動被醫師阻止。我們先到醫院。」緊繃的心情鬆了一半，我還以爲沒有機會再看到黃子捷。

「我們去醫院。」阿問明顯放慢車速，幸好還沒上高速公路，迴轉一圈繞回去。感謝被沉默吞噬，腦海不斷浮現阿問和若蘭以及那個陌生男子的交談畫面。雖然那個男子一開始大呼小叫以為阿問要吵架，但聽到有急事也二話不說把跑車借給我們，或許正是因為那個人不壞，所以阿問心裡受的傷更重了。

阿問原本一早醒來是在等若蘭的門吧？或許他整晚沒睡，苦想若蘭到底去哪裡，整晚都跟誰在一起，做了哪些事情。是我的慌張讓他來不及告訴若蘭自己難受的心情，來不及興師問罪便先舉白旗投降。

阿問起初開車駛離巷子的車速緩慢，那是阿問在幫我追趕時間之前的最後留戀。一個回頭，我偶然看到阿問飄過後照鏡的眼光，有種脆弱和絕望浮現。就在同時，彷彿只有我知道似的，那屬於阿問和若蘭的空間漸漸凝結住，不再縮小或擴張了。

望著窗外若蘭與那個人並肩站在宿舍前的神情，若蘭一如往常地清麗亮眼，神情卻不若從前那般自信。腦海裡阿問在鄉公所鼓勵我的微笑，還有談起和若蘭相處的幸福感，都漸漸模糊，慢慢冷卻。

阿問平穩地把車停進醫院停車場。

「我陪妳們上去看看子捷。我也滿擔心他的。」阿問說。

我和梅芬對看一眼也趕緊下車。撇開對阿問的歉疚，我非常著急。

我對黃子捷的關心從什麼時候開始遠超過想像？我不知道，我甚至不敢去衡量黃子捷在我心中的分量有多重了。太多「突然」一下子闖進我的生活，我想，雖然我這會擔心阿問的事，可能一個回頭又忘恩負義似地把這些歉疚都拋掉，腦袋只裝得下黃子捷的笑容。

連顫抖發慌的時間都沒有，梅芬握緊我的手想安慰我，她也緊張萬分。

電梯門開，護理站正在討論病情，刻意不聽他們口中那個差點救不回來的人是誰，子揚從病房走出來，梅芬迎上前去，阿問靜默走在身後，我腦袋一片空白，醫院的長廊被盡頭窗戶照射進來的日光暈得模糊。

「小華，妳還好吧？我哥剛離開加護病房，吃了藥。」子揚說明黃子捷的狀況。

「伯父呢？」我抿嘴再輕問。

「我爸跟醫生在談下午飛美國的事，還在討論。」

子揚推開病房門，讓我們先進去看黃子捷。

「哥，小華和梅芬來看你。」子揚看了阿問一下。

「我是阿問。」阿問簡單介紹自己。

子揚帶領進病房，黃子捷戴著氧氣罩臉色蒼白，把望著窗外的臉轉向我們，微笑比出大拇指，都被病折磨得不成人形爲什麼還這麼逞強！

微笑讓氧氣罩滿是蒸氣，高漲的生命氣息，他想摘掉氧氣罩，我上前幫忙，他撐住精神開口，氣若游絲的第一句話就是：「幹嘛盯著我看，愛上我啦？」

可惡的傢伙，就這麼一句話一張笑臉，我就完全崩潰了。

「你怎麼樣？還好嗎？」梅芬也走到病床前關心。

「子捷，你還好吧？」阿問探前一步慰問。

「都來啦……我很好，沒事，別擔心……」黃子捷的態度像把生死置之度外，雖然虛弱卻故作堅強，明明不舒服，還嘻皮笑臉。

我無法抑制情緒，只能退出病房，子揚跟出來遞了面紙給我。

「我哥一直都在美國治療，所以才須要飛過去，都是心臟科權威，都是我爸的舊識，把我哥送過去他比較放心，所以妳可以放心。不過，的確這一去不知道什麼時候才會回來。幾個月或幾年，都有可能，抱歉，我想先告訴妳之後所有可能發生的狀況。」子揚認真向我說明。他一定比我更難過，還要向我解釋這麼多。

「我知道，如果有什麼消息，記得打電話跟我說。」我拭去淚水，努力微笑。

我想相信子揚，也想相信黃子捷。

「那個，」子揚把雙手往身後一擺，靦腆地說：「我不在的日子，請妳幫我多照顧梅芬。」子揚也要跟著回美國？原來如此。我微笑點點頭。

「謝謝你在梅芬脆弱的時候，告訴她，她不是孤單的。」我很感謝子揚。

病房門被推開，梅芬走出來，我看見子揚眼裡藏不住的關愛。

「梅芬，我要去處理登機的事，妳可以陪我嗎？」子揚可能還有話想對梅芬說。

「我一會回來，妳先進去看他吧。」梅芬說，我點點頭。

病房裡的白色窗簾順著陽光灑下微微搖擺，白色的牆壁、白色的熱水壺、白色的病床，看起來很不眞實，而出現在病房的兩個人，是我當初沒想到會互相認識的人，他們正在聊天。我想大概是因爲今天阿問也穿著一件白色襯衫的關係吧，這一切都讓我恍神。阿問察覺我站在門口，而我留意的是坐在病床上的黃子捷的笑容。

「我去買早餐，你們慢慢聊。」阿問逕自往門外走，臨去給黃子捷使了個眼神，黃子捷微笑點頭作爲回應。怎麼突然變哥倆好？剛才不知道聊了什麼？

「妳快變成熊貓啦，畢製怎麼樣了？」聽黃子捷說話氣力，可以感覺他稍微好些。

「差不多吧。」我發現我不能正眼看黃子捷，我會忍不住想哭。

「我會去看，我答應過妳。」他如常招牌笑容，我搖搖頭拒絕他的允諾。

「你好好養病，去美國的醫院接受很好的治療，你千萬不要意氣用事又逃院，跑來找我，知道沒啊？美國很遠，你還得坐車再轉坐飛機回來、轉車再轉車然後走路，你身體不好——我是說眞的很遠啊，所以你還是乖乖地——」就在我滔滔不絕之際，黃子捷向我招手示意我靠近，我邊上前邊繼續說話，結果他伸手一拉，輕輕地吻了我。

黃子捷的溫度從他的嘴唇向我傳遞，一次又一次禮貌地親吻我，他單手撐起身子，另一隻插著點滴針管的手輕捧我的臉。我閉上眼睛接受他的吻，沒多久，他的額頭輕碰到我的下巴，整個人變得無力，我趕緊扶住他躺好。

「下午的飛機，妳別來。」他勉強露出一抹笑，伸手想要替我抹去蹙眉。

「你先睡一會，搭長途飛機很累。我陪你。」我幫他把被子蓋好再輕拍棉被，他像個孩子乖巧地點頭後很快地睡去。我輕握住他被針扎了好幾個洞的手，凝視沉睡的他，鼻梁還是挺，睫毛還是長，眉毛還是順，嘴唇還是美。五官條件樣樣好，就是臉色差了點。

「我想，也許妳已經喜歡上我了……不是同情的那一種。」他在說夢話？黃子捷呢喃般說完這句話就沒有再發出任何聲音。我有些激動，眼淚在眼眶裡打轉，爲什麼到了該解釋的時候半句也吐不出來。我花好一段時間才把情緒整理好，我對著熟睡的黃子捷點點頭，鼓足勇氣。

「不是同情的那一種。」我堅定地說。黃子捷就在我眼前靜靜地沉睡。

護理師端著藥劑進來，我鬆開黃子捷的手，讓護理師添藥劑進點滴，步出病房。眼角餘光瞥到長廊底窗戶邊站著的阿問，走到他身邊：「阿問。」

阿問遞給我一袋早餐，他正在喝熱奶茶，也給了我一罐。我接手拉開扣環，留意將視線放向窗外遠方不發一語的阿問。

「抱歉，爲了我……害你……」

「不是妳的錯，子捷也是我的朋友啊。」阿問拿奶茶罐輕敲我的罐身：「吃早餐。」

我看不清楚他背對陽光給我的微笑。

我不知道下一秒會發生什麼事，誰都不知道。因爲不知道，人生才顯得特別驚險刺激嗎？明天，後天，大後天，甚至明年後年，任何人都不知道會發生什麼事。我望著阿問這麼深刻地想著……

還不到下午，阿問就載我回龜山宿舍了。

我沒有去機場送黃子捷。

愚蠢的我爬上宿舍頂樓，望著一望無際的藍天，希望能夠看到天邊會有一架拖曳著長長白煙的飛機劃過眼前。我就這麼仰頭待在頂樓一個下午。

可惜天空很藍，卻看不見任何一架飛機能夠帶走我的祝福與思念。

43

把一株黃金葛擺在窗口吸取日月精華，以爲定時澆水轉位就算周到妥善的照顧，它卻沒有想像中來得茁壯反而日趨枯萎，實在讓我非常苦惱。一盆好養的植物到了我手中竟然變得這麼難伺候。原來我不懂栽種的道理，一味用自己認爲好的方式去對待每一種植物，才恍然發現黃金葛沒有我想像中脆弱易死。我開始不能理解細心照料的定義，但忽然想見識一下眞正溫室裡的花朵是否存在。

隨丟隨擺隨便生長，堅強自負韌性十足，我不是一隻只能維持在16°C水溫中才能生存的黃金鱒魚。

在頂樓上待了一下午的結果，就是把脖子給舉瘦又曬黑了。

自從黃子捷離開那一天，我經常不自覺地抬頭看白雲藍天，連上課也會特別選在靠窗的位子坐下，撐著下巴歪頭將思緒飄出外頭的無際天邊。

發呆的時間變多，話也相對地減少了。

我沒有憂傷也不覺得寂寞，只是開始習慣把視線放向蔚藍天邊。不勉強也不孤單，反而覺得自己比以前勇敢，可以大步大步地走路談笑，一切都沒問題。相信希望，奇蹟就會出現。

一天，二天，四天，半個月馬上就飛逝過去。

「下星期要把會場的展示圖交出來喔，一比一模型。」台上的畢聯會會長說著，台下一片鬧哄哄，大家不是聊天就是在跟老師討論畢製進度。

我、大哥、阿忠、吳宇凡和梅芬窩在教室後邊靠窗戶的位子上。

我喜歡聽大家說話的聲音，喜歡吳宇凡被大哥虧得亂七八糟的糗樣，喜歡看佳涵貼著吳宇凡嬌嗔撒嬌的風情萬種，喜歡梅芬一臉豪氣拍著我的肩膀喊我小妞，即使不說話也能夠微笑著享受處在當下的自己，我覺得滿足。

除此之外，我大部分的時間還是在發呆。

「小妞！發什麼呆？」梅芬用手指戳我的額頭，在我對面坐下來。

「笨蛋！不但發呆還發傻啊？妳肯定有問題了。」她拿桌上大哥的自動筆在我的速寫簿上畫一張我痴呆的卡通臉，畫得很爆笑。

「天空好藍喔。」我們沒有改變姿勢，回首往窗外看去。

那一瞬間我覺得全教室、底下的籃球場，整個校園都變得好寧靜，彷彿就我和梅芬周遭的時空還保持正常流動，聽不見任何喧鬧的笑聲私語，也找不到嚴肅的討論爭執，一切全都在這一刻消失得不見蹤影。

午後，我跟梅芬去了趟圖書館。學校只有一條道路，也是一條單行道。我們反方向走到停車場，我沒大腦似地發問：「梅芬，我有個很想問的問題想要問妳。」陽光不是太烈，放眼望去菅芒花布滿學校邊坡，感覺還是有點蕭瑟。

「想問的問題想問我？妳問啊！」梅芬調侃我。

她一骨碌地坐在照不到陽光的階梯上。我坐到她的身邊。

「嗯？」她拿出背包裡的礦泉水邊喝邊疑惑地看著我。

「我說妳到底——」「很明顯地妳喜歡黃子捷！」正要開口卻被她用話堵住。

「現在是我問妳耶，『莊孝偉』喔！」我沒好氣地癟嘴，她大笑了起來。

「好啦，妳要問什麼？」她故意正襟危坐地戳戳我。

仔細想想也不應該問，我好像沒有立場問梅芬關於毅東和子揚的事。我單手托下巴靠著膝蓋想了想，改變心意，假笑地說：「我忘記了！」

「騙人！說！」她簡潔有力地質問，換我大笑起身往下面停車場走。我們就妳一句騙人我一句忘記各自騎車回宿舍。

看著梅芬遠去的身影，我困惑了。知道又能怎麼樣呢？問題好像不是得到答案就能解決。

正要打開宿舍大門之際，門恰巧推開，阿問出現了。

「小華！我正要找妳，有沒有空？陪我喝一杯熱奶茶。」阿問的笑容隨斜陽從側邊建築物中透過來。我呆愣地點點頭，半疑惑地看著阿問燦爛的笑容，感覺不到快樂。

阿問手插口袋步出大門，我把背包塞進車箱裡，跟上阿問的腳程，並肩而行。

也許是心情沒有這麼緊繃憂慮了，我又開始注意別人的穿著及動作。

阿問高我一顆頭，我幾乎要從斜下方往上看他。頭髮比起第一次見到他的時候略短。斜陽從巷口六十度角直撲他的臉龐，微微瞇起的內雙配上偶爾揚起的嘴角，順下來突起的喉結也特別有男人味。男人味？第一次把這個詞套在阿問的身上。瀧澤秀明的秀氣漸漸在阿問的身上褪去。阿問做了某種程度的改變。至於是什麼？無從得知。

從便利商店出來後，我倆一人握一罐熱奶茶，很有默契地走到長椅微笑坐下。

記憶不斷被掏出來翻看，從剛才遇見阿問的那一刻開始，我的心變成一本厚重的百科全書，從最後一頁被人傾倒般地快速翻閱過去，交雜著有點涼也有點溫暖的心情。拉開扣環猛喝一口熱奶茶，希望可以將這種奇怪的心情收起來，很顯然地，當我再度看到阿問雙手握住奶茶罐的神情，失效了。

「今天怎麼有興致，忽然想喝一杯啊？」我想掃去莫名出現的惆悵，歪頭笑著。

阿問聳聳肩地拿他的罐子又碰碰我的罐子，似乎正在思索該說的話或整理其他的感受。多愁善感總是到處亂竄，阿問的心情肯定還被前幾天的事情搞得很糟。

「阿問的本名叫什麼？」沒來由地問。

「妳忘啦？我也忘記了。」他扶著長椅把手，假裝認眞地回想。

「小明、大毛、帥哥……我眞的忘了。」他難得調皮。我有點意外。

「今天也許是我，最後一次，在這個鄉公所喝熱奶茶了。」阿問先是用唇輕觸罐緣說著，自顧自地微笑喝了一口奶茶。我盯著阿問訝異得說不出話，他用餘光看到我一臉不可思議，苦笑說：「我不想再等待了。有時候，我發現自己只是需要空間沉澱、需要時間冷卻。妳還記不記得第一次見面的夜晚，我就在這個長椅上坐著等待我的天使降臨……結果，妳隔天看到我沒走，買了一罐熱奶茶遞給我，還問我等到了沒有？」他停頓了一會看著我微笑。

「我就是從那一天開始喜歡上喝熱奶茶的。那個時候，我的心底有個怎麼也彌補不了的黑洞，很難受，是妳遞給我的熱奶茶發揮了效用，讓我的心變得非常溫暖。說我在等待一個天使，倒不如說，妳像個天使救了我一命，讓我沒有變成惡魔。」第一次知道阿問對我的想法，驚訝到說不出話，阿問難得以直白不隱晦的方式跟我說話，以往他給的鼓勵及啓發似乎更抽象些，正因如此，此時此刻我聽得更清楚明白，心裡更加震撼。

「我喜歡若蘭，喜歡到習慣等待她的歸來，甚至接受她歸來時身上不屬於我和她的氣味，只知道喜歡的喜歡。不斷地等待等待再等待，因爲她的一切是這麼美好。我一直都知道我自己在等待。直到妳遞來那一杯熱奶茶後不久，我也終於等到若蘭回來。於是我迷戀上熱奶茶給我的幸福感。」阿問認眞地說，停頓再啜上一口奶茶。

人的脆弱，只要一個眼神就無所遁形。

「不過，直到今天我一覺醒來才發現，我錯了。事實上，我從來沒有離開過鄉公所的長椅，也從沒有離開過那寒冷的一夜。等待依然永無止境。妳遞給我的是溫暖的魔法，可是，一杯熱奶茶的等待是有保存期限的。期限到了，就會失去溫度。」阿問說到這又停頓猶豫了好一會，低頭思索再抬頭對我揚起嘴角苦笑，我的心情激動難以平復。

阿問的熱奶茶哲學不同於我，卻深深地讓我感動。

這裡有一半無奈和絕望，也有一半勇敢和堅強，我不知道當初一杯結緣的熱奶茶所帶來的震撼，阿問的笑容依然，我開始覺得不忍。

「阿問……」試圖想說什麼卻只能喊出他的名字。

阿問將視線放在前方，深吸一口氣說：「我已經失去了溫度。奶茶不再溫暖，當然也就沒有魔法了。我眼前的幻覺美景都被抽走，妳的魔法失效了喔……我的天使沒有回來，但是我要謝謝妳這個會用熱奶茶絕招的天使。」語畢阿問笑出聲，撩了撩自己的頭髮，再把罐裡剩餘的熱奶茶盡量喝完。我看見阿問的眼眶濕潤，我跟著鼻酸。

我以爲阿問已經得到幸福了。

「……從見到你的第一天起，我就打從心底希望你能夠幸福。眞的。」好不容易說出口的話卻有著哽咽的情緒。

「謝謝妳，我曾經幸福過了。」阿問溫柔回應。我搖頭說不夠，然後我們陷入好長一段沉默，如果沒有想錯，阿問喝完最後一杯熱奶茶，若蘭就要失去阿問了。

「什麼時候要走？」我接受事實。

「跟妳喝完這一杯。」他回應得毫不猶豫，他說他剛才把放在若蘭家的行李打包好搬走了，語畢他吐了一大口氣地大動作躍起身。

我愣愣地看著阿問起身走到垃圾桶前，他停住略略彎腰丟垃圾的動作，頭髮半遮地，轉頭對我說：「妳就是在做這個動作的時候，對我說：『加油。』的吧，呵，當時我眞的嚇了一大跳，完全看不出來吧。」不知道人是不是到了即將道別的分離階段會本能地逆向操作，包括性情。我沒有戳破阿問武裝好的盔甲，順著他故作歡樂的聲音配合地笑說：「是啊。一點也看不出來，呵呵。」

我們叨叨絮絮說些無關緊要的話，說什麼彼此珍重有緣再聚之類的客套話，說著說著眼淚不由自主地掉，阿問被我的眼淚嚇得不知所措。上次在他面前哭泣的時候，他也是這副爲難的樣子。抬頭擤擤鼻水對他展開笑顏，雙手一攤，我們輕輕地抱住對方給予鼓勵。

「加油喔。」我忍著淚，阿問輕拍我的肩：「妳也是……雖然生命無常，至少妳有一杯最好喝的熱奶茶。相信他正在努力不成爲過往。」我看著阿問，他溫柔地笑了。

「我指的是，黃子捷。」語畢，阿問瀟灑地背著我，揮揮手走了。

阿問的話是眞實殘酷的提醒，我知道他是眞心想鼓勵我的。

愣愣地看著阿問消失在街角之後，我悵然地坐回長椅上，雙手握著兩邊的長椅把手仰望天空的蔚藍。我的熱奶茶魔法消失了，阿問醒了也走了，在海另一頭的黃子捷也從熱奶茶的魔法中醒了嗎？我不知道。於是，我只能相信黃子捷也正試著保持他的生命溫度，即使魔法已經消失。

甩甩頭不往壞處想了，說好要相信黃子捷的。把放在地上的我的奶茶罐丟進垃圾桶，想走回宿舍，卻眷戀似地駐足在山櫻樹下，一個轉頭，遲疑許久，我真傻，這裡不會再有阿問逗留的身影了。

阿問，你真的就此灑脫地消失了嗎？

天使回來看不到等待的你，該怎麼辦？

44

還記得我以前很討厭走路，覺得雙腳一前一後地擺動很累。老實說，我以前打從心裡覺得健身器材「跑步機」是愚蠢的發明。記得我還沒搬進這棟宿舍大樓的時候，不曾注意到龜山後街的鄉公所，但其實任何角落都在我不知情的狀況下，上演著一齣齣酸甜苦辣的眞實故事。

大學四年的最後一個學期，發現自己腦袋空白地站在後台等著出場，即使連台詞都忘光了，也要硬著頭皮賣命演下去。因爲終有下戲的一天，聽到觀眾的掌聲，我會忘記舞台上所有不堪的淚水，說服自己，那只是一場戲而已。

晚上七點，外頭飄著雨。

我沒有穿雨衣，騎著車往桃園夜市找梅芬。

把車子停到夜市外圍，徒步走進夜市。後來，我莫名站在夜市的十字路口發愣，把手掌攤開舉高，忘我的行爲被不知名的一隻手拍上我的肩膀驚醒，回頭看到梅芬跑得氣喘吁吁的樣子，脖子上還掛著皮尺。

「妳發瘋啦？幹嘛在路中央發呆？看見一個神經病做蠢事，走啦！去店裡！」梅芬手上拎著炒麵之類的便當盒。她在桃園夜市一家服飾店裡打工，我佩服她做生意的功力，有幾次待在她的店裡看她忙進忙出的，就起身想幫她賣衣服，客人上前要我介紹衣服或問價錢，誰知道我連一句話也說不出來，後來梅芬看到了就跑過來解圍，順利賣出幾件衣服，我還呆呆地站在一旁。

「妳呆呆地在幹嘛？」她拉拉掛在脖子上的皮尺笑著說。

「我？幫妳賣衣服啊？」我很認眞地說。

「唉呦！妳不要把我的客人嚇走就好了啦。乖乖坐在那邊看雜誌。」她恥笑著說，我舉手投降。梅芬的老闆娘Echo對她很好，也非常照顧我們，常常和梅芬一塊搶救我的衣著品味。Echo是個在流行中打滾的女強人，她的體育健將老公「華英雄」也是個好人，加上合夥人美瓊姊，三人堪稱是「桃園夜市三傑」。

「又發什麼愣啊？」被梅芬拎回服飾店之後，我一直沒吭聲。

也許是下雨的關係，客人三三兩兩，純看不買的佔多數，生意不是很好。梅芬把她的炒麵推過來，我單手撐著臉頰很沒誠意地用筷子撥了撥麵條。

「阿問搬走了。」我冷不防地說。

「是喔……爲什麼？」梅芬不可思議地拉高音調。

搖搖頭沒回答梅芬的爲什麼，畢竟任何人都無法代替阿問回答，更無從得知若蘭到底是怎麼想的，我只是個局外人。

阿問對若蘭自始至終都不曾有埋怨，包容態度令人折服。直到最後，也不曾從他眼中看到一絲不滿或恨意。我是無法理解的。若我是阿問的話，早就不知道躲到哪裡去了。一直相信奇蹟的執著似乎也有他的底限。

「呦，捨不得喔？」梅芬看我失神，便故意調皮調侃，拿衣架戳我的肩頭，我的遲疑被誤解了。

梅芬故意的，她知道我的心早飛去千山萬水的異國，不在台灣。

Echo泡了杯咖啡遞過來我眼前，抬頭確認外頭的雨勢苦笑地說：「梅芬，妳今天可以早點下班了。」熱咖啡，陌生的口味。簡單白黑寫意風的杯子和碟子，宛如高雅的ＯＬ淑女。

熱咖啡的陌生，讓我特別深刻地記起了熱奶茶的親切。

「這可是Echo牌的熱咖啡喔。」Echo自己也煮了一杯輕啜，我用手指推了推桌上熱呼呼咖啡杯的把手沒喝。Echo看到客人上門走過去介紹，梅芬整理衣服。

「喂，妳眞的快樂喔？」這是我眞的想問的問題。梅芬先是停住手邊的動作半秒，才挑了挑眉毛有些不以爲意地點頭，「跟毅東還有聯絡嗎？」不自在的氣氛又冒出芽，下意識起身去翻看旁邊一排五顏六色的新貨，卻留意著梅芬的反應。

「呵，沒有。」梅芬傻笑一聲連著搖頭，太詭異了。

「我也不曉得，總覺得妳認識的毅東不會是壞人。妳知道，世界上沒有一個人必須要有義務地對另一個人好的，除了生下我們的爸媽之外，甚至連兄弟姊妹也不一定能有這種深切感觸……我……」我邊思索邊想著顧及了毅東，豈不是就對不起子揚？

見我一臉爲難，梅芬笑出來地說：「謝謝妳啦。我懂。」

雨越下越大，遮雨棚積滿水後，因爲承受不了重量而灑下，聲音聽來讓人寂寞。

「這半個多月來，我已經想了很久。很奇怪的是，我是最近忙著畢業製作時想清楚的。連上次我獨自一個人花上幾天去東部遊玩都想不清楚的事情，也是在最近才漸漸像撥雲散霧一樣地豁然開朗。」她說話的神情沒有失去平日的豪爽灑脫，多了一份眞摯穩重。每個人都在成長當中，即使不想長大也沒辦法。身邊的事情不斷地發生，不想往前走的人會被推著往前行。

「我懂妳說的，也許是說服自己的想法。男孩子的友情總會存在一些女生無法理解的義氣或荒唐。就像有人爲兄弟出頭，聚眾打架一樣。一開始我認爲毅東的確在欺騙我的感情。但，那裡面應該有些不同的情愫存在，替兄弟揮拳不需要花腦筋，應兄弟之請去接近一個女人，卻讓我覺得不可思議。就算是古惑仔的小弟，也不會有人把戲演得這麼好……對吧？」聽著梅芬抽絲剝繭般從核心開始一層一層往外推，想必一定是在無數夜裡重複推敲出來的吧。

從開始驚異的反應，慢慢了解梅芬調適自我的功力很了得，我忍不住順著她的話點頭說：「所以妳相信毅東是眞的喜歡妳，才會故意順著紹強的意思接近妳？」看著她微笑的神情，好像什麼事情都能解決，欣喜地繼續追問：「那妳原諒他了？怎麼不跟他聯絡？還是妳顧慮到子揚？妳喜歡他？」

梅芬沒好氣地用衣架戳了戳我的額頭說：「妳連續問這麼多怎麼不累啊？而且，妳是聾啦？那傢伙當著大家的面，向我提出分手了不是嗎？」她回答的口氣好像男孩子，那種故作堅強地在提自己被女生甩了之後還莫名得意的男孩。我不知道該怎麼回應她，雖然有些不甘心，但事實是毅東自己放棄了，連掙扎也沒有的放棄。

「至於黃子揚，他是個好人。成熟坦白也有他的成就，體貼溫柔，是個難得的百分百男孩。只不過，我光是要跟上他的腳步就很困難了。百分百的男孩不該被一個在及格邊緣的女孩拖累。」梅芬頗具禪意的自白讓我了解她在這一連串事件發生以來的最重要決定。梅芬要的幸福不存在於世俗追名逐利的虛榮之中。

「斯文醫師輸給了車隊小毛頭？」我趴在玻璃桌上調皮看著她。

「哪是這樣啊，沒什麼喜不喜歡的。我現在是孤家寡人一個，或許慢慢培養感情也能趕上百分百男孩也不一定，天曉得。」天殺的毅東！扣除因為欺騙失分的部分，明明還領先子揚一大截，現在卻不知道自憐自艾地躲到哪裡去消沉了啊？

內心亂哄哄地再說不出話來，冷掉的炒麵、不再冒煙的熱咖啡，盯著梅芬略略抿住的嘴唇，是的，這裡有一個心碎了還在裝模作樣的女孩。

Echo在我們間歇沉默的時候，從外面走進來對梅芬說：「妳先下班，美瓊來了。」美瓊姊一身勁裝，也走進來開始熱絡聊天，不久我和梅芬揮手離開服飾店。

雨持續地飄，我們習慣性把車停在同一個地方，不會相差太遠。

騎樓下有個人影佇立在黑暗之中，路人甲在避雨？

我低頭輕踩步伐，梅芬則越來越慢。正想喊她烏龜卻見她詫異地盯著前方。

「紹強？你怎麼在這裡？」她認出騎樓下的人影是全身濕透的紹強。我見狀從梅芬的腰包裡掏出一包面紙遞給紹強。他沒有一貫的強勢氣息也不像來找碴。他頭髮亂糟糟地垂到眼前，又緩緩地抬頭望著梅芬，像看到救星般：「梅芬，能不能跟我走一趟？去看看毅東？」

「我跟他已經沒有關係了。」語畢，梅芬自顧自打開大鎖準備要走。

我暫時不動作，紹強也沒有再說話，倒是梅芬把大鎖打開再從車廂拿出安全帽，一連串強作鎮定後放緩了動作，捧著安全帽陷入思索好一會。

「……他在哪裡？」梅芬還是放不下心。

「車隊廠房那邊。」紹強說。

「有你們這群好哥們照顧，不是挺好的。」梅芬故意酸紹強。

無關毅東的欺瞞，她是針對紹強的行為有所不滿。

「他不好。蹺課、爛醉、跟人家賭著玩改裝車，他嘴上不說，我知道……」一輛車疾駛而過，閃過一陣光，這才看清楚紹強的眼神透著疲憊。

「你又知道什麼！」梅芬吼著不領情，沉默一會兒，她低聲說：「小華，妳先回去，我去看看毅東。有事我會打給妳。」雖然不放心，我還是讓她去了，她有她的想法。

紹強開車來，梅芬把摩托車停在騎樓，搭紹強的車去龍潭車隊。不知道爲什麼我的心在看到紹強疲憊的眼神之後，開始覺得有些不踏實。光是毅東的事眞會讓他這麼頹廢嗎？眞的有這麼單純嗎？

紹強離開前搖下車窗，我無法揣測紹強要說什麼，我們之間無話可說。

「那個……我會送她回來的。」紹強欲言又止最終收口，我也不想再猜測。

雨絲下個沒完，也不痛快。我愣在原地許久才慢慢地騎車回龜山。

回到宿舍前把車停好，我走到街口買了鴨肉冬粉再慢慢走回宿舍，還沒走到鐵門就先看到電燈柱下的山櫻樹，走過去摸摸樹，又回頭看鄉公所的長椅，空無一人。什麼人事物全都變了個樣，怎麼回事？

我拖著步伐回宿舍，搭上電梯。

只是回到剛開始搬來這裡的單純而已。

一個人走著，一個人吃著，一個人喝著，什麼都沒有改變。

「沒有變沒有變沒有變。」催眠似地反覆，爲什麼當我想說服自己的時候這麼難受？

電梯門開，有個人向我衝過來，抱住了我。

香氣直衝鼻子，是什麼品牌的香水？混著一股複雜的菸味和都市味。飄飄長髮在眼前，反應不過來地退後幾步，還不小心抵住電梯的按鈕，電梯門不斷重複地一開一閉。

「若蘭？」在我懷裡的不是別人，正是阿問等待的天使，若蘭。

她撲在我懷裡沒有哭泣，只是靜靜地抱住我。腦袋一片空白，能怎麼辦？僵直著身子，我失去反應的神經，不知所措。

45

「美麗的人嚮往浪漫的愛情，成功率也較一般平民大。」曾經有人這麼告訴過我，乍聽之下還眞會被矇騙過去，語氣堅定的論述聽起來特別有道理。可即便是平凡老百姓也會冀望一生一次的浪漫，再說，「浪漫」的確切定義取決在個人的感受。又，美麗的人，無關男女，不一定能獲得眞誠的愛情，那裡有太多不單純的元素組合在一塊，很有可能失去愛的本質。愛情和美醜也無關，它來了就走不了，它走了也阻止不了。既簡單也複雜。

將抱著我許久的若蘭扶起，帶她進房間，她應該有話想聊。可以理解她緊緊抱住我的激動，也許是當她回到宿舍看見阿問所有的行李都不在了，知道阿問已經走了吧。會不會若蘭早就知道事情會演變成這樣，卻沒打算制止或挽留？所以她才沒有哭泣嗎？

從冰箱拿出梅芬帶來的柳橙汁倒給若蘭，若蘭拿起柳橙汁看了看。

「妳不喝柳橙汁嗎？」

「我沒想到會是柳橙汁，我都有心理準備喝熱奶茶了。」她一貫甜笑。

我倒了一杯白開水給自己，坐到小桌子邊靠床的地方和她面對面。

「那妳不喝？我以爲妳從來不會對奶茶厭煩？」她盯著白開水發愣地說。她說話無刺卻有種微妙的溫度，巧妙地說出自己的不愉快。我喝了一口白開水。

「怎麼會上來？剛回來嗎？」我不打算代替阿問說出想法。

「嗯，剛回來。發現該發生的事情，發生了。」她喝了一口柳橙汁，粉紅色的唇印清楚地留在透明的杯緣上。若蘭一向美麗又充滿女人味，她的外向活潑肯定吸引許多目光和追求，她有一股純眞俏皮的氣息。直勾勾地注意著那枚男人爲之瘋狂的唇印，我這麼想著。

「妳知道，對不對？」她停了三秒後問我，三秒的猶豫讓人不太自在。我沒辦法說謊，僵硬地微微點頭，她在我點頭的同時失聲乾笑了出來。

她是我唯一沒辦法猜想的人。聽著她的笑聲沒辦法有什麼結論，喉頭哽住似地說不出話。她和怡君都是萬人迷，卻是完全不同的類型，不同於怡君的歇斯底里，她冷靜得非常異常。不由得懷疑起她的想法，她眞的愛阿問嗎？

「若蘭，我以爲妳愛他……」她知道我指的是阿問。

「我今天非常想喝熱奶茶，妳可以幫我泡一杯嗎？」她甜甜地對我要求。

氣氛詭異，我想直接點破說清楚，但若蘭卻故意蒙著眼說話，一來一往讓我覺得煩躁。忍著心中難耐的疑惑和微微的氣憤，我起身沖泡熱奶茶。忽然覺得阿問很可憐，他始終在若蘭的股掌之中逃不開，直到現在。

道德標準被丟到腦後，所有事情多半都會失去準則，沒有好壞是非對錯。

人類無法逃脫道德束縛。有時候覺得道德太過八股保守，有時候卻希望要命的道德觀凌駕於自我意識，否則沒完沒了。存在於每個人腦子裡的道德尺忽長忽短，但至少不會消失。只是此刻的我不得不懷疑眼前美麗的女孩，沒有所謂的「尺」。可是，這難道錯了嗎？遊走在邊緣的我也失去判斷。暗自苦笑，奶茶香撲鼻而來。

「好香喔，難怪妳喜歡喝。」若蘭用唇輕輕抵著馬克杯又笑了，她繼續說：「妳一定不能理解我吧？」我訝異但沒有改變姿勢，想靜靜地聽她的解釋。

「妳喜歡帥哥嗎？」她突然問，「黃子捷。」

心撲通地用力震動了一下。這跟黃子捷有什麼關係？

「我沒別的意思，妳記不記得我問過妳，帥哥是不是也愛喝熱奶茶？」對，那時候若蘭跟黃子捷只有一面之緣，後來我扯開話題了。現在該討論妳和阿問的問題，我不想再被牽著鼻子走，吸了一口氣再吐出來。

「那些不是現在要談論的重點吧？」我反問。若蘭的咄咄逼人是和阿問在一塊時所沒有的。她在阿問身邊像個迷糊愛撒嬌並且需要被保護的女孩。甜美溫柔而嬌媚，單純可愛而勇敢。我喜歡那樣舒服自在的若蘭。我猜不透眼前的她。

「妳如果真的喜歡阿問就去找他回來吧。不要再離開他。三番四次離開他……都不知道重傷幾次了……嘖，我糊裡糊塗說什麼？抱歉，我不能給妳什麼意見。如果妳已經決定不找阿問，我也沒什麼好說了。」我一口氣說出自己的感受。

「如果沒有黃子捷，妳其實很喜歡阿問吧？」若蘭笑著發問，啜一口熱奶茶。不過她提了問題卻壓根沒想聽回答，起身走到衣櫥前面對著鏡子整理儀容。

我還在震撼她的提問，半句話也反駁不出來。

「有時候，我也會想喔。想說妳和阿問眞的滿配的，一樣喜歡喝熱奶茶，喜歡蹲在家裡做事，不愛出去玩樂，不喜歡吵鬧……眞的很像。所以我也很喜歡小華喔。」她一邊從鏡子裡看著坐在床邊的我，一邊拿起一旁架上的梳子梳髮。

她怎麼像在說別人的事情，一點也不像是當事者。我按捺不住內心震動的情緒，盯著鏡子裡的若蘭覺得有些模糊。我的頭開始發痛，怎麼了？是因爲剛才淋雨的關係嗎？輕握住拳頭，不知道該怎麼做。

若蘭還是從鏡子反射中望著我說：「雖然很配，」再一個回頭對我燦爛地笑著說：「小華還是不能搶走阿問喔，因爲我喜歡阿問。非常喜歡。」

她走到我眼前跪坐下來，眼眶濕濕紅紅的。她的淚眼把我的忿忿不平給沖散了，心一軟輕拍她的肩膀安慰。她伸手抱住我。

「阿問不見了，我好難過。對不起，我剛才太嫉妒妳，我知道阿問一定找過妳，也告訴妳他的所有想法，我嫉妒得想要砍人呢……我知道小華是好人，我很喜歡小華。」該不是想砍我吧，眞是讓人冷汗直冒的表白。

若蘭的外套中掉下來一把水果刀。我當場傻眼。

「妳不是玩眞的吧!?」我按住若蘭的雙臂喊。

「開玩笑啦，刀子是拿來切水果的啦……蘋果和芭樂都放在門外沒拿進來。」打死我都不信妳沒切我八段的念頭，魂去了一半，若蘭發狠很恐怖。菩薩保佑，差一點上了明天社會版頭條。走到門口還眞的發現一大袋水果。我眞是敗給她。原來若蘭這麼喜歡阿問，這恐怕是她自己從沒發現的吧。有什麼辦法呢？阿問走了也沒留下什麼聯絡方式。若蘭邊削著蘋果邊說她知道的狀況。

阿問的手機關了，學校再一個星期就沒課了，只差畢業考，更不知道該怎麼找他。我也才知道若蘭完全不了解阿問的生活作息，都上些什麼課，常待在哪間教室，畢業考到底考完了沒有？沒一件事情是知道的。除了她的宿舍之外，阿問到底住在哪裡？也不清楚。

阿問若要故意消失不見，也沒人能找到他吧。

阿問一直都在配合若蘭的腳步，無怨無悔地付出。

若蘭走後，我才發現自己眞的頭痛得不得了。窗戶沒關，雨繼續飄，飄進房裡。走近窗邊，伸手窗外，觸碰灰暗天空的感情，路燈下的雨絲深刻迅速地劃過，細細的，愁愁的。在乎的事情太多，胸口才會患得患失得很沉重。「如果沒有黃子捷，妳其實很喜歡阿問吧？」若蘭的提問迴盪在耳裡，揮不去逃不開，亂七八糟。

「沒有黃子捷，其實喜歡阿問……開什麼玩笑？」失去重力似地撲倒在床上，趴在軟綿綿的床鋪很舒服，裝熱奶茶的馬克杯上留有若蘭的唇印，粉紅色的，嫩嫩的，亮亮的。

試著對自己說出喜歡的人的名字，會不會更確定自己的心意呢？

「我、我喜、喜歡……啊呦！在幹嘛啊我……」不行，即使先試說一下也不行，喜歡一個人的話怎麼能夠輕易地說出口呢？我做不到。

每說一次，心就會分一半出去。

到最後整顆心都會飛到那個人的身上去，那樣反而難受。

「如果你在這裡就好了，笨蛋。」語畢，我就這麼一趴不醒，直到隔天被大哥打來的電話吵醒。這才發現，我又感冒發燒了。

昨夜，夢裡沒有藍天白雲也沒有往美國的飛機，不知道算不算是惡夢？生病的時候總是固定會作幾場惡夢，像反映時事一樣地深刻。

「妳常來嘛，三十八點九。」耳溫槍馬上知道我的熱度。課後，大哥載我到萬壽路診所看病，他先去換機油再回來載我，我連忙說不用，診所離後街的宿舍不遠。

「醫生，我有氣……」

「知道啦，不會開讓妳過敏的藥。回家記得多喝開水，不要吃冰的、刺激的，妳都知道吧？」醫生把我當成老客戶似的，只好報以乾笑一枚。

領完藥推開診所的門，天空飄著雨絲，我拉高衣領過馬路，走回宿舍的情景很熟悉。看醫生，下著雨，嘴裡叨唸的，然後呢？

我站在路邊左顧右盼，黃子捷會不會在我一出診所就跟在後面？雨絲太輕，不知被飄送到哪裡去。天底下不會再有第二個黃子捷闖進我的生活了。不知道黃子捷有沒有乖乖地打針吃藥，不知道他現在好不好？

我什麼都不知道。

我邊走邊想事情，不慎陷進工地的碎磚和小石堆，失去平衡地摔倒在污水裡。

「好痛！」膝蓋直接跪地，藥包躺在前方兩公尺處，有人替我拾起藥袋，走過來拉我從污水起身，語氣淡然地問：「有沒有受傷？」我連忙搖頭並拿回藥袋。

好熟悉的聲音。

狼狽的一個抬頭，被我完全遺忘的人，陳紹平。

他雙手往口袋裡一插，略略傾著身，在離我不到兩公尺的地方，和我四目相對。疊上紹平的面容，腦袋突然閃過紹強的欲言又止……總覺得有什麼大事情要發生了，隱隱約約地我從紹平的眼中讀出些不尋常。

有一種把耳朵摀住的衝動，想錯開悲劇的發生。

他瘦長的身形和一身黑衣，臉上帶著與昨晚紹強類似的悲傷和疲倦。

46

時光不能倒轉，人追著時間賽跑。匆忙的旅途無法徹底精打細算，人類才或多或少會有「自私」的基因存在。但最後仍免不了顧此失彼地拖著遺憾上路的命運，哪裡有完美的人生。如果成天不時回頭埋怨拖在後面的「遺憾」，有一天肯定撞到前頭的大樹或卡車吧。沒有任何意外，被記得或被遺忘的不堪惋惜也都結結實實地拖在我的腳邊，叮呤咚嚨地響個沒完，那又怎樣？人類打從一出生就註定會爲周遭的人帶來麻煩，甚至不幸，那是有著善良本心也抵抗不了的事情。

紹平的出現在我意料之中，他說過會再來找我。沒想到是在這種情況下再碰面。灰濛濛的天氣當作我們再次見面時的背景意外恰當。

「我們去鄉公所那邊好了，房間很亂，跟打完仗沒兩樣。」雖然身體不舒服也不想在外面淋雨，我往鄉公所騎樓方向走去，紹平默然與我並肩同行。

因爲穿黑色衣服的關係嗎？他好像瘦了。

他好安靜，他的話越來越少，比以前還少，怪的是，他話少倒也不會讓身邊的人感覺尷尬，他從以前就是這個樣子了。小茹自殺未遂進療養院前，他和紹強在車隊算是非常有名的，聽梅芬說毅東是因爲紹強介紹才跟著加入。

就我以前所知，他們的車隊沒有玩什麼拼裝車或組裝車玩特技的事，更遑論賭博。不知道梅芬去找毅東，現在怎麼樣了？今天也沒有來上課。所有的事情都快攪和在一塊了，複雜到我腦袋的溫度持續上升。

人與人之間單純的習題摻上感情成分就可能變成無解，梅芬和毅東、子揚，若蘭和阿問、跑車男，他們的三角習題有沒有得解？我不知道。數學不適用，化學程式也不盡符合，我只知道和小茹、紹平的三角習題早已經被作廢，沒有無解的困擾，不想存在於進行式的無解。推罪於無法制止的感情，怎麼說都覺得不負責任。

腦子完全呈現空白狀態，剛才的胡思亂想根本派不上用場，我們彼此在這兩年都改變了許多。他回身仰頭觀看濛濛的陰雨天氣，習慣性地又把雙手往口袋裡插，身子往後輕靠著鄉公所的牆壁，我站在不遠處的花圃。

「你有看到梅芬嗎？」先開口打破僵局，他多少應該知道昨天的情形。

「已經沒事了。」什麼意思，是說梅芬和毅東破鏡重圓了？還是？

「梅芬今天沒來上課。」我接著說。

「毅東昨天受了點傷，可能在照顧他。」難怪不見梅芬出現也沒打給我，沒事就好。

我自顧自笑了笑，還用手指玩著花圃裡小矮樹的葉子。

「我要回學校唸書了。」紹平把雙手放出口袋，特意挺直身子，聽著他的話再看他細微動作的改變。自從兩年前發生事情，他便休學無心上課。

雨變大了，樓梯下長椅邊的一灘水，一圈圈漣漪，擴大消失，縱逝。

整個腦袋還是空空地，身子也跟著僵直了起來。

「我總是傷害身邊的人，愛我的，我愛的。」他一邊說一邊走到我身邊，我克制住自己扭捏不自在的手腳，強裝鎮定站好看著前方。

「到最後，我還是什麼都放不下。」他與我並肩，話說得沒頭沒尾。

「你怎麼了？」我還是不敢正眼看他。他從口袋掏出東西，要我把手攤開。

「這個，還給妳。」是那個小巧精緻的水藍色髮夾？

正當我低頭不解時，隨即他用手撩撩我的頭髮，輕輕柔柔地把我的頭髮梳順後，拿起我手掌心中的水藍色髮夾，小心翼翼爲我別上。他扶住我的雙肩直盯著我看，也不知道哪裡來的勇氣，我抬起頭迎上那雙深情滄桑的雙眼，一雙我遲遲不敢正眼直視的憂鬱眼睛。

「很好看。」停頓了許久，他只說了這三個字。

騎樓下，我們佇立良久。

細雨下個沒完，有越下越大的趨勢。就像攝影鏡頭緩緩從左邊的景色掠過我們帶到右邊，又用同一種方式從右再拍回去，一輪一輪地不斷重複。時間用一種比龜速還慢的速度點滴流逝，回憶被掀開的方式不是什麼猛烈的節奏或衝擊，反而像一首首悠悠的抒情歌，從序曲的淡淡揚起開始，過往的曾經不突兀地浮現眼前。預感敲著腦門，這一次是最後的回憶了。

紹平冒著雨把我送到宿舍鐵門前。

「那我走了。」他雙手插在口袋裡，一步一步往後退。

「好好保重。」我點頭微笑對他說。

「嗯。」他也點頭，拉高黑色衣領輕輕轉身。

「紹平！」他猶豫地停下腳步聽我說話，我補充：「記得幫我跟小茹問好。」

雨莫名下得又急又大，我站在宿舍門口不會被淋濕，卻見駐足在雨中的紹平背對我，一動也不動。正想再喊他的時候，雨勢越大模糊了我的視線，紹平一個轉身在雨中彷彿對我說些什麼，不過雨聲掩蓋過他的聲音。

「什麼！我聽不見啊！」我又對他喊著。

紹平也一鼓作氣似地對我喊著：「我會告訴她！」

紹平的行爲讓人匪夷所思，記得上次他還鐵青著臉說爲了我什麼都不想管，沉默卻強硬讓我一度以爲恐怕要沒完沒了地繼續牽扯下去。

自從釐清自己的感情，我告訴自己要誠實面對。

日子總要好好地過下去。這幾個月的風波和眞相讓我激動和心灰意冷，不過也更促使自己想脫離複雜的暴風圈。雖然不知道紹平爲什麼鬆手？爲什麼還我水藍色髮夾？以爲的大事沒有發生，也沒有力氣再探討，我拖著病懨懨的身子，回到宿舍養病。

醫生是不是看到我的身體太糟，忍不住把藥效放強一點？下午四點吃完藥，我沒有一刻清醒地昏睡到天荒地老，窗外的大雨，偶然響起的電話，隔壁鄰居的養雞殺雞聲，聽進耳朵裡也順便鑽進我的夢裡了。

站在一個陰陰暗暗的無限延伸空間，什麼人事物全都看不到，卻聽得到清楚反覆的滴答答聲，摀住耳朵卻也止不住流進去的滴答聲。黑暗讓恐懼包圍著我的毛細孔，僵直雙腳，什麼求救的聲音都喊不出來，即使睜大雙眼也像失明，絕望油然而生。忽然之間，腿軟跪地，周圍景色全變了樣，變成一條盡頭黑暗的地下水道，而我全身被地下水濺濕地跪坐在地，微光從我身後竄出，一群老鼠往我的方向衝過來。當我認命將雙眼用力一閉，老鼠的聲音變遠了，疑惑似地緩緩睜開雙眼，我怎麼飄浮在半空中？又倏地，我被摔進一個軟綿綿的地方，這裡白得可以，什麼都白到反光刺眼的地步。我趴在一大片像白雲的物體上頭……累到完全不想動的我沒有任何想探索的好奇心，一動也不動地繼續趴著裝死。

「不是感冒了？趴在這睡覺會更嚴重喔。」這道聲音是？猛一抬頭，黃子捷穿著一套白色服裝，微笑著坐在我身邊。風揚起他的髮吹散飄逸，撩撩髮再甩甩頭髮，又亂了。

「你在這幹嘛？不是去美國了？」明明近在咫尺，為什麼他的身體越來越透明？我想觸摸他的臉，可突然什麼都不見了，一片漆黑，滴滴答答，滴滴答答，我的淚水不斷滴落水灘之中，在盡頭黑暗的下水道。

「叮咚——叮咚叮咚——」門鈴越按越急。

緩緩睜開眼睛，直盯天花板，喃喃地唸：「……什麼夢啊，好爛。」手腳痠痛，枕頭都濕了，低頭一陣濕潤順著鼻翼滑落，眼角跟太陽穴之間的皮膚還有些緊繃，我是哭著醒來的？「叮咚——叮咚——」門鈴聲依然響個不停，蜷著身子連同頭一起硬抱住而眼淚不爭氣地繼續狂掉。

止不住想念的情緒，我的眼淚。

半個鐘頭後，我全身痠痛地撐起身子，好不容易走進廁所，用清水大量澆熄自己所有激動的思緒，再拿毛巾擦拭紅通通熱呼呼的臉頰。退燒藥壓制不了我的熱度，索性把上次用剩的退熱貼又猛貼上額頭。此時，門外的人不按門鈴直接用力搥門，真是的，要把我家拆了不成。

門一開，梅芬差點摔進門裡來。

「天啊！小姐，我差點要叫房東開門啦！」她提著大包小包走進來，我勉強用手招呼一下又癱回床上，「妳還好吧？我剛回來就聽大哥說妳又中標，買了運動飲料和粥過來。」她一邊把鞋脫在門外一邊把東西放進房間內，我一手反壓住視線一手凌空攤放在床外，難受到想吐。

「妳還不起床啊，吃了粥要吃藥啊！」梅芬叫喊著。

「唔……」我應了一聲還是不想動。

「你進來這邊，小心一點。」她繼續說話。

我死賴在床上，管梅芬說什麼，再說，她接話接到哪裡去了？我難受地撐起身子，迷糊看見好像有個頭部包得跟木乃伊差不多的人。

「嗨，小華。」半個木乃伊開口說了話。

「毅東？你怎麼搞的？」他笑得尷尬，怕弄痛身子似地慢動作想蹲下坐好，梅芬停下手邊的事情輕扶他一把。且不管他衣服底下的瘀青或破皮之類的傷口，光是看他額頭被繃帶包紮得這麼像阿拉丁的頭布就知道滿嚴重了。紹平說毅東受了點傷，未免也太大點了。被病纏身的我看到他的慘況也不由得肅然起敬。

「好樣的。」忍不住豎起大拇指再痴呆地為他拍拍手。

「差點把我嚇死，車頭一下失去控制就翻了。真不知道腦袋在想什麼。」梅芬沒好氣地說，還認真地瞪了毅東一眼，責怪他不愛惜自己。

「那時候腦袋一片空白，哪裡知道……唉，我看到妳來不就沒事了嗎？」第一次看到毅東會回嘴說話，還伸手摸摸梅芬的頭，以表示歉意。真摯坦白的開始，單純的一句話就感覺得出來。突然間很想笑，為了眼前兩人對彼此的再度珍惜而感到滿心歡喜。

梅芬選擇了毅東？心頭一轉，想起黃子揚。想起不知道從哪裡看的一句話：「沒有一條路可以讓所有的人得到幸福」。即使是上帝也沒辦法讓所有的人得到救贖吧。愛情不是光靠虔誠就能換來，我只好蓋上棉被窩在床上繼續賴床。

「可以說嗎？」梅芬徵詢毅東的意見。

「應該可以。但是……」毅東斟酌的態度讓我起疑。

「什麼什麼啦？我要聽！喂，不能欺負病人。」梅芬把粥推到最靠近我的地方，再示意要我下床坐好才告訴我。裹著小毯子滾下床去坐好，一邊開始拿調羹吹涼熱粥一邊看著猶豫的梅芬，哪裡像有什麼大事要告訴我。

「紹平要回學校唸書了。」毅東先說。我若無其事地點點頭。

「妳知道？」梅芬有點訝異，接著說：「爲什麼妳知道？」

「他下午來找過我，不過沒說什麼。」我按摩太陽穴。

「小茹死了。」梅芬丟了一枚超大炸彈給我。

一匙熱粥落地，我傻眼地盯著梅芬，再把目光移到毅東，他要我相信這個事實。

「怎麼可能？不要開玩笑……」我也不想再聽荒謬的笑話。

「她從療養院樓頂摔下來，送醫不治，當時我和紹平、紹強都目睹她摔下來。」毅東緩緩地陳述：「上次我們來找妳，紹平跟小茹說只要太陽下山，他就回來。結果看護說小茹從紹平出門就跑到頂樓等紹平……會失足是因爲在樓頂看到紹平開車回來，她高興地向紹平揮手，人站太高，不小心摔倒的關係。」

沒有一個人會被輕易預料死去，更何況是自己周遭的朋友。即使不願意相信也沒有辦法，梅芬把身子挪到我身邊，輕拍我的肩膀。荒謬驚訝依然停留在視網膜，愣愣地望著衣櫥前的鏡子無法平復。雙眼又開始紅腫泛痛，我想起在雨中的紹平，想起我喜孜孜要他幫我向小茹問好，也想起他猶豫的瘦長身影在雨中一動也不動的樣子。

他那個時候在想什麼呢？轉身後呢喃的又是什麼？

小茹在他眼前死去，他的懊悔已經不是我能想像的了。

輕輕摘下別在凌亂頭髮上的水藍色髮夾，我想，紹平是要告訴我，他沒有愛人和被愛的資格。了解的同時，我彷彿又重回下午的那一場大雨，淅瀝淅瀝地不停歇，然後看見紹平站在雨中掩飾他的淚水。我也哭泣。

47

「你相信上帝存在，祂就存在。」這句話產生的同時，萌生落落大方的思想自主權。我豎起大拇指對上帝說：「嘿！好樣的！」微笑還未落下的一個轉身，便看見電線桿上清楚地寫著：「信上帝，得永生。」扯動反應的神經線略略遲鈍，一秒後，我狂笑了起來。原來有著多面性格的不只是一出生就被定下罪條的人類，亞當和夏娃的禁果，我沒嚐過，卻看到上帝的脾氣大不打緊，還有刻板印象的嫌疑。上帝跟我不熟，可多少感受得到祂的言行舉止像個普通的父親，截至目前爲止仍盼望人類回頭。

梅芬和毅東帶來的熱粥冷了，讓人看了毫無胃口地糊成一塊。

「我想去看小茹。」愣愣地還沒回神，脫口而出地說。

「小茹的骨灰被她的父母帶回南部了。」毅東的聲音有些小心翼翼。

我走到窗前盯著被雨淋濕的世界。趁我發燒昏睡，世界似乎偷偷改變了些什麼。

「你是想說，就算我去也不一定能爲小茹上炷香吧？」路燈下的積水反光得亮眼，是清楚地要我了解我的罪。

「別這樣想，不會啦。」梅芬在幾秒後接了這句話。

如果沒有猜錯，紹平甚至無法參加她的告別式。

手扶住窗邊聽著蟲鳴，我將身子略略伸出窗外，閉上眼睛用力深呼吸。我聞到清新的空氣卻感受不到雨過天晴的快樂。一切就這樣結束了。在不再掙扎的狀況下，剩下的只能拖著疲憊的身心，相背而去。

我和紹平、小茹構成的三角習題換算到最後，曾經因爲我退出而被作廢，再又因莫名作廢後的不甘又掀起一場腥風暴雨，最後，血淋淋的紅色以迅雷不及掩耳的方式劃上個大叉叉，止住了所有可能，絕了念頭。

雨一場一場地落下蒸發再循環，幾天又過去。

陰雨天氣不再，我的心情也隱約透露著想要掙脫束縛的期望。

即使有「遺憾」拖在腳邊，不完美的人生，人還是必須繼續走下去。

明天會是個陽光普照的日子吧？

……會吧。

每個星期二早上九點到下午五點是大四的畢業製作時間，所有大四生都得留在學校和老師討論畢業製作。由於每組人馬和老師約談的時間都不一樣，同學總是三三兩兩拎著作品袋或是頭頂著四開裱版，緩緩地從山下的停車場走上來，遠遠地不注意看，還以爲一群熊貓出沒在校園裡，帶著幾串黑輪掛在眼睛下方，雙手還並垂得有趣。

大四的課很少，加上設計人特有的隨性隨意，中午才到教室的人嘴裡多半還咬著早餐。大部分不是熬夜變得精神恍惚，就是熬過頭變得異常有精神。我是下午的課已經開始了，連早餐和午餐都沒來得及買就溜進教室的那種。一進教室想低頭慢慢蹲走到窗邊角落的大本營，才一小段路就被同學輪流揶揄說：「耶？小華這麼早喔？」

「老師，小華來了。」

「早上的簽到，大哥已經幫妳簽了。」

「小華，妳不是來送午餐的喔？」我乾笑地快速通過，再從大哥身邊底下的椅子竄出來，明明氣喘吁吁還要裝沒事，「剛才老師來說要提早討論時間，早知道妳還沒到！」大哥得意地笑，早說嘛！把作品袋往桌上一擺，梅芬便往我這邊遞來土司夾蛋和奶茶一杯，我順手拿來啃了一口。

「上次作品發表我沒去，老師有沒有說什麼？」我病昏的那些迷糊日子。

「沒有啊，老師叫大家看看妳的作品，說這個人已經躺在醫院裡，沒辦法來！」大哥一邊低頭速寫一邊笑著說。

「老師說妳這星期不必來學校也沒關係。我們的分數多半是小華的同情分！」阿忠接著說。

「怎、怎麼說？」我怯怯地問。

「我們的分數很高啊！呂老師當主指導的組別裡面，我們這組最高分。」大哥啼笑皆非地唸著，速寫沒有停。他畫出來的生物都特別生動可愛，大概是因爲喜歡收集一些有的沒的大小玩具的關係。看著大哥筆下的人物出神，我莫名其妙發起呆。

上頭畢聯會長和教授討論畢業展出的細節，下面同學鬧哄哄地互相吐槽哈拉，台上台下兩個世界。梅芬轉頭向我挑了挑眉毛，像是想起什麼事一樣把椅子拉到我身邊坐下，我心底沒個譜也沒心理準備會聽到什麼事情。

「怎麼了？」我呆呆地疑惑著問。

「今天早上子揚打電話給我。」梅芬神祕兮兮地說。

「黃子捷怎麼樣了？」我拉她起身到窗邊，手指不安地點著拍子，思緒紊亂。

「黃子捷昨晚八點做了心臟移植手術。」我知道梅芬沒有開玩笑。

聽見黃子捷終於換心，我倏地雙腿發軟，眼淚奪眶，大夥面面相覷。雖然眼淚在掉，卻深刻感受到自己的堅強有幾兩重。我給梅芬一個擤鼻水式的微笑。她跟著我笑。

上帝，祢的天使比祢想像中的還要勇敢。

我望向窗邊藍藍的天空，噴射機拖曳著白色的線，緩緩擴張，很美。

「可是，子揚說——」梅芬輕拍我的肩膀，我不以爲意地留戀藍天輕哼。

「你們東西有帶來嗎？」指導老師剛好進教室，叫我們移動到老師辦公室討論。

「妳剛才要說什麼？」我回頭邊收拾圖稿邊問。梅芬先是遲疑支吾，輕嘆搖頭說：「等妳討論完再說，等會去後街吃冰。我要去系辦和圖書館，約在冰店見。」我捧著一大堆亂七八糟的圖稿開心地點頭，蹦蹦跳跳地跟上大哥和阿忠的腳步，沒回頭也沒多想。

這樣好嗎？我有期待的感覺，開始等待，但等待，最後會不會變奢望？

沒有人告訴我，期望，還沒有得到。

「大概就這樣。還有問題嗎？要好好加油喔。」呂老師跟我們結束了今天的畢業製作討論。呂老師說話的聲音總是非常輕柔，聽說她連罵人也溫柔，讓人忍不住要拚命趕作業給她，以免對不起她。老師對我們沒什麼挑剔，只是耳聞我的病情嚴重，問候了幾句。

「好，老師再見！」大夥異口同聲地說。

「再見！那個小華啊，妳要多保重喔。」她關心地說。

「唔，謝謝老師，我好多了啦。」訕訕地笑著回應。

溫熱的午後陽光很舒服。山頭東禿西禿的營養不良，對此刻的我來說也變成無可挑剔的個性美。跟我現在愉悅的心情有關嗎？與大哥他們揮別後，從學校山坡上緩緩滑下山腳。想著黃子捷終於換了心，想著相見時刻不遠了，想著他的笑容。我也笑了。

彎進小巷子，打算先把笨重又易弄髒的圖稿作品送回宿舍去。一進房門，因爲懶得脫球鞋又怕踩髒前幾天才擦好的地板，小心翼翼地踮起腳尖手扶著窗戶將身子一傾，再輕輕地把東西往床上一扔，呼！得分！再一個步伐往後退回門邊的動作，順勢把鎖緊的窗戶推開通風。

窗邊樹上麻雀飛散而去，望向藍天邊勾起淡淡橘紅的甜美，老弱婦孺在鄉公所前的廣場嬉戲散步遊走，有種恬靜舒適的味道。我的嘴角一定揚起舒服的笑容。順勢瀏覽一遍眼前的景色……那個坐在長椅上的人是若蘭？若蘭獨自坐在鄉公所長椅發呆，之前紹平的事打亂我整個生活步調，最近忙著趕圖和生病，幾乎忘記若蘭在找阿問。

我趕緊搭電梯下樓，快步往鄉公所走過去。

「若蘭？」走到她的前頭喊了她的名字。

「妳下課了啊？」若蘭問，我笑著點頭坐她的身邊，調整氣息沒有接話，若蘭的異常沉默有種若即若離的游移，她每天都來長椅這裡等阿問嗎？

「阿問還是沒有消息嗎？」我挺直身子深呼吸，再雙手端放雙膝輕聲地問。

「是啊。」她將視線放在前方，微笑回答。

阿問不像是會一走了之的人，我也沒有聽說阿問要放棄若蘭。阿問看到若蘭這麼有心，一定會回到她的身邊吧。因爲阿問是善良的人。哪裡有什麼方法可以告訴阿問？

「妳每天來等阿問嗎？他有沒有留下什麼電話或其他線索？」我回頭看若蘭，注意她的打扮穿著，紅白細肩帶小背心和百褶短裙，還有一雙修長白皙的腿和塗著五彩指甲油的細長手指，再配上白色細帶涼鞋。姣好身材一覽無遺，臉上淡淡的妝很美。

但，究竟是哪裡不對勁呢？

她已經沒有疲倦也沒有難受的表情，比起上次來找我的時候有精神，細微的瑣事總挑起我莫名的疑惑，是因爲化妝的關係？還是？

「我很愛阿問，到現在也愛他，我相信他一定也不能失去我。」她對我說話時有一種非常堅定自信的眼神，我幾乎被那樣的眼神震住了。幾天不見，感覺到若蘭對自己的感情有更深一層的認識。

至於是什麼樣更清楚的認識？還沒個底。

「我想我這輩子最愛的人一定是阿問，無論誰都沒辦法代替他在我心中的地位。」甜甜的笑容和最眞的告白讓我也點頭附和，她接著說：「不過，我仔細認眞地想過，也許我還不到那個只對某種飲料有感情的年紀。抱歉，我不想對妳說謊。我愛熱奶茶，也喜歡喝柳橙汁、奇異果汁，甚至任何我沒喝過的飲料。」

眼神沒有閃爍，她的誠實震驚了我，無論對錯，她誠實面對自己的感覺。善良正義跟自我的生活方式並不衝突，更不相等。

「妳一定無法理解我，也覺得我很荒謬，很正常，我也無法理解妳和阿問的生活方式……我會繼續在這裡等阿問回來，我知道他一定會回來找我。」語畢她低頭看錶，沒有再多說話。

我知道每個人有每個人不同的想法，不可能說改變就改變。

嚴格說起來若蘭錯了嗎？只因爲我是阿問的朋友。不論怎麼選擇，若蘭都有權過她想過的生活，甚至可以一句話要阿問回來，往後還是繼續過她多采多姿的生活。難道阿問是知道自己無法在若蘭的眼前說再見才一聲不響走掉嗎？

鄉公所突然彎進一輛黑色跑車，又是跑車男？

「那我走了喔，我還是會來等阿問。」我攤開不自覺緊握導致汗水淋漓的手掌心。我很自私，人生來就不可能完全客觀，最終我無法撇開自己心中的那一把尺，甚至想替若蘭放一把尺在心底。

不知道哪裡來的勇氣，趁若蘭離去前，我追過去拉住她的手。

「妳曾經問過我，我是不是喜歡阿問？那個時候，我沒有回答妳……」若蘭被我一問，帶點疑惑地微笑看著我，彷彿不記得自己曾經的發問，我定定地說：「我很喜歡阿問。曾經。」

我尷尬地放開若蘭的手臂，我眞是不想活了。

「不過，阿問的幸福只有妳可以給。」認眞地再補充幾句。

若蘭先是愣了愣，不到三秒竟然噗嗤地笑出來。

「難怪。」她笑笑地吐出兩個字，跑車剛好停在她身邊等她上車，她拉車門的時候還在笑，她輕盈搭上車再搖車窗對我說：「妳是個很好的人。我很喜歡妳。」語畢，跑車掃起落葉，迅速駛離我的眼前，很快地消失不見。

我坐回長椅，腦袋一片空白。我剛才是不是瘋了？若蘭到底什麼意思啊？覺得自己像笨蛋，將手肘抵著膝蓋再把身子往前傾，掩住臉，好無力。

阿問，你在哪裡？你還會回到若蘭的身邊嗎？

腦袋空空地緩步走到後街的冰店，沒想到梅芬比我晚到。長嘆了口氣，叫一盤布丁牛奶冰等梅芬。氣喘應該不會發作吧？黃子捷吃過冰嗎？他從小飲食一定有許多限制吧！我把牛奶冰吃進嘴裡發呆，心想等黃子捷回國身體好一點就帶他去吃冰。

梅芬把車騎到店前停好，安全帽摘下，向我招了招手便走進來。她點了冰坐到我對面。總覺得梅芬好像有心事，是不是子揚打電話給她說了什麼？梅芬原諒毅東，甚至復合，子揚肯定被刷出局了。愛情沒有是非對錯，一個願打一個願挨，旁人管不得。若蘭和阿問的事情也是。

「妳是不是在煩惱子揚的事？」我邊吃冰邊問。

「我和子揚沒什麼。」她訝異我往這方面想。聽起來坦然，我覺得那不是故作堅強的謊話，便沒再向她提出任何疑問。

兩個人有一搭沒一搭地聊天，偶爾看著冰店裡的雜誌和電視新聞，一面注意著自己身體狀況的改變，一面翻閱著八卦雜誌。

「我剛才不是來晚了嗎？」她用湯匙戳戳刨冰低聲說，我把雜誌闔上再抬頭看她，她繼續說：「其實我剛剛接到子揚的電話，他說換心之後熬過一段適應期，確定不會排斥什麼的才算安全。」倏地笑容被抽空，我僵住自己的情緒暗自地屏住呼吸。

「黃子捷，他……」黃子捷不能適應新的心臟嗎？

「他很好！雖然還沒度過適應期，但他很好啦！」梅芬見我慌張，趕緊告訴我實話。

「喔！幹嘛嚇人啦？」梅芬很少這麼沒分寸吶。

梅芬住的宿舍跟我的背道而馳，我們在冰店前面分手。

「問妳一個問題，妳要老實回答我。」梅芬戴著安全帽跨上摩托車叫住我，表情被安全帽蓋去大半。

「什麼？」我納悶。

「妳到底喜不喜歡黃子捷？」她透過安全帽問著。

「爲什麼問這個？」我有點訝異，她見我沒有第一時間回答她的問題，把車發動。

「如果妳還滿喜歡他的話，爲他加油。」語畢梅芬便把車頭一彎往市區騎去。我愣在原地，反覆思考梅芬說的話，緩步走回宿舍。

才走幾步路，就不自覺遲疑地停下腳步幾秒，歪頭想著不尋常。

感覺氣管似乎不斷地在緊縮，哪裡出了問題？

48

散步蹲在路邊，看一株小黃花彎腰搖曳；偶然停在紅綠燈旁，綠油油的路樹也沙沙作響。透著石粒的灰色水泥、斑駁鐵柱、厚實木製長椅、浮凸雙黃線，用手掌的紋路輕輕地觸摸體會它們，會有兩種深刻的情緒。眞實、惶恐，兩種。存在感讓人覺得眞實，眞實感讓人覺得不安。

忙得天昏地暗的最後一個禮拜，大四每組人員的生活作息都不太正常，除了要忙著輸出海報廣告稿之外，還得把定稿送印刷廠或添購展場裝潢，甚至是設計周邊的產品規劃，一點一滴都不能馬虎。

經過畢聯會的努力，加上教授大力促成，確定我們商設系校外畢業製作展即將在市中心舉辦，很開心也很感動。雖然我們一直沒日沒夜地完成最後的進度，卻倒也能苦中作樂。宵夜聚會也隨著我們熬夜的次數多了起來，吐槽八卦哈拉問候，管它聊什麼都不打緊，因爲這也許是我們最後可以年輕荒唐的樂趣，也會是最沒有負擔的回憶。

在學校、宿舍、開會、宵夜、夜市中往返，與遲來的夏天攪和在一起。趁我們不注意，天氣漸暖。只不過是一個禮拜的忙碌，鄉公所的一切突然變得陌生，這種陌生感是什麼？因為天氣變暖和的關係？還是那裡已經沒有我所相信的執著存在？又或是因為承受不起太多在乎的人事全走了樣？

我不願看到若蘭坐在鄉公所長椅，不願再次看見寒冷夜晚一個人捧著白百合的阿問，更不想看到阿問再次出現在鄉公所和若蘭相擁的畫面。太殘忍。是誰在等待？為什麼要等待？手扶在窗邊往外看去的夜晚數不清，疑問反覆質詢也沒任何答案冒出芽。

跟鄉公所脫不了關係的黃子捷，他現在好嗎？

梅芬說子揚在我們吃冰那天通過電話之後，就沒有再給過任何訊息了。

他們像是完全退出我和梅芬的生活圈一樣，回歸原點。

對我來說黃子捷生死未卜或許是好事，起碼希望不滅，讓我相信他依然活在世界的某個角落。

還記得梅芬問我最後一個關於黃子捷的問題，「也許再沒有機會告訴黃子捷了，妳不覺得遺憾嗎？」她太了解我莫名其妙的個性，始終我都沒有對黃子捷說出自己的想法……遺憾嗎？沒有正面回覆梅芬，我別過頭去望向悠悠藍天，苦笑。她單手摟了摟我的肩頭明白我苦笑的背後是什麼，沒有再提起黃子捷。我也不再問，即使思念。

說也奇怪，從我生病到掙扎的最後一個禮拜不長不短的，有很多事情也都跟著改變或進行，用時光飛逝也不足形容的快速。

梅芬和毅東的感情比以前好得多，聽梅芬的話退出車隊，做個純粹的學生和情人，兩個人常常忙裡偷閒地溜出去玩；吳宇凡和佳涵繼續甜蜜交往；嘴裡老說要交女朋友的大哥，依然專注蒐集著自己喜歡的公仔玩具，並且持續熱中打電動，是我們這一群裡最有價值的黃金單身漢；阿忠、志弘以及其他同學的戀愛八卦，傳得沸沸揚揚，亂象四起。至於紹平和紹強沒有再出現，人間蒸發似地消失在我的生活之中。隨著大學四年生涯的結束，我想，所有的一切也都跟著結束了。

畢業展開幕前兩天，大家忙進忙出地布置展場到通宵。

除了住台北的同學住在家裡，其他人還是每天桃園台北往返奔波，包括我。爲了布展熬夜，蓬頭垢面地坐早班火車回桃園宿舍，想說梳洗一番再趕回會場，結果一開門就被床吸住爬不起來，直到學長姊來會場沒看見我，撥電話叫醒我才趕上開展。

「喂！妳現在才來？」梅芬從她的攤位跑來拍住我肩膀，我訕訕地笑著指了指眼睛下方的黑輪。

「剛才妳的學長姊都來了，這些他們送的！」同組阿忠指指攤前慶祝禮物。學長姊們把可樂品牌按不同顏色排成一個「NO.1」給我，還有紅酒、香檳及花束。

他們一向疼我這個奇怪麻煩的學妹，所以畢業展也一塊來爲我加油打氣。

開幕茶會就此熱鬧展開，人潮洶湧，盛況空前，親朋好友陸續出現捧場祝賀。開場氣氛熱絡的第一天，沒想太多，只不過偶爾會莫名失神望向人群，即使明白機會渺茫，還是會不自覺地尋覓那道熟悉的身影，明知道不可能。

畢業展地點在紐約．紐約購物中心四樓，展期四天。

前一天布展最忙碌，再來展出第一天，剩下就是大型親友敘舊歡聚現場，同學們偷空逛街血拚，並不會時刻待在攤位前，如果親友遠道而來也會帶他們到附近用餐。我的親友集中在週末來參觀，我沒有四處走動，最多躲到攤位後方的儲藏兼休息室偷閒。

展覽第三天的人潮較少，我有時間好好參觀其他組畢業製作。

遠遠見梅芬手捧一束向日葵和毅東在她攤位前說話，我忍住笑意小心翼翼地繞到他們倆身後，一個箭步搭住他倆肩頭再從中竄出。

「呦，甜蜜小倆口，我怎麼沒有？」我故意調侃，毅東轉頭看我的神情有異，我乾笑表示開玩笑，梅芬從花束裡抽出卡片。毅東說花不是自己送的。

「小姐，請不要在正牌情人面前看情夫的卡片喔。」我替毅東出頭。

「黃子揚送的啦。」梅芬反射性回應。聞言我的胸口被強烈震撼好幾下，心情急凍。梅芬把向日葵擺放在攤位前，支開毅東，再拉我漫走會場藉此談心。

「他回來了？」我忍不住問，她搖搖頭示意。

「他說他短時間不會回台灣了，那邊醫院好像很忙，整天跑來跑去的。」梅芬好像很清楚子揚的生活，有時候我會想梅芬應該也喜歡子揚吧？

「他知道妳跟毅東的事了？」

「我有跟他說，不過他好像不是很在乎，說等他回台灣，叫我給他機會。」語畢微笑，我搭住梅芬肩膀拍了拍。梅芬的幸福追逐戰完結篇了嗎？她的微笑似乎告訴我沒有。

如果黃子揚短時間不會回台灣，那是不是代表黃子捷也不會回來？

「……也沒提到黃子捷，不知道怎麼樣了？」梅芬給了我答案，又突然想到什麼拉住我的手：「等一下！子揚送花給我，黃子捷也會送花給妳啊，即使無法回國也會送上一束花吧！我們回妳的攤位看看，走啦！」她拉著我閃過人潮往攤位移動，希望被燃起，心情也跟著緊張起來。懸著的一顆心隨時可能墜馬，抿嘴不斷穿越人群，奔跑著。

突然，我來不及閃躲從旁邊竄出的志弘，兩個人因為煞車不及撞成一團。

「對、對不起！」「唔，好痛！」我倆同時發出哀嚎。

「小華？剛才有人送花給妳。我們找不到妳，他就走了。」志弘摀住下巴說話。

梅芬把攤位前的一束白百合捧過來，我接手一看，沒有卡片或任何署名。

「對！就是這束百合。」志弘起身還摀住下巴。

「志弘，人走多久了？穿的是什麼樣子？」梅芬見我盯著花束沒有說話。

「剛走沒多久，他穿白色……」還沒聽完，我把花束交給梅芬，往手扶梯跑去。

「喂！小華！」梅芬喊我。

「是阿問！我去找他！」我必須見到他。

留下梅芬和一頭霧水的同學們，我搭上手扶梯，偏偏下樓人潮太多無法越過，我在手扶梯上原地踱步，搜尋目光所及的人群，也望向透明玻璃外的人來人往。

四樓、三樓、二樓、一樓，腳步漸緩地直到站在大廳中央，環顧四周。

白色百合是阿問喜歡的花，一定是他。怎麼不跟我打招呼？他回到若蘭的身邊了嗎？猜想怎樣都不會有答案啊。呆站十分鐘也不見他。

「眞的走了？」我左顧右盼往另一側上樓的手扶梯走去，目光掃過咖啡專賣店，有個熟悉身影吸引我的視線。白色襯衫和舒服寬鬆的深色牛仔褲，消瘦臉頰，頭髮蓋過耳朵，好看的內雙眼和新月微笑。那是阿問。

他看見我，笑了笑，走向我，把手中的星巴克拿鐵遞給我。

「想說買杯咖啡給妳。跑這麼快，氣喘不會發作嗎？」他笑著說，我搖頭。

我和阿問找到露天咖啡座椅坐下聊天。

「你怎麼會來？怎麼知道時間的？」我握著拿鐵問。

「妳忘啦？吳凡是我高中同學。」他喝著冰拿鐵，嘴角露出微笑。我忘了。他是去看吳宇凡順便來看我的。才這麼想著，他接一句：「我來看妳，順便看他！」調皮地笑著，暖烘烘地。他知道若蘭在等他嗎？如果說出來，他肯定會飛奔回若蘭的身邊吧？我該不該告訴他？還是不說了吧。

「阿問，若蘭在等你。」

啊啊，我一定是鬼上身！怎麼會這樣？下意識脫口而出。

狠狠地暗捏自己大腿，抬眼見阿問搖動吸管思索，他聽到我說的話了嗎？

「人生有些遺憾也沒什麼不好，對吧？」阿問望向市府大樓出神地說，沒一會視線轉回，逕自拿起我咖啡桌上的手機輸入號碼。

「子捷回來了嗎？」他邊操作手機邊問，見我搖頭示意，露出理解的淺笑接著歸還手機：「這是我的手機號碼。下次和他一塊來南部找我玩。」

篤定的語氣是要我相信黃子捷，我看起來應該很悲情，他傾身安撫般摸了摸我的頭，偶然做出與黃子捷相似的舉動讓我瞬間紅了眼眶。好一陣子沒見到阿問，他變得更成熟，羞澀感漸漸消失，柔情體貼更明顯。他不再那麼像紹平，反倒多了點黃子捷自在的特質。明知人與人之間不能比較。那麼我是不是也和他人某個部分相似呢？

「你最近好嗎？」微風吹拂阿問髮梢，他喝著拿鐵點了點頭，模樣綽有餘裕。閒聊半小時日常生活，我從阿問的神情中發現能容下別種溫柔情懷的縫隙。

「我該走了，這個給妳。」阿問起身從口袋掏出一張卡片遞給我。

「謝謝。」沒想到還能收到卡片，心裡很感動。

「夏天不容易施熱奶茶魔法喔，天使。」臨去前，阿問回首對我說了這句話。

注視阿問瀟脫離去的背影，手機液晶螢幕上映著「阿問」的名字和電話。白色襯衫在陽光下耀眼，或者阿問像是白色羽翼的天使。

阿問離開視線範圍，我緩緩地走回購物中心四樓的展場。同學怕無聊便把音響帶來展場播音樂，現在正播放江美琪好聽的《悄悄話》專輯。攤位前不見梅芬和大哥、阿忠，我縮進後邊的休息區倚牆坐下，打開阿問給我的卡片。

小華：

我想，每一個人心中都住著天使，不只一個。

謝謝妳，為我所做的一切。那一天的妳，很美。

阿問

那一天的妳？卡片上說的「那一天」是哪一天？阿問是不是每天都去鄉公所呢？卡片寫的是什麼意思？他剛才說他要回南部，他放棄若蘭了嗎？實在看不出所以然來。

輕握住手機，按進電話簿，卻不打算撥出去，只是盯著液晶顯示阿問的名字和電話。沒有追究的必要，我想相信阿問離去的灑脫，陽光下他的背影宛如重生。

發呆好一會，念頭一轉想起音訊全無的黃子捷，也憶起和他過往的一切。

同學換了張專輯，播放的音樂突然變得非常清楚。

「愛你的回憶，心動的美麗，曾經我還以為永遠，不會再遇見你；愛你的回憶，有千言萬語，曾經在無數夜裡，為思念而哭泣；因為你在我心裡，有特別的感應——」林憶蓮帶著幽幽女人味的歌聲傳來，空蕩蕩的寂寞趕也藉機竄出。

心應該要平靜，怎麼有一股強烈的落寞襲上心頭，逼紅了雙眼。

「離別後，我走到哪裡，仍有一線來牽引；時光穿越了我，想念眼睛，讓我再好好看著你——」握皺了卡片，蜷縮著身子，緊抱著膝蓋，到底在奢求什麼？我對自己說和黃子捷的一切都過去了，不斷地反覆叨唸，眼淚無預警滑落。

「喂，妳播的是林憶蓮的歌吧？什麼歌名？」

「我看看……叫〈重遇〉，很好聽。」

同學們的交談細語作爲林憶蓮柔美歌聲的襯底。重遇。

眼淚，笑容，又眼淚，再笑容，莫名其妙地，我被自己搞糊塗。

49

時間一久，人們會開始懷疑彼此。

即使頂著一枚微笑說了再見或懷著濃濃眷戀揮別都不算數了，只要時間一久暫時失去聯繫，思念太滿的情緒不自覺摻上你我微小的猜忌，漸漸擴大再默默氾濫，於是什麼清楚的溫馨或浪漫的情懷也都會一層一層地被抹去邊界趨於模糊，最後消失蒸發不見。人類自欺欺人地說著「相信」卻壓抑自己心底的否定，多少是帶著痛苦和罪惡感的。

眼淚和笑容不斷交替，我是不是在勉強自己接受某些現實？

一個人躲在展台後方的小休息區又笑又猛掉淚，實在有夠笨。我想著待會走出休息區的時候一定要大聲談笑用力聊天，或到處拉著同學拍照留念。反正動作再大一點表情、再誇張一些，才能掩飾自己一顆早已脆弱得不堪一擊搖搖欲墜的心。

注意力轉移同時，突然有張面紙向我遞來，在我眼前飄了飄。

梅芬一骨碌坐下，靜靜等待我的情緒平復。

聽著外面的鼎沸人聲，休息區的空間因爲隔絕部分噪音而產生的靜止錯覺，心空洞洞地不踏實。

梅芬和我倚靠貼上凌亂電線的裱版，發愣似地都盯著前方的白色牆壁。

「見到阿問了?他好嗎?」她說。

「他看起來很有精神，只說要回南部去。他也沒說很明白。」我擤擤鼻水，看見梅芬深呼吸想說些什麼的樣子，雙腳蜷著環抱住小腿，身子前傾，下巴抵住膝蓋。

「前陣子吃冰的時候，我不是遲到?」她無意識地擺動著手，可能想鎮定情緒，接著繼續說：「心臟手術很成功，但也許是不太能適應的關係，他一度陷入昏迷狀態。至於有多嚴重，我也不清楚。那時候還沒度過七十二小時，子揚要我先別告訴妳。」聽到梅芬徹頭徹尾把黃子捷的狀況說出來，我潰堤的眼淚竟然漸漸止住。

難過到止住眼淚的經驗是頭一回，不由得開始懷疑起自己……我想要的只是一個明確的答案而已嗎?

黃子捷是生或是死的一個答案。

我到底是怎麼了?下意識地我開始咬起指甲，不斷啃咬。

「抱歉。這也是黃子捷進入手術房前叮囑子揚的。他說如果有什麼萬一，要子揚別告訴妳。說什麼不給消息，妳就會當他不再回台灣。」梅芬把手輕放在我肩上，無奈地停頓一會又接著說：「我不知道黃子捷度過關鍵七十二小時了沒有，不知道他是生是死，子揚沒有再提起黃子捷，我也不想問。因爲那是妳的權力。」我默默地聽完梅芬說的話竟然意外平靜，側頭盯著梅芬的苦笑。

「笨蛋，妳以爲眼淚這麼廉價嗎？」她一個俐落起身，整理自己的儀容，我沒有挪動位置也沒接話，直撲撲地盯著她，她輕拍我的肩膀彷彿要我接受事過境遷。

「是因爲對他不夠坦白嗎？他怎麼可能不懂妳？不要哭，妳不可以哭，抬頭給他一個微笑吧，萬一他眞的死了，在天堂也會看見的。始終，他希望妳能快樂。一天的快樂也好，一夜的瘋狂也好，今天有謝師宴和畢業舞會。大學生活的最後一場舞會，加油。」梅芬認眞地對我說。梅芬的堅忍獨立我永遠比不上。她的笑容在我點頭允諾的同時似乎透露了一絲舉棋不定，接著準備轉身出去展場。

我蜷住身子依然有些茫然，亂七八糟的思緒不知該從哪裡開始整理。

「接住！」梅芬拋了顆紙團給我，疑惑攤開看到一長串號碼，「子揚美國的電話。」語畢她便瀟脫地走出去，跟別的同學談笑打鬧了起來。

一張皺巴巴的便條，一長串國外電話的號碼，一隻握緊的手，一個我。

儘管展場喧鬧。我卻非常清楚此刻心被掏空的寧靜，黑白分明的那種清醒。即使明天一覺醒來還是會痛哭，未來想起黃子捷還是會難過，我想好好記住暴風雨前的寧靜，片刻的休憩，只有一條線索也好，我緊握手中的紙團。

微笑，努力地撐起微笑。

扯緊著一條神經太久，容易疲乏斷掉，也容易失去求救的機會。

經過三十分鐘的追憶或沉澱，我走出休息區。

「小華一起來拍照啊！」愛拍照的志弘和同學們正在擺姿勢拍照，掌鏡的是大哥。梅芬一把將我扯進鏡頭，大家全跌成一塊。

「我來拍！」志弘上前想接過大哥的數位相機，冷不防被大哥捏住臉頰。

「想得美！」大哥半開玩笑地說。

「你不知道大哥不喜歡拍照嗎？找死喔！」

「對啊對啊！」「哈哈哈！」志弘無辜，眾人捧腹，大夥你拉我拍照，我扯你入鏡地亂拍一通。

「不是說五點半就要去謝師宴？趕快去佔位子吧！」阿忠拎好背包催促大家。

「去哪裡吃？」「好萊塢星球餐廳啊！」「是喔，這麼高級喔！」大夥邊附議邊聊天邊移駕，我和梅芬及幾名同學隨後跟上。步出購物中心，走在和世貿二館相間的人行道上，仰頭能看見台北傍晚的天空蘊著淡淡虹彩，我想維持這種鬧哄哄的友情。

「喂！小華又在發什麼呆啊？」同學向我大喊。

回神發現自己站在路中央，梅芬和幾個同學已經在前方五十公尺處喊著我，想跟上他們的腳步，卻一個不小心和迎面而來的人影撞上。

「對不起！」我好像很常表演跌倒，怪不好意思。

「沒關係。」那人匆匆一句便跑開。我盯著他的背影心思又飄開，再次定睛留意前方路口的銀色跑車，那是我最喜歡的奧迪跑車。

「喂！妳到底在幹嘛？我們先走了喔！」梅芬在前方大喊，我的思緒被扯回來。

「這不是來了嘛！毅東呢？怎麼沒看到他？」我上前拍住梅芬的肩膀。

「他說他謝師宴不來，畢業舞會再來。」語畢梅芬繼續和其他同學哈拉，我回望路口，逛街人潮依舊，奧迪跑車已消失不見，我好像隨時隨地都在追尋那個陰魂不散老愛闖進我生活的紈褲子弟的身影，甩甩頭，鑽進人潮前往華納威秀。

酒足飯飽一頓，同學們沒有話別或感傷的情緒，而是努力搶食物拍照留念，這幾個月下來的熬夜疲勞消失得無影無蹤。而且不知道是不是果汁喝多也會讓人感覺到醉意，性情也沒那麼保守矜持？從謝師宴開始就有許多人趁機告白，畢業前夕班對猛然暴增，誰說大學生感情糜爛不檢點，微笑看著班上男男女女幸福被喚醒，我跟著興奮不已，我希望每一個人都能幸福。

設計系畢業同學都來到畢業舞會會場，在校生和親朋好友一起擠進來熱鬧狂歡。一開始大家坐在沙發上看別人跳舞，很快地，在暖場後，身邊男女一一被邀請入舞池，或是三三兩兩被拖進舞池。我天生沒有舞蹈基因，再怎樣也絕不被拖進舞池出糗。漸漸地身邊從擁擠變成空蕩，僅剩我、大哥和梅芬，及幾對不想跳舞的情侶呆坐原地。

我不孤單。只要在鬧哄哄的環境感受歡樂就好。

「大哥不跳喔?展現一下你的舞技啊!」我賊笑。

「妳找死啊!」他白我一眼，雙手緊抱背包，我向梅芬調皮吐舌。其實大哥人緣好，就是太多莫名其妙的怪原則讓許多對他有意的人卻步。

「啊!」「讚喔!」一陣熱烈歡呼伴隨口哨聲傳來。

大夥循線望去只見吳宇凡被佳涵拖進舞池當鋼管跳，引發全場尖叫。吳宇凡僵著那張藝術家臉實在好笑。四周喧鬧起鬨的同時，毅東也來了，梅芬上前在吧檯附近跟他說話。我手撐臉頰，手肘抵住沙發扶手微笑，雖然倦了還是得撐住，就今天，什麼都不多想。

搖滾或電子音樂一曲換過一曲，大家都high到極點。

重金屬音樂結束，大家跟著安靜下來，ＤＪ緩緩播出浪漫慢歌。

「學長，我能不能請你跳支舞?」一句甜美的邀請在我閉眼欣賞音樂時響起，年輕學妹向身旁的大哥伸出手，粉色細肩帶配上及膝短裙，美腿一覽無遺，她甜美害羞的笑容更是吸引人。我倏地回頭見大哥一臉招架不住，現場霓虹閃爍，我清楚看見他老人家當場呆掉。

「人家女生都邀請你了，你好意思拒絕啊?快去!」我用手肘推了推讓大哥回神，學妹主動牽起不知所措的大哥滑進舞池，我順勢把他緊抱的背包扯下來放。春天降臨得正好。黃金單身漢是否就此陷入情網?沒人敢虧。我第一次看見靦腆笨拙的大哥。

回神環顧會場，不跳舞的情侶開始跳舞，梅芬和毅東也輕輕慢舞。迷濛乾冰盛滿濃濃情意，我起身穿越舞池裡的人群，一步步往上走出會場透透氣。

晚上九點多，我坐在華納威秀前的長椅盯著車水馬龍，歡樂甜蜜雖然更多，但其中也不乏和我一樣呆坐的人，旁邊另外幾張長椅或馬路對面，甚至倚靠著路燈柱的都有，不知道他們都在想什麼？也許他們也跟我一樣在想別人都在想什麼吧？

手機傳來訊息，我低頭按開內容，上面寫道：「祝畢業展順利，紹平。」嘴角揚起淺笑，也許我們同時都釋懷了，這才是眞正的「事過境遷」啊。

我愣愣地駐足街頭，仰頭看不見任何星星也不見月亮。

今晚夜空似乎被鄉公所施了魔咒，突然聽不見任何人來人往的喧鬧聲，有種被拉回鄉公所的錯覺，天空不停旋轉擴大，星星，月亮，彷彿也漸漸浮現，翩然起舞。正當迷迷糊糊感覺困惑之際，彷彿飄來一陣伴隨香氣而來的氤氳，回憶再度被開啓，我穿著華麗舞台服，搭配著五光十射的霓虹，重新上演了一齣經典劇，充滿懷念的熟悉。

華納威秀和新光三越信義店之間的斑馬線寬闊，來往等紅綠燈的人潮很多，我不自覺地起身跟在人潮後面等待穿越馬路，號誌剛轉換，大家一擁而上，只有我拖著腳程像在散步，不自覺駐足在斑馬線中央，挪動不了步伐。

腦袋倏地閃過許多回憶，難過生氣的、快樂甜蜜的、悲哀苦惱的、所有人物湧現，每個神情、每張臉都鮮明且快速地鑽進腦海，直到停留在黃子捷的笑容的瞬間，我被身後突進的人撞倒，雙手撐地，膝蓋著地，人群變成慢動作，像生病時作的惡夢。我盯著眼前難得的視角，各式各樣行進間的雙腳，突然前方有一雙穿著球鞋的腳匆匆來到我面前，耳朵清楚聽見這雙球鞋的主人氣喘吁吁。

「傻瓜，想什麼啊？」還來不及反應先被球鞋主人罵，接著被一把拉起往路邊跑，最後剛好跌坐在新光三越邊的長椅上。

人行號誌結束，車陣又開始流動，我這才清醒過來。

「對不起！你、你沒事吧？」我一邊道歉一邊站起身。

我在幹嘛？怎麼突然恍神？我回神看向低著頭喘氣的球鞋主人，有點面熟。

50

傷痛難過到極點就異常能接受悲慘際遇，那不是既定的規則也不是認命的想法，只是鋪陳在眼前看似崎嶇的路已經大扣未來美好的分數，沒有人可以預料，沒有人可以知道上帝在想什麼。爲什麼即使到了現在，我的悲傷指數不減卻也不怨恨上帝，是因爲我依然相信祂的悲天憫人並非虛構？還是因爲我仍舊相信音訊渺渺的黃子捷？沒有堅持一定要追問靈魂深處的眞正想法。目前找不到上帝或黃子捷印證我的答案。

如果可以，我願誠實以對。

霓虹和鵝黃的路燈照耀之下，男孩的頭髮細柔微鬈和略瘦卻結實的身材，甚至寬闊的肩膀和長手長腳擺放的姿勢，都很熟悉。

該不會是另一個相似的天使也滑落了凡間，闖進我的生活之中？半信半疑的我，輕觸男孩垂下的頭髮想確定線索，想說服自己眼花得把每一個人都刻上黃子捷的影子，又或我仍正妄想地作著美夢。

是上帝不要你了，還是放過我了？一度以爲再看不到這個脆弱的天使，竟像個驚喜禮物般跌進我的生活，在我幾乎要放棄之際。熱騰騰的血液確定流進被掏空的心，還有一團滿滿的溫暖充斥著胸口，是一杯熱奶茶剛泡好的溫度。

即使夏天到了，熱奶茶依然有魔法。

怎麼男孩抬頭的一個笑容，我便哭了出來。

剛才的假象也讓我接下來的行動和視線都錯亂了嗎？

我的眼淚不是聽到黃子捷極大可能的死訊之後，就再也流不出來了嗎？

你的笑容是要告訴我，你收到我莫名其妙的愛了嗎？

在我面前的，黃子捷。

「我回來了。」黃子捷擁我入懷，細語哽咽落在耳邊，臉埋進我及肩的長髮，不顧旁人目光，將濃烈眷戀施力在久違的擁抱中，捨不得放手。我不敢相信眼前景象，無法思考地輕輕扶住他溫暖的身軀，回應他的激動，直到接受真實便緊抱他，眼淚止不住。

這一抱也不知道經過多久，他努力穩住情緒不捨地拉開距離，與我面對面，認真靦腆地說：「別哭，妳哭起來很醜。」語畢又注視我良久，我想反擊跟他拌嘴，誰知他先是一手輕觸我眼角的眼淚，接著傾前輕吻了我的眼淚。

心跳被他不假思索的舉動嚇得漏跳幾拍，他再揚起如常的笑容，我直盯著他。

「幹嘛盯著我，妳終於愛上我啦？」黃子捷看起來臉色蒼白，難道又逃院了？

「你哪裡不舒服？」我緊張反問，他到底有沒有換心？

「果然不能太激動。抱妳眞是一件危險的事，心臟負荷不了。」他頑皮地說。

「哥！你沒事吧？」那不是黃子揚？不遠處，子揚通過斑馬線匆匆地迎面走過來。黃子捷不以爲意地揮了揮手表示自己沒事。子揚的身後跟著梅芬和毅東，從他們的驚訝神情可以得知他倆不知情。

「你眞的不能這樣搞，情況才剛好轉……老爸要扒我的皮了。」子揚喃喃苦笑。原來黃子捷眞的又逃出醫院了，這次是跋山涉水，從美國逃回台灣，該怎麼說？我沉默不語，一開始以爲自己有點感動，現在卻有一股怒氣從體內攀升上來。大夥上前和黃子捷擁抱說話。這不合理吧？怎麼可以如此放任他？就在這時，子揚把我拉到一邊說話。

「我已經聯絡醫院了，他答應我會乖乖回醫院休養，妳別怪他。」他一臉歉意。自己明明學醫也曉得這樣行不通，有可能造成感染或突然負荷過大而死亡，卻無法拒絕黃子捷的要求。他眞的很愛他哥哥。這就是子揚對不是親哥哥的黃子捷所展現的親情。他們早就跨越了比親兄弟還親的那道門檻。

「我開始懷疑自己不適合從醫。不過我哥眞的是很喜歡妳。」語畢他走向黃子捷嘮叨幾句，便揪著大夥離開。大概希望我們能獨處吧。

是不是太過眞實之後反而變得特別不誠懇的關係？

懷疑變得非常合理，超越這之上的是一股微微落寞。是不是太過開心驚喜，反而會讓人更覺得心頭空洞呢？

注視大夥走遠，沒回頭看坐在長椅的黃子捷。突然不知道該說什麼，黃子捷起身走近，我一個轉身面對他說：「你實在很亂來……沒事吧？」我光是看到他兩隻有神的水汪汪眼睛就感動得一塌糊塗了。

他完好如初地站在我眼前。

晚風吹拂眉毛上挑，古靈精怪地揚起笑容，他一把牽起我的手走著，也不知道到底往哪裡去，我沒有抗拒，與他略差一步的距離讓我特別能夠注意窺視他的一切。暖暖厚實的大手包裹著我顫抖冒汗的手，低頭還看到他習慣性踩的俐落步伐，又在側後方看到他飄逸的頭髮、慣穿的白色連帽衣，與合身順眼的黑色直筒褲隨著步伐而出現的皺痕，非常舒適瀟灑。我心底那一頭小鹿撞死幾百遍。

黃子捷走到彎口便靠牆停下來，抬頭才發現我們來到新光三越後頭，百貨公司已打烊，旁邊是人煙稀少的停車場，幾盞路燈照得燈火通明。他撩撩我的頭髮，蹙眉心疼地說：「妳又沒照顧好自己，是不是又生病了？」該當醫師的是黃子捷，他對於細節的觀察簡直異於常人，不對，他本來就異於常人。憑藉路燈清楚看見他的模樣，一再證實還是不可思議。他見我兩眼直盯沒有反應又笑了。

「是我啦，這次別再叫喂喂喂了喔。我叫黃子捷。」他孩子氣地說。我忍住笑意，故意倔強地回身不看他。果然是黃子捷。停車場中央有輛被路燈照得發亮的銀灰色奧迪跑車。

「奧迪。」我說。黃子捷牽我的手往奧迪走過去。

「走，我們過去看看車上有什麼。」他若無其事地接著說。

上帝一定是個拗不過孩子的父親，我不是祂的孩子，黃子捷是。

他是上帝最寵愛的孩子。聽著他的聲音，感受他的存在，我仰頭看著不全黑的湛藍天空，雖然看不見星星卻也似乎有著閃耀的光芒。

「路長在前面不在頭頂啊！難怪常跌倒，真拿妳沒辦法。」他傾身叮嚀我往前看，我羞赧地把視線擺正，發現奧迪跑車裝滿了新鮮黃玫瑰，我抿嘴想忍住感動，黃子捷扶住我的雙肩，錯身開門讓我上車，自己則繞過車頭坐上駕駛座，我見他臉色還是蒼白。

「你的身體受得了嗎？」我擔心地問。

突然間，他一手難受地揪住胸口一手握住方向盤，我當場嚇壞。

「有帶藥嗎？我去叫子揚！馬上！」我趕忙想下車卻被他拉回來。

「騙妳的，陪我喝一杯熱奶茶就好。」他湊近我耳邊吹氣，我又不能揍他。

「喂喂喂！你這個不老實的爛個性什麼時候會改啊？」我白了他一眼。

「……什麼時候啊？」聽他聲音好像真的在反省，回頭只見他雙手挺直，抓著方向盤思考了好一會，煞有其事地對著我說：「很難。」

「有什麼好難的！」我沒好氣地。

「很難啊！妳看我得先等妳不再叫我喂喂喂，等妳坦白一點，等妳不愛逞強學著依賴我一點，等妳每天每天都願意陪我喝熱奶茶，不分季節。嗯，還有——」他笑著扳手數數，眼珠眨呀眨，話說一半不說完。

「還有什麼？」我故意忍住莫名的感動直盯著他。孰料他先輕輕將我擁入懷中再摸摸我的頭，好一會吸足了氣才認眞地說：「還有，等妳喜歡上我。」

幸福滿溢，我覺得他好可愛，非常可愛。

「眞的好難喔。」他撒嬌似地想掩飾他的不好意思，我俯在他肩頭笑出來。

「上帝，謝謝您。」我該向天際吶喊。對不起，我再也不封閉自己，再也不當個莫名其妙的惡魔。請把我頭上的惡魔角除去，願誓以忠誠。也不知哪冒出來的勇氣，我慢慢拉開我們之間的距離，和黃子捷好好地面對面。

「笨蛋，你不用再等待了。」我說。

爲了眼前走過飄搖風雨放棄成爲天使的你，決定卸下武裝，我笨拙地主動吻了他，堅定地對他說：「一點也不難。我喜歡你。」

你是上帝的天使，也是我的熱奶茶。請接受我的親吻和告白。

黃子捷驚訝的眼神有些不知所措，一會低頭又抬頭，抿嘴又咬唇，像個孩子。

新月微笑塡滿我們之間。我不捨見他的眼眶泛淚，嘴邊有淡淡的甜味，這是熱奶茶的魔法嗎？懷疑的當下換他頑皮地吻我的唇，溫熱柔軟的訊息傳來，我想是吧。

相・視・微・笑。

51

兩個月後

銀色奧迪跑車穿梭在南部鄉間。

藍藍的天空，廣闊田邊的飛禽水鷺被車身呼嘯而過的炫亮嚇得振翅飛起。

我的視線隨著水鷺漫遊眼前超過兩百七十三度的寬闊廣角，微微和風吹拂配上自然花草的氣息，讓人特別悸動。瞇起眼，我揚起幸福的微笑。

「哇？我的方向感失靈了嗎？」戴墨鏡的他握著方向盤，孩子氣地叨唸。

「你是開到哪裡去啊？迷路囉？」我故意調侃他的傻氣。

……總是無聲無息地像個腳步輕盈的天使，輕拍白色羽翼翩翩降落。

「怎麼可能？前面有幾戶人家，妳等著，我去問。」他一臉笑意，自信滿滿地推開車門又轉身拿車上的手機。我微笑看著他的背影，白色棉質的休閒衫和卡其色的長褲。

「喂！別逞強啊！直接打電話問嘛！傻瓜啊！」我立起身子對他喊著。

接著，他在轉角失去了蹤影。

注視好一會兒都沒有動靜，我推開車門也循著走去。

……特別是看著他飄逸髮絲順下眉際眼邊的時候，洋溢著溫暖氣息。

走了幾步路，腳步被眼前光景絆住。

在前方陽光灑下的純樸小徑，他和他同時出現，並肩笑著。

他們熟悉地笑著。有一股激流湧上心頭鼓脹著再緩緩擴散開，促使眼眶迅速濕潤，讓眼前的兩人變得模糊卻更耀眼。

……那是永遠也不會消失的溫暖，是，一杯熱奶茶的溫度。

《一杯熱奶茶的等待》完

番外

01 像他那樣的人

結束跟隨教授數月往返美國醫學交流的研討行程，終於回到舒服的床鋪，一連睡了好幾天。

我是認床的人。

對一名心臟外科醫師來說，無法擁有良好的睡眠品質非常痛苦，當然像這樣的要求往往是奢求。基本上，我們「看到床」比「躺在床上」的時間多很多，雖然是醫院病床。無論如何，我還是在這個世界上設置了三張溫暖又熟悉的床鋪，以備不時之需。

一張在L.A.，兩張在台灣。

千萬別叫我數羊或數星星，從小數動物或星宿累積的數字已經無限大得嚇人，就算睡著也會變成另一場惡夢。小時候，我常常覺得身邊的人到了晚上都棄我而去，爲什麼大家這麼容易入睡？沒人相信十一歲的孩子會有失眠困擾。

十一歲，是我第一次來到這個家的年紀。

莫名其妙被媽媽帶來這間豪華又氣派的大別墅，由於跟先前住的小套房有著天壤之別，我還因此目瞪口呆了好幾天。這些都不重要，一切發生得太快，等我回神確認自己的未來將在這個家度過時，滿腦子只記得當初與媽媽相依為命的那張破舊榻榻米。我就此踏上失眠之路。

十一歲，也是我脫離私生子身分的年紀。

「私生子」這個頭銜被多數人炒作得太聳動，在我成長過程結識的朋友們看太多私生子在苦命連續劇中奮鬥的故事，因此對我特別照顧。又，更多的人並不像電視連續劇的路人甲乙丙丁那樣膚淺，我也不曾遭受鄙視，他們甚至憐惜我的身分，只不過，那種轉嫁的憐憫對我來說反而比較困擾。

對於父親常常不在身邊這件事，我不是太悲傷，甚至覺得慶幸……

事實上，我一點也不像他。

老爸跟我之間的問題在於我們從頭到尾都沒問題，連話也沒什麼好說，出生至今為止，我扮演他的兒子，談不上盡責，他說什麼我做什麼，當然，他也不可能要求我做什麼過分的事。他需要的只是我的絕對服從。

言歸正傳，我能感覺媽媽來到了新家之後快樂許多。

雖然她從不在我面前哭，也不曾表現內心的煩惱與憂傷，看起來總是非常樂觀自在地過生活，即使如此，還是跟真正的快樂不太一樣。老爸不像從前一個月出現一次，他每天陪在我們身邊，這是一件好事。說實話，有時候我也會想：爲什麼像媽那樣爽朗性格的人會成爲別人家庭的第三者呢？

她這樣決絕，不是太極端卻也不容易妥協，對孩子要求不當一回事的態度也讓我一度埋怨她其實是後母。明明是二房卻活得那麼理所當然，偏偏，她正直又善解人意。原來，私生子、二房、後母全都跟電視劇演的不一樣，世界上無法清楚一分爲二的事情太多，高標準的道德觀總是讓人時時刻刻感到罪惡，我想，我也有一段時期被大環境教導成那樣自以爲是的孩子。

人生在世，只要活著就難免會爲了別人帶來麻煩或傷害，即使擁有高尚的品格也不可能避免去傷害別人。更何況，愛情眞的沒什麼道理。這麼說來，媽的思想也算先進吶。雖然，我不懂媽爲何選擇爸，但是我知道媽當初一定打算全盤接受哥對她的怨懟吧？

還記得我爲了榻榻米跟媽媽撒嬌的那個時候，總覺得有人在注視我們，也有好幾次，媽媽先是轉頭找尋什麼似的，接著低頭用一種極爲嚴肅的口氣阻止我繼續無理取鬧。我安靜了，小心翼翼四處探看……對，我不知道他是誰。他沒有太多表情，成天不是窩在角落，就是坐在落地窗外的緣廊看書或聽音樂。幸好，他還會聽音樂，要不然我眞的以爲他不會說話也聽不見。

「那是哥哥……」「噓，不要吵哥哥。」媽總是那樣說。

哥哥？我又沒有兄弟姊妹。我根本不在乎。我只關心我的榻榻米。

老爸太凶，根本不敢跟他說話，媽媽不願正視孩子的困擾，我賭氣得不想再跟她吵這個問題，最後只好自力救濟，每天夜裡在這冷漠的家尋找榻榻米的觸感。直到某天晚上。

那天也不知道怎麼一回事，夜裡下大雨，平時都在二樓來回遊蕩的我躡手躡腳走到樓下，剛開始還被雨水打在落地窗上的聲音及情景嚇傻，稍微鎮定之後才摸黑到廚房找水喝。我一邊喝水一邊往落地窗方向走去，白開水被我擱在桌上，屋子外樹林與天空的靛藍、水氣、色塊與氛圍，牽引著我。

站在落地窗前，盯著外頭發呆，我伸手下意識摸著窗簾布搓了搓，聞了聞，沒有懷念的味道。我想念我的榻榻米。起先只是覺得有點委屈而已，誰知道我越來越難過，最後再也忍受不了地嘩一聲大哭了出來。閃電伴隨哭聲，外頭還打起響雷，說實在，到底爲什麼我如此執著那張破舊的榻榻米？現在想來覺得非常不可思議，竟然哭成那個樣子。

男孩子的眼淚應該要學著往肚子裡吞吶，眞丟臉。

沒人理你，哭一哭自己好像也舒服多了，就在這個時候，我發現另一側沙發椅背後，有東西在動！我一時嚇得往後退了幾步跌倒在地。

他坐在那裡。輕輕地摘下耳機，用一種奇怪的表情看著我。

那是他第一次正眼看我。

原來我才是一直以來被忽略存在的人，被他忽略的弟弟，事實上，我注意著這個人，眼前我必須叫他哥哥的這個人。

沒人相信十一歲的孩子會有失眠困擾。

除了哥以外。

「榻榻米？」他聽完我的困擾之後點出了關鍵字。

「嗚嗚……」我只管哭著點頭。

「三樓有。」他又說。我感覺不出他是什麼情緒。

「嗯？」我不解地盯著他。

他帶我進去一個房間。所謂的和室。

我愣在一旁看著孱弱的他俐落地攤完床墊、鋪好棉被之後，什麼話也沒有說地拉開房門準備離開，眼看他要走了，趕緊拉他喊：「哥。」他要回去坐冷冰冰的地板嗎？我們可以一起聊天或吃東西啊。如果睡不著。

「……」他轉頭盯著我看，好像有點驚訝我喊他哥哥。

「跟、跟我以前的榻榻米不一樣。」我故意抱怨。

「……」他愣了一下沒說話，陷入沉思似的。

我不敢再說什麼。他低頭看了看榻榻米，沉默幾秒後開始翻箱倒櫃地找東西……突然有種不好的預感？正想開口阻止，他剛好從底層抽屜翻出了螺絲起子以及簡易型鋸子，二話不說，直接在榻榻米上面搞破壞，又戳又磨又刮，把高級的榻榻米搞得亂七八糟，我簡直嚇呆了。

後來，他乾脆把螺絲起子丟過來給我，示意一起幫忙。沒膽的我當時滿腦子已經不是破舊的榻榻米，是老爸發飆的魔王臉……

結果我一直到天亮爲止都因爲太害怕被爸爸責罰而嚴重失眠。哥卻在破壞完榻榻米的同時，累得睡著了。

隔天全家一塊吃早餐的時候，哥扛下所有的罪。

奇妙的是，爸爸沒有生氣，只是打了通電話叫人來處理。

那時候我鬆了口氣的表情被媽媽發現，她微微瞪我一下，轉眼便給哥哥挾菜，哥哥禮貌向她道謝。他沒看我，我卻一直偷偷盯著他。低頭細嚼幾口飯菜後，他突然冒出話來。

「榻榻米換新之後，我跟他換房間睡。」他對爸爸說。

「爲什麼？」爸爸問。哥說的「他」是指我嗎？

「久了就習慣了。」他淡淡地說畢便離開座位。

他不是回答爸爸，這句話他是對我說。久了就習慣了。

就算是新的榻榻米有一天也會變成破舊的，終有一天，我也會開始對新的榻榻米產生依賴，長時間的相處會讓榻榻米變成我想要的觸感，或是累積的記憶，那麼，我也會漸漸地不能沒有它。就在這一刻，我也終於體悟自己跟那張破舊但極爲舒適的榻榻米是眞正地永別了。

「你就這麼喜歡榻榻米啊？」媽認眞地問。

「……喜歡。」我到底在說什麼？

「不可以跟哥哥搶東西。」媽再次叮嚀我。

可惡，事情才不是你們想的那樣！正想這麼反駁媽媽的時候，剛好看見爸爸正嚴肅地盯著我，恐怖！就算吃了熊心豹子膽，或再怎麼啞巴吃黃蓮、口是心非，我也不可能再繼續回嘴。

後來，我才知道那個被我們大肆搞破壞的和室，是哥的房間；也是後來，我才慢慢體會到哥跟老爸之間難以言喻的複雜情感。

當時，哥並不完全是想幫我製造破舊榻榻米的觸感才大肆搞破壞的吧？他只是必須靠著破壞某些組織或不知名的什麼來發洩情緒，也許對老爸，也許對世界、人生，又或許是對自己，我不曉得他是怎麼想的，當然也沒有勇氣問那些事情。哥跟父親之間的問題大概跟我不一樣。我面對的是，即便我表現出渴望親情的模樣，卻仍冷漠對待我的父親；然而，哥與老爸之間，拚命追逐這段親情的不是哥，是老爸。

人生眞的很奇妙啊，明明是爛泥巴，我卻嚮往翻滾其中的痛快滋味，只不過就算我想成爲當事者也沒辦法，人生不是那麼簡單的。你知道，當命運安排你成爲旁觀者，你就只能乖乖站在一旁看著那些打泥巴仗的傢伙，儘管他們總是無意間將爛泥巴濺到你身上，你也不能豁出去般地狂奔過去復仇……

我只是在某一天，突然地，體認到這件事情。

榻榻米在最短時間內更新，工人走了之後，我站在房門口看著哥收拾他的東西，他不要任何人幫忙，只是一個人默默收拾。我看見他拿下最後一個擺在床頭櫃上的相框，動也不動地呆坐了很久很久。

我不敢打擾哥，可又很想知道他在低頭注視什麼，只好偷偷摸摸移動身子，拚命踮起腳尖偷窺，就在腳差點抽筋得大叫時，我的視線越過哥的頭髮漩渦，映入眼簾的是一個笑得非常溫柔的女人，她的照片。

那天夜裡，我躺在新的榻榻米上翻來覆去。

我知道，我不是因爲懷念以前那張榻榻米而失眠。

哥哥房門開著，他不在裡面，走到樓下沙發椅背後也沒發現，客廳、廚房、浴室，每一間能進去的臥室都找遍了，還是沒找到他。怎麼會？難道是因爲我搶走哥的榻榻米，所以他才……腦袋有一百種理由可以想，我著急得不知該如何是好，只好再度走回客廳落地窗前躊躇，最後扯著窗簾發呆。這時，落地窗突然發出聲響嚇了我一大跳，外頭有一隻手舉得高高的，反手敲了敲玻璃。哥倚著柱子側頭看我，這次他是用一種無奈的眼神。

我跟他一起坐在外頭的緣廊上。

「榻榻米？」他納悶地問。

「我不要榻榻米啦。」我大聲喊。

哥愣住了沒有再說話，他大概不能理解我在想什麼，問題是我也不知道我在說什麼。哈啾，夜裡的院子好冷，我轉頭看見哥閉上眼睛，戴耳機聽音樂，想叫他進屋去卻又不敢開口，只好跑到樓上房間內拖了一條大棉被下來。

「哥！」我像是做了壞事之後痛快萬分的賊樣子跑過來。

結果，哥睡著了。他蜷曲著身子躺在緣廊上。

我只得把棉被蓋在哥身上，自己也鑽進被窩裡取暖，不知不覺地睡著之後一直到早上才被來家裡打掃的阿姨叫醒。我醒了，卻沒看見哥。

接下來好幾天我都沒看見他。

媽媽說，哥住院了。

我問她哥爲什麼住院，媽媽只說：哥跟你不同。

不同？什麼意思？又不直接說清楚講明白，當時，我眞的無法理解大人說話的藝術。

況且像我這麼沒膽的小毛頭也只能接受「說了等於沒說」的官方說法。起初幾天，我還會偷偷跑到哥的房間看他回來了沒有，一天看過一天，漸漸從落寞到習慣，半夜也不再爬起來遊蕩。

再次看見哥，是兩個月後全家一塊吃早餐的時間。

我一直忘不了這天餐桌上安靜有禮貌的哥哥，他蒼白的病容偶爾揚起微笑。雖然他不喜歡吃稀飯，但托哥的福，媽親手多做了幾道適合哥的清粥小菜，非常好吃。我媽平常很少下廚，她也絕對不幹那種「討好老公兒子的胃，就能抓住他們的心」的事情……還能說什麼？她是我媽！再任性也要包容吶。而我，因爲太開心看見哥回來，一口氣喝掉三碗稀飯。連老爸也難得地取消重要會議陪我們吃早餐。事實上，他從來沒有爲了誰取消過工作上的事。

怎麼辦呢？就算老爸偏心得那麼明顯，我卻一點也不吃醋，是因爲我對老爸不抱多餘的期望，還是因爲我打從心底也希望哥擁有更多的關愛？

我還有媽媽，哥他已經沒有了。

當天下午，我以爲永別了的榻榻米竟然奇蹟似地被擺在另一間獨立的臥室裡，最後，它被改裝在我原本的房間。奇怪的是，我不再留戀那張榻榻米，反而漸漸開始習慣了哥讓給我住的榻榻米房間。

小孩子眞欠揍，之前還執著得又哭又鬧，現在卻因爲其他更強烈的牽絆，自然而然地轉變，變成沒什麼了。大部分的人也許都是這樣過吧。生活過得太執著的話會很辛苦吶。

這麼說來，我當初沒有變成過於執著的人完全是哥的功勞。

唯一美中不足的地方在於：我這輩子註定得當個認床的人了。

不過，算了。（笑）

〈番外．像他那樣的人〉完

02 我們的記憶

躺在溫暖又熟悉的榻榻米醒來，空氣瀰漫記憶濃烈的味道，我一時反應不過來，忘了自己在哪裡，哪個年紀？十一，十八，二十七歲？

與時差無關，我卻因此受了影響，感覺很不舒服。

無論好壞，我不是那種常常回顧或懷念過去的人，即使夢見任何有趣的回憶也不會讓我特別快樂，相反地，內心會產生揮之不去的失落感。比起精神上的追憶，我更在意實際上能夠觸碰的舊物品。幸好我還清楚自己在台灣，不是L.A.或東京。

賴床的心情沒了，我只好爬起來煮咖啡、看晨報，享受豐盛早餐。

報紙沒翻幾頁，後院傳來細碎的交談聲。我啜了一口咖啡，起身探頭走了過去。院子裡，幾個清潔公司人員正在搬動舊倉庫內的東西。我推開落地窗，站在邊上觀察他們的一舉一動，是整理還是丟棄。兩者不同。

奇怪，他們平日不會過來。

「阿姨。」他們固定過來打掃已經五年，熟了就叫他們阿姨或叔叔。

「吵到你了嗎？不好意思啊。」

「不會，請問您們在做什麼？」我好奇地問。

「好像有蛀蟲，所以先把東西搬出來。」阿姨停下來向我說明。

「呃……要拆掉嗎？」我有點訝異，連室內拖鞋都穿著走出來。舊倉庫是我跟哥最重視的地方，不可能連一個通知都沒有就拆了。

「沒有沒有，原本是要拆掉的，不過，老闆現在不拆了。」

「老闆？我爸說的？」他決定的事情向來沒有上訴的可能，除非……

「是啊，只是處理蛀蟲的部分，還有重新粉刷，一樣是白色。」阿姨怕我誤會，趕緊說明他們目前工作的內容跟程序。

「到底是怎麼回事？」我被搞得一頭霧水。

阿姨微笑指著後方。我愣了一下順勢回頭望去。

落地窗外，延伸出去連接庭院的地方鋪著堅固緣廊，ＣＤ散落一地，哥戴著白色全罩式耳機，半蜷身子在那裡睡著了。

老樣子。

以前只要看到哥蜷曲身子在某處睡著，我都會偷偷上前觀看，伸手探探他的鼻息，深怕他其實死了卻沒被發現。明明睡著的地方那麼不可思議，還能睡得這麼熟，一點警戒心也沒有。

「什麼時候回來的？」我喃喃地問。

哥總是興致一來地消失，倏地又出現在你身邊，嚇你一跳。問了也是白問。我進屋拿了件毛毯蓋在他身上，他看起來臉色不太好，肯定又做了什麼超過體力負荷的事情。他緩緩睜開惺忪的睡眼，對我露出自然開朗的笑容。

「你醒啦？」他一邊揉眼睛一邊說。

「喂喂，這句話是我對你說吧？」我沒好氣地說。

「喂？大家是怎麼……我有名字嘛……」不知道在嘀咕什麼？這時，他突然一把將毛毯丟向我，不可思議地叫道：「你眞的昏睡很多天啊，黃子揚。」語畢，他順勢撐起身子微微吃力，我趕緊伸手拉一把，並且開始簡單地檢查他的身體狀況，有沒有發燒、發炎或心跳脈搏不正常等等。

「很不舒服吧？」令人擔心的傢伙果然發燒，臉白得跟紙一樣。

「耶？不愧是醫生，這樣也看得出來？」他嘻皮笑臉地回話。

「明天住院檢查。」我冷冷撇下一句，他立刻轉頭瞪大眼睛看我，不一會兒笑了出來，似乎已經認命接受這個事實，灑脫起身跳下緣廊，視線先是停留在舊倉庫前的整理工作，那些舊物品在陽光下閃閃發亮，像月光寶盒似的，我想有那麼一會兒我們都陷入小時候的記憶了。

「走囉。」哥伸了伸懶腰，往後門走去。

「去哪？」我愣了一下。

「明天要被關進醫院，今天當然要出去走走啊。」他笑著說，手扶白色圍籬，恰巧與從後門走進來的油漆工人擦身而過，他順勢再度回望舊倉庫好一會兒，不知道在想什麼。

「你燒還沒退，外套呢？喂，哥！你要去哪啊？」我扯著嗓子喊。

「約會。」他笑著說：「你要跟啊？」

「什、什麼啊？什麼？」害我莫名結巴了起來。

他以前連話也不多說，更何況是調侃我。

就性格轉換的時間點上，我實在記不得是從什麼時候開始，每次見到哥，他總是開朗笑著面對所有的事情，自然展現情緒，雖然不像常人明顯，可也足夠我們驚喜萬分。安靜憂傷的少年曾幾何時變成現在開朗又自信的模樣，我一直覺得不可思議。

當兄弟這麼多年，說實話，直到現在爲止，我在哥身上還是常常發現令人驚異之處，越是長大越有那種感覺，我第一次遇見擁有強烈存在感的人，一下子把以前年少時沒揮霍的叛逆期拿出來用，一下子變閃亮耀眼的大明星，舉手投足都是眾人矚目的焦點。

我是太過驚嚇了，只是大概沒有習慣的一天。

「幹嘛這麼緊張……」見我自掘墳墓，哥笑得樂不可支，連整理舊倉庫的叔叔阿姨都往這邊觀看。我一邊尷尬擺手訕訕地笑，一邊脫下自己的外套，隨即往哥的方向拋去，他本能地接過手，再次邀我：「眞的不去？」

「當然不去啊，嗯，你又不是不知道我對夜店、派對沒興趣，算了，我今天要先過去醫院一趟，跟學長談點事情，因爲，嗯，你明天過去可能要——」

「你時差還沒調過來啊？」哥一句話把叨叨絮絮的我打死。

對喔，早餐才剛吃過。還不是上次回台灣的時候，哥不知道著了什麼魔，那陣子老混夜店又愛拖我一起去，天曉得，夜夜笙歌對我這種時不時得値夜班的人來說非常辛苦。而且哥不是那麼喜歡吵雜喧鬧的環境，也不像是能安穩待在聲色場所而不感到寂寞的人啊。

雖然我總是對哥的事情感到訝異，但就他這點心思我非常清楚。

怎麼可能沒發現？只不過，即便一直在注意哥的身體狀況，主動處理他的健康問題，我卻沒有太大的勇氣解開哥眼底藏不住的憂鬱，也許，是因爲我身上這輩子抹滅不了的原罪吧？

如果想說，他會告訴我。

算了，難得回國有幾天的假期，今天天氣這麼好，藍天綠野配上清新自然的氣味，連後山上的蟲鳴鳥叫都很吸引人，不出去逛一逛也實在可惜。我抬頭看向天空，微風吹拂臉頰，一回頭才發覺後院栽種的桔梗花全開了，哥就站在桔梗花圃邊、後門旁，我突然想起一個非得要去的地方。

不等哥反應，我立刻跑進屋內隨便抓了一件外套，向整理舊倉庫的阿姨叔叔們打招呼後便拉著哥出門。結果，一路上反倒換哥問我要去哪。

往事不斷堆疊，我們被迫接受人事物的變遷，被教導應該要調適心情，只是要不要堅持，是不是任性，有沒有扭曲，所有選擇要走的路不會有人來告訴我們眞正的答案，因爲沒有正確答案。我們接受，就是另一種坦然。

大媽的墓園在外婆家花圃田後方樹林裡的小山丘上。

其實，我的外婆外公早已過世，住在那裡的是哥的外婆外公，他們對我視如己出。以前還在台灣時，我常陪哥去看他媽媽，也就是我的大媽，當然，剛開始我是用死纏爛打的招數才獲得恩准。不知經過多久時間，我終於等到哥開口談起大媽生前的事情。

這個世界上除了哥的媽媽，沒人能讓他變回十三歲的憂鬱少年。

儘管時光飛逝，儘管現在哥總是笑，但在他的心底深處一定還存在著當時的憂鬱吧。沒有人教導十三歲的他怎麼走出傷痛，他小心翼翼地控制自己的情緒起伏，不是爲了活下去，是爲警惕自己不該擁有幸福。他很少哭，也很少笑，多半時候面無表情。有很長的一段時間，我很怕看見哥面無表情的樣子，我也知道我沒資格爲哥做些什麼，即便哥從不怨恨誰，我還是有自知之明。

每次我跟大媽說話，哥便安安靜靜地坐在大媽墳前不遠的小石椅上，無論之前有多開心，到了這個時分卻總是一臉心事，你叫他的時候會報以淺笑，再喊他也不會走過來，回過頭去，又從餘光察覺他的視線投射在你身上，屢試不爽。納悶好幾年，直到我在美國養了湯姆後，我開始覺得所有問題都出在我身上。就像無法開口詢問哥更多的事情一樣，我也無法要求一隻貓咪回答我什麼。

外公外婆不在山上，他們應邀參加附近療養院的愛心義賣活動，把山上美麗的花朵包裝成簡單花束當作義賣品，所得全數捐助貧困的身心障礙者。於是告別大媽之後，換哥開車載我兜風。我沿途滔滔不絕地大聊在美國的近況及醫學新技術，哥卻極度沉默，車開得很順暢，環繞山頭不疾不徐……

「子揚，」哥終於打破沉默：「回來還沒去見媽吧？」

「她在台灣嗎？對喔，二姨託我拿東西給她……我先去醫院找學長，回頭有時間再繞去市區找她，要不然看後天還是怎樣，我這趟回來沒告訴她，被她知道可能會被罵得很慘。」我認真盤算該如何有效安排在台灣的剩餘時間，回來看老媽排在第一百零一件重要的順序上，反正她見到我也沒有好話。

「最近媽身體不太好，能待幾天就多待幾天。」他單手握方向盤，眼光放在前方遠處淡淡地說：「你跟爸常常不在台灣，她會覺得寂寞。」

「……是嗎？哎哎，媽很會自己找樂子啦，逛街、串門子什麼的，每次打電話回家不是在打牌就是上烹飪課，每次都匆匆忙忙，好像也沒時間聽我說話。上週在日本打給她，也沒聽她提身體有問題呢？還嫌我吃飽沒事幹。你比較讓人擔心吧？我竟然還讓發燒的人開車載我到處跑……」我剛開始愣了一下，感覺自己確實忽略媽，但是，腦海隨即又浮現她樂天開朗還嫌我個性婆媽不乾脆的模樣，萬一大驚小怪衝回家探視，肯定換來魔音穿腦。

「我真是罪大惡極。」我反射性地補上一句。

「你傻蛋啊。」他語氣似笑非笑。

深呼吸再隱隱長嘆一陣鼻息，莫名感慨浮上心頭。

說真的。倒沒有像哥那麼明顯，我不太記得媽的改變。小時候相依為命的記憶悄悄地飄開，新的家庭生活也極為普通，導致我一點深刻印象也沒有。只能依稀感覺內心深處的重要角落，甚至某個時期，媽更溫柔。

我們之間不像現在那麼疏離。

「她一個人能做的事就算做完了也等不到你們回來吧。」哥將方向盤一轉，我們進入市區擁擠的車陣。本來想回嘴些什麼，卻見哥俐落換檔、來回操作，同時還能閃過一輛呼嘯而過的囂張改裝車，表情依然平和，不帶一絲激動或氣憤。我盯著這些生活細節突然分心了。急駛離去的俗氣車尾燈漸漸模糊，視線停留在擋風玻璃一角的薄塵垢。思緒飄走好幾秒，可也就捨得不回神好幾秒。

喧鬧吵雜的城市不須有什麼驚天動地的事，就能讓人感覺煩躁。

「眞的很吵吶。還是山上好，什麼煩惱都變得很小。」他像聽見我腦袋裡的想法，直接感嘆地回應我，害我愣了半晌。想起小時候曾有過「哥哥很有可能不是人類」的想法……坦白說我現在還這麼想，哥也太神了。

「好像是這樣。」我眼光失焦附和。哥有這種能力讓別人正視自己身在何方的本領，眞要有什麼怨氣聚集也會立刻退散，我望向窗外，恰巧經過樹叢裡一間頹然欲倒的平房，沒特別關聯，可腦袋卻莫名想起舊倉庫：「對了，哥，倉庫爲什麼好端端地要拆掉？又不是空的，還有很多舊東西存放在裡面啊，奇怪，爸到底有什麼打算？」

「要是知道他在想什麼，我就不是他兒子了。」他簡潔地說。

「呃、哈哈，眞的！幸好你阻止了，要不然哪天回來台灣看到倉庫平空消失……我應該會覺得很驚恐吧，畢竟是一直存在的地方。」除此之外，舊倉庫對我們兄弟來說也意義非凡。

「前兩天，從清潔阿姨那裡知道倉庫要拆掉，我坐在院子裡想起了以前好多事情。」哥回想似的語氣停頓，不一會兒又繼續說：「我也想過是不是拆掉比較好，雖然有很多値得懷念的珍貴東西，但是拆掉了，至少也能把不好的記憶一起丟掉。只是，越想越矛盾，因爲想保留的可能連同悲傷的部分也必須一塊留下。那些不完全是愉快的啊。有時候我也會想，你也許不是太喜歡回憶這些往事。」我滿訝異哥連我這方面的心思都察覺到了。

「……」我一下子不知道該接什麼。

「抱歉。」

「嗄？」什麼，幹嘛突然道歉？

「我還是忍不住打去抗議拆掉舊倉庫的決定啊。」他眼角帶笑地呼喊著，舉凡哥決定要任性就會出現如此多變的表情，他接著說：「怎麼可能都是些美好的記憶？」淡淡的苦澀在車內飄散開來，我該說些什麼卻怎麼也脫不了口，哥將雙手手肘按在方向盤上來回游移。

哥大概是想起那件事了吧。

十二歲的夏天，我放學回家後直奔倉庫翻出捕蟲網以及裝昆蟲的透明塑膠箱，一個人喜孜孜地想到後山抓金龜子，拿著器具轉身要跑出去的時候，剛好發現坐在緣廊上安靜看書的哥哥，他一臉不解地望向我。

小時候，我就是個非常難纏的孩子。與其教我讀書，還不如罰我寫字、拔草、掃地或洗碗。再說，書什麼時候看都可以嘛，又不會跑走，於是硬拉哥陪我去抓會飛走的金龜子。經歷榻榻米事件後，我也非常清楚哥不可能拒絕我的要求。後山小徑上，我一邊跑跑跳跳一邊跟哥說些有的沒的，哥大多保持著他一貫的安靜不多話，連步伐都顯得特別輕。

「哥，最近都不用打針，身體很好了嗎？」

「很好了。」哥點頭，似乎也很開心自己的健康狀況。

「眞的？好棒喔，你每次都去很久，我很無聊。」

說眞的，我已經記不清楚接下來我們還聊了哪些話題，過程唯一有印象的是哥很快發現金龜子的蹤跡，我因爲太過著急想看清楚金龜子而不小心摔倒，滾下山坡，最後嚇得大哭了起來，小腿膝蓋多處擦、挫傷。哥見狀立刻衝過來，一把揹起我往家的方向奮力奔跑。

「沒關係、沒關係，哥帶你回去。」他不斷地重複這句話。

當哥揹著我回奔到家，大人們聊天剛好步出後院，也許是安心或氣力用盡，他失去重力似地直接昏倒在地，而我整個人壓在哥身上時，才想起他無法負荷劇烈運動。

我忘了，痛得忘記這件非常重要的事。

哥也忘了，他急得不顧一切。

幸好來拜訪的客人是哥的主治醫生，趕緊替哥緊急處理。

我被老爸狠狠毒打一頓，媽媽來求情也沒用，爸連藥都不肯讓她替我擦，要我罰跪直到哥平安醒來爲止。都是我的錯。傷口痛皮肉疼也沒關係，我打定主意絕對不避開爸的打罵，我眞的好害怕萬一哥就這樣死掉了怎麼辦？

那夜，跪在客廳落地窗前，外頭緣廊上還擺著哥的書本跟ＣＤ，再遠一點，庭院內白色倉庫門口放著折斷的捕蟲網及透明箱，我呆看好一會兒，最後因爲耐不住疼痛與腳麻而偷偷伸直雙腿休息，心裡難過卻沒辦法哭泣。我蜷曲身子靠著玻璃窗發愣，緣廊、書本、白色倉庫、折斷的網子、驚慌失措的記憶，還有哥揹著我不斷重複說沒關係的聲音。

哥昏睡一天一夜，我也罰跪一天一夜。

聽說哥醒來第一件事就是問我的狀況，媽安撫他沒事卻看起來悲傷的樣子讓他起疑，那個時候，老爸特地從公司趕回家探視哥，一進門見我還跪著便叫我趕緊起來，這一幕剛好讓吃力下樓的哥看見了。

無論經過多少年，我忘不了當時的情景。

哥大吼大叫得像失去理智似地砸毀視野所及的任何東西，連老爸都無法阻止，我完全傻住，前一秒我還為哥好不容易醒來而開心，這一秒我徹底感覺到哥的心痛。哥沒有哭，我卻因為他強烈的情緒，整個人難過得快要窒息，洩洪般的淚水根本算不了什麼。

幾乎把一樓的客廳、飯廳全毀，直到氣力用盡才不得不停止，哥悲痛的神情像無數次自責的堆疊，自責自己為何出生。他才十四歲，談生死太沉重。老爸甚至為這件事向我道歉，那是他第一次向我道歉，相信也是這輩子最後一次。

到最後，體力透支的哥被抱回房間沉沉睡去，媽在旁照料我們倆，她一邊替我擦藥一邊輕聲說，我們就像真正的親兄弟，連個性都好像，說我們一樣柔軟善良，一樣讓人感覺溫暖。她摸摸我的頭對我微笑，眼眶卻含著淚。

這些都是我們的記憶。

我想我們都太怕對方因爲自己而受到傷害。

害怕，同時也因爲在乎，我們開始變得小心翼翼。

我不知道自己是不是因爲這些往事而厭惡「回憶」從名詞變成動詞。可是，我絕對不會因爲哥而受傷，因爲他從來沒有想要傷害我的意思。雖然察覺得很慢，但事實是我也改變了，我不再是當初莽撞又靜不下心的天眞孩子。哥比我更早發現，早在當時，他就知道歷經那樣重大的事件過後，一定會影響我心底的什麼，他才會那麼激動。

哥不想我失去的是他已經失去的東西。一個寶貴的東西。

至於那是什麼，我們都說不出個所以然來。大抵如此，翻攪腦袋有什麼好玩的？

「這裡是哪裡？」

「你不是想見外公外婆？」哥微笑拉起手煞車並熄火。

等我回神過來，哥已經把車開到療養院附近。

外公外婆的小貨車停在門口，他們跟療養院親友、病患一起整理花卉盆栽。雖然是冬天，日正當中還是會被曬得不舒服，他們卻笑得那樣眞誠，彼此互相關愛。就在這時，一名年輕女孩捧著花束從療養院跑出來，孩子氣地往外婆懷裡撲過去，嘴裡嘟囔著。

外婆擁抱女孩，聆聽女孩說話，接著一名男生快步跟出來，見女孩沒走遠，鬆了口氣並禮貌地向外公打招呼，兩人看似熟絡，若不是，從行爲舉止判斷也有一定的交情，外公打開車門從駕駛座位上特地搬出一盆山茶花送給他。

但願不是心底柔軟的部分消失了。

我望著他們，或多或少能感覺和樂氣氛。心卻一直飄開。怕自己不夠投入，怕自己變得不像媽口中善良的孩子，我拚命地想因爲眼前的人事物感動卻適得其反，明明只是小時候一句安慰孩子的話，我卻緊抓不放。我一點也不想成爲那麼可悲的人啊。

還記得實習時遇上第一個病人過世，我也沒有悲傷得不能自己，只是跑到醫院樓頂坐一下午，慶幸她終於不用再苦撐下去，這對她或家屬來說未嘗不是一種解脫。

當時的天氣非常好，就像今天一樣晴空萬里。

「……外公外婆常來這家療養院嗎？」

「退休之後常來，快十年了。」哥發動車子準備離開。

「不下去打招呼？」我還以爲要下車找外公外婆。

「他們在忙，我們出現不太好。」哥看著前方瞇眼微笑，我順勢轉頭望去，是啊，療養院病友或親屬們看起來都好快樂，他們簇擁的不只是我們的親人，也是他們信任愛護的長者，外公外婆現在不屬於我們，他們屬於大家。

「好像是這樣。」我好像能理解了。

「既然這樣！我帶你去另一個地方。就在附近。」

「什、什麼地方？」

「就是那個地方，呵呵。」唔？竟然笑了。哥貌似想起什麼有趣的人事物，心情變得很好，洋溢的幸福笑容簡直百年難得一見。他興奮地將車頭一轉，熟練地抄近路，飛快地接軌奔馳在國道上。

「哥，去那個地方之前可不可以讓我先吃飽？我餓了。」

咕嚕咕嚕，肚子嘰哩咕嚕叫，那個地方也有吃的吧。

無論吃什麼都好，希望是很好吃、很好吃的美食，希望是能夠全力剷除我現在還殘留一點苦澀記憶的美食，然後我就會把那些無聊的包袱全部丟棄，努力往前走，如果是這樣，我想那個地方一定是很棒的地方吧。

望著窗外景色匆匆，毫無邏輯的想法漸漸變得模糊，瞌睡蟲又爬進腦袋準備小憩，難道還沒脫離時差？明明肚子餓會睡不著啊，我睏得連咕嚕咕嚕聲都聽不見了。

根本不是在附近嘛。約莫一個小時車程，車內播放的音樂開始唱第二輪。

等到我再次睜眼，我們來到一間鄉公所前。幾張長椅，幾名大學生經過，旁邊有座籃球場。並沒有特別之處。

「天、啊……」我動也不動地輕聲吶喊。

「睡糊塗了啊？」哥笑著拉起手煞車，鬆開安全帶。

「我差點在夢裡圓寂，現在餓到不想動。」我喃喃地說。

「你圓寂？我就歸西了。巷口有攤水煎包，快去買吧。」哥拿我沒輒地掏出皮夾塞給我，直指前方左轉的一條大馬路。他還知道我沒換台幣。

「眞的？我要吃！那我就不客氣了。」

「去吧。」他泰然自若。

「我們爲什麼要來這裡？」我下車前納悶發問，哥笑得神祕。

「啊啊啊——還給我啦！吳宇凡！」突然外面發生狀況，後方傳來女孩大喊，嚇我一跳，轉頭只見一輛雙載摩托車從我們車旁呼嘯而過，後座的人向女孩扮鬼臉，高舉剛從女孩手中搶走的一袋熱呼呼食物，挑釁意味十足。

「小華，謝啦！」騎摩托車的人帥氣地舉高了手道謝。

「把水煎包還給我！可惡的大哥，我好不容易排隊排到的！」女孩上氣不接下氣地追上前，不僅手提黑色畫袋，還捧著數本厚重書籍、飽滿的資料夾和幾罐飲料，氣得臉紅脖子粗。讓人發噱的是她那一頭蓬鬆亂髮，衣服袖子上沾染了顏料。

盯著她慌亂暴怒的背影，看樣子真的被整慘了吶。雙載摩托車一下子故意放慢速度讓女孩追上，一下子催油門讓她撲空，氣得她把書、飲料全丟出去砸人。這到底是什麼爆笑情景？我忍不住笑出來，哥盯著女孩也笑得很開心。

「這裡賣的水煎包好像真的很好吃，我要趕快去買了。」我笑著說。

「去吧。」哥跟我下車，他駐足留意女孩與同學走進球場。我去買水煎包。

遠遠地，小攤子前擠滿人潮。

果然有很多人在排隊，難怪那個女孩要生氣了，好不容易買到的卻被奪走，我也好想嚐嚐味道，至少吃了也能像他們一樣有體力地追趕跑跳碰……真是奇妙，我竟然把希望寄託在水煎包上，明明什麼事也沒發生，我大概有點走火入魔了。

「我快遲到了耶！好啦，你們要幾顆？」另一個女孩排在我後面講手機。

應聲我回頭看了一下她，水煎包老闆剛好問我要買幾顆？

「十顆，請分成兩袋裝，謝謝。」我打算另一袋帶回台北讓媽也嚐嚐。

正當我喜孜孜從攤販手中接過熱呼呼水煎包同時，他對後面排隊的客人說要再等十分鐘才重新出爐，哀怨聲此起彼落。該不是因爲被我買光的關係？一個轉身，有位顧客從另一側突進不慎撞到我，害得我正面撞上排在我後頭的女生。

「對、對不起。」我嚇了一跳。她擺手示意沒事，繼續講電話。甚至沒抬頭。

「他們這樣整妳？要再等十分鐘，來不及，我今天要交包裝作業，妳節哀。」她難掩失望地結束通話，離開排隊隊伍，與我同路，不時回望水煎包攤販。

我刻意走在她身後，避開她頻頻回頭的眼光。她一定很想幫朋友買吧。雖然語氣強硬要朋友學著放棄，可感覺比誰都要執著，眼神堅毅同時溫柔。我低頭看手中的水煎包，再抬頭望女孩的身影，接下來眞的是一瞬間的事，回神我已經拍住她的肩膀。

「妳要不要水煎包？」

「嗄？」

「我買太多了，一個人吃不了這麼多。」媽，對不起。

「呃……」她的表情微妙轉換，最後想起我剛才排在她前面。

「謝謝！你人眞好！」她開心地把先前準備好的零錢掏出來遞給我，我愣了一下才接手。這時她的手機又響，她向我微笑點頭，便轉身開朗地對電話那端的朋友說她遇到有趣的好心人轉賣水煎包給她。

我是有趣的好心人，也是媽的不孝子。

心底泛起一股甘甜，日行一善挺好。我深呼吸，咬了一口水煎包。好好吃。

哥沒騙人，被整慘的女孩沒騙人，前方義氣善良的女孩也沒騙人。

又一輛摩托車呼嘯而過，在她身邊停下來。

脫下安全帽的是一個男孩，她伸手撩了撩他的亂髮，他對她溫柔地笑，遞出情侶安全帽給她，他扶她上車，兩人消失在街角。

我是說眞的，水煎包眞的很好吃。

「發呆啊？」哥把車開到我身邊，搖下車窗。

「啊……水煎包被我吃完了。」竟然連一顆也沒分給哥，移動腳步才發現已經麻痺，膝蓋小腿都好痠，我究竟在這裡站了多久？

「你買到又吃掉了啊？」他毫不在意地笑。

「好像是。」我跟著訕訕地笑，回望人滿爲患的水煎包攤。

「還要嗎？要不要買給媽吃？」

「不了，我剛剛已經是不孝子了。」

「哈哈。」哪有這麼好笑？哥聽我自嘲笑得開心，仔細看他像剛才發生什麼好事，哥這傢伙根本不是因爲我說的冷笑話才那麼開心。

「喂喂……」沒禮貌的傢伙。

「我有名字的嘛。要不要喝？」

「喝什麼？」我留意哥的神情，很明顯哥心不在焉。

「熱奶茶。」他遞給我一罐熱飲。

「奶茶沒營養呢。這飲料罐怎麼了？」罐面凹凸不平。哥沒理我，只管喝熱奶茶，好像打從心底喜歡熱奶茶。也罷，如果想說，他會告訴我。哥難得露出幸福的表情，低頭再啜一口的熱奶茶似乎也變得好喝，但還是沒有水煎包的味道好。

上車前，我環顧四周。

今天好像作夢，我不在醫院也不在研究室。

一直以來努力埋首醫學的我，即使適應不了時差也不覺辛苦。我把能塞進腦袋費神運作的事情全塞進去，心底的沉重仍舊如影隨形，我不知道確切原因。以爲身強體壯，原來身受重傷；以爲走遍世界各地，其實原地踏步。究竟是什麼讓我變成現在這個樣子？

青春的摩托車、玩笑脫序的追逐、溫柔情感、水煎包、發痲發痠的雙腿、熱奶茶，全部像入侵者，意外撞斷了我執迷不悟的固有思維。我從來不曾那樣強烈鮮明地生活。

「哥，我的頭好漲。」

「爲什麼不是肚子脹脹的啊？明明吃了很多水煎包。」他笑著說。

「對啊，應該是肚子飽，爲什麼是腦袋飽？好像塞太多東西了……要再想一想。」我看向窗外輕嘆。大概是這樣，哥因此察覺我的心思。

「不只胃啊大小腸、十二指腸什麼的，腦袋也須要時間消化，子揚，按照你自己的步調就可以了。」哥總是能找到跟我說話的方法，他向來善解人意，也許受惠的人不只我一個。盯著哥專注檢查車子狀況的認眞神情，比起來，我眞是個小毛頭。

這次我眞的想說些什麼，只是哥又先開了口。

「子揚，過去的記憶爲我們帶來沉重包袱，悲痛與傷害讓我們變成現在的樣子，我覺得都不重要了。那些過往像惡毒魔法落在我們身上沒辦法拒絕，可是，我們還是非常努力活著，對吧？雖然不知道爲什麼活，也不知道還能活多久，我還是，拚命地想活下去。」驅車離去前，哥微笑對我說：「我想累積的是以後的記憶。即使心底還是有疑問，偶爾還是覺得悲傷或混亂，也沒關係。」他握住凹凸不平的飲料空罐，堅定地說出他的想法。

「以後的記憶……」我重複哥說的話。

「以前的，我會全部留下，可是以後，我要自己決定。」哥俐落地把車駛離鄉公所，開車技術仍舊平穩舒適，他也一樣耀眼有想法，讓我獲益良多。

過去那些大悲傷與小快樂，都是我們的記憶。

然後，我莫名想起媽一邊替我擦藥一邊說我們很像的事情了，同時，腦海裡也浮現媽一個人在家等待我的日子。這些年來，我到底做了什麼呢？

「哥。」

「嗯？」

「我還是想讓媽嚐嚐水煎包的味道。」

雖然還不知道該從哪裡下手、該怎麼做，可是我不想認輸。

神遊的靈魂一時抓不回來，話到嘴邊還記得脫口，失焦的視線漸漸清楚，我回頭看見哥的笑容，他還向我露出一個只有我們兄弟才懂的默契眼神。

「好啊，讓你買。那……明天可以不去醫院吧？」

「怎麼可能？」

「我好了耶。」如果不是在開車，他會開心地轉圈圈給我看。

「說眞的，你到底來幹嘛的？」我還是好奇。

「我來喝熱奶茶啊。」他笑著說。

「喂，黃大少。」口風眞緊，再問也沒答案。

「又喂我？都跟你說了——」「別人的名字要好好說！」我搶哥的話說。像哥這樣擁有與生俱來強烈存在感的閃亮生物也有這麼在意、愛計較的小事。哥愣一下然後笑了。我也跟著笑開。

心情好像輕鬆許多，腦袋也不漲了。

偶爾混亂或痛苦也沒關係，我要自己選擇想累積的記憶。

〈番外．我們的記憶〉完

附錄

01 敘舊

02 改編

01 敘舊

去年此時，正式籌備《一杯熱奶茶的等待》電影前，我已經把超過十六萬字的長篇小說改編成約莫兩萬五千字的初稿劇本，過程取捨不易，電影製作公司決定辦劇本普測。普測對象除了沒讀過《熱奶茶》的目標觀眾，另外也誠徵《熱奶茶》的老讀者。

普測是既定公事，做該做的沒有障礙，唯獨面對讀者有點忐忑。

過去沒有太多直接接觸讀者的機會，也沒有參與過任何《熱奶茶》書籍宣傳活動，印象中只臨危受命出席過一次線上廣播直播節目，此外再沒有其他。事隔多年難免緊張，據說來報名參加的還是資深讀者。

說是說資深讀者，他們才二十五歲。

扳手指數數，《一杯熱奶茶的等待》出版至今剛滿二十週年，期間改版發行也有十三年，我不知道我還有這麼年輕的資深讀者，好奇他們究竟什麼時期讀的《熱奶茶》？當面詢問得到的回應是十二歲前後，這個答案對我而言更加不可思議，倏地腦袋閃過小說內容是否兒少不宜、自己是否小看了社會責任等等反思，所幸那些不必要的自我審查很快地便從我們對談交流的過程中消失得無影無蹤，他們全部健康又活潑，燦爛又美好，根本無須我無謂擔憂，慚愧我有過哪怕一秒鐘將自己放大的念頭都是無禮可笑，看樣子就我一個遲遲不知長進，獨自幼稚。又，與一般受測者的認知基礎不同，情感紐帶不言而喻，於是普測環節結束過後我們自然而然像老朋友般開始「敘舊」，沒有一絲勉強。

這十幾年來透過網路收到許多讀者的分享與問候，聽起來或許荒謬，我可以從閱讀他們捎來的文字訊息感知他們，從字裡行間不斷堆疊累積我對我讀者群就描繪模樣上的一定想像，並非具象的形體，而是靈魂的質量。有意思的是，過往本以爲一切純粹是我旺盛的心理活動作祟，萬萬沒想到透過這回與讀者的面對面交談意外地確認了事實，獲益良多。聽他們分享自己的生活，注視他們說話的神情備感欣慰，然後在某個瞬間感傷。我想我若再有機會和讀者面對面敘舊還會有相同的感覺。那是珍惜的感覺。

當歷經漫長歲月流逝仍打從心底珍惜一個人一件事，心會有點痛。

散會臨去前，其中一名資深讀者重陽，突然愼重地向我開口，他說他身爲資深讀者有個放在心裡超過十年的問題，想著哪一天見到我一定要問我，如果我不想回答沒關係，他只是好奇。到底什麼問題可以讓我不想回答，我讓他問出口。

「妳爲什麼要寫《熱奶茶》？爲什麼寫這個故事？」重陽小心發問。

「你確定要知道？」我確實訝異他的提問，同時意識到對方纖細的一面。

「嗯！」他語氣篤定。

「噢……答案或許不是你想聽到的，滿heavy的。」我提醒他。雖然知道他好奇的是故事之外關於創作的問題，還是有可能破壞他們原來對《熱奶茶》的任何解讀或想像。

「沒關係，我們想知道。」重陽看了同行的子璿一眼，又坐回原位。

「爲了活下去才寫的。」我老實說。

錯覺空氣凝結大概有半秒，足以讓我清楚記得他們的表情變化。而重陽像終於證實內心多年的猜想而忍不住拉高了音量：「我就知道！我就知道！」

「知道什麼？」我反問。

「知道這是一部自救的小說，當然它也是一個愛情故事，但，總之我知道。」

「二十歲遭遇生活面向的問題對一個二十歲的人太多，也太難了，無論現在回想當時的那些是多麼微小瑣碎，但眞的當時就是難以負荷，精神層面尤其需要找方法疏通，所以當時的我花了好一段時間拚命掙扎，最後發現自己可以透過書寫釐清自己的情感，譬如透過建構不同的人物歸納紊亂的思維，分門別類，腦袋比較不容易打結。對我個人來說，任何書寫算是種自我治療的生活紀錄。」

「我十二歲第一次讀完《熱奶茶》的時候崩潰大哭，自己都不知道爲什麼。」

「噢……是……」聽見他坦率的自白，我好像一瞬間理解他什麼。

「而且讀的時候就覺得這個作者都沒在管的啊，什麼都敢寫啊。」他提高音調嚷嚷。

「哈哈聽起來好像很叛逆，但其實沒有。」沒想到我還給人這種印象。

「那所以《熱奶茶》故事的眞實成分是……？」他話鋒一轉。

「這一題，你確定你想知道？」

「算了不要！不要跟我說！」重陽著急反悔，我笑了笑。結束這局。

重陽不是第一個把《熱奶茶》理解成自我救贖作品的讀者，更早之前，偶然機會認識的導演在一次聚餐向我表示自己讀過《熱奶茶》，儘管《一杯熱奶茶的等待》被普遍認定成青春浪漫愛情羅曼史，通篇戲劇性情節也沒少寫，但就她個人的認知，愛情是生活，生活不只有愛情，小說大篇幅描繪更多的反而是自我探索。

我盯著她侃侃而談的樣子，仔細欣賞了她一下下，精神抽離了一下下，很快地回神對她笑了笑，回應她的觀點，我說是，妳說的沒錯。

《熱奶茶》確實是我青春歲月釐清思想脈絡過程留下的證據。

透過不斷地具體描述某個人物的模樣，某個生活空間、某個既定現實，以及與上述任何具體描述對應的任何抽象情感，藉此反覆確認自己當下的狀態。一種類似釐清我是誰、我在哪裡、我在幹嘛的狀態。那是過去爲了讓自己心裡好過一點才開始做的事，恣意書寫，毫無顧忌，過程赤裸，任憑思緒紛飛，等到更長年紀才徹底理解作品即作者這件事背後蘊藏的資訊量有多麼巨大，一字一句，明明白白地鋪陳在書裡形成強烈的意識。

恍然大悟得太晚，後知後覺加上並非偏好受人關注的性格類型，旁人無法理解，但我心裡似乎眞的很難諒解當時毫無概念還沾沾自喜的自己，以致於接下來好長一段時間活得彆扭，隱匿思緒，直到某年某月某一天，覺察，轉念，我才開始學習坦然接受自己。或說，轉換另一個人格繼續生活。畢竟人生在世，多少有病。

坦白說，閱讀到附錄這一篇章這一行爲止的舊雨新知，大抵感覺得到儘管我慢慢地恢復書寫能力，還是和過去不太一樣，現在習慣輕描淡寫過程，偏好直接下結論，自覺道盡千言萬語，多一句嫌太超過，深怕罪孽深重。我就是這麼容易產生嚴重的罪惡感。也因爲情緒轉變發酵過程太過令人啼笑皆非，我從來沒對誰明確地說過這件事，也無從說起。即便到了現在，遺毒仍不時發作，不過已不再要緊，我能馬上自娛正在做有病識感的復健，每一次都更勇敢些，這次的附錄書寫也是，我意識到有回到源頭重新梳理過往的必要。

《一杯熱奶茶的等待》的眞人實事成分被我分類成兩種：第一種是具體的故事內容，另一種是人物的心理層面。故事內容姑且不提，而我特別過不去的是心理描述過於眞實，不只第一人稱的立場，包括書裡任何一個人物都是，有種自我探討被窺視，對誰的臆測被發現，私密治療日記被公諸於世的赤裸感覺，而我的描述我的解讀並不全面卻自帶強烈且未眞正成形的主觀意識。我過不去那些不成熟。不知不覺開始爲難自己，最終連呼救都沒有，直接被反噬。現在聽起來好像有點大驚小怪，對吧？我不夠聰明，性子又倔，通透得緩慢，明明每個人都有極度渴望被了解認同，又不想被發現自己眞正模樣的維特式煩惱時期。

（然後，再過某一段年紀會發現這種煩惱其實和年紀根本無關。）

（而更年輕的時候感覺更深刻濃烈，是因爲那時候我們還沒學會自欺欺人。）

正式撰寫《熱奶茶》前一年，生活經歷種種挫折，我掛號精神科並且持續看診整個暑假。醫師診斷我沒有罹患任何心理疾病，純粹性格使然，思維怪奇，腦內活動旺盛，讓我斟酌理解自己的狀態，而我就牢牢記得醫師這幾句當下聽到會眞心懷疑自己是否聽錯什麼的話，其他全部忘光光。他還是開藥給我，可惜用藥過猛導致我重心不穩，經常狼狽摔跤，摔到幾近厭世的淒涼程度，對於身心健康完全沒有實質幫助。當然，每個人的遭遇不一樣，聽從專業醫師的建議才是上策。回到我個人的情況，大三暑假過後我沒有再回診，直到精神稍微清醒才終於願意正視那位精神科醫師的診斷，我可能眞的單純就是天生性格有問題。渾渾噩噩獨自煩惱好一段時間，我開始記錄日常瑣事，起初隻字片語，漸漸成文，之後更進一步使用另一個人格的第一人稱視角記錄我的生活狀態。

彷彿世界停滯，日復一日，剛開始不清楚自己爲什麼要做這件事，直覺不排斥，後來因爲發現持續這麼做會讓心裡感到平靜，所以就持續做著度日，萬萬沒想到這個不是辦法的辦法奏效了，我漸漸找回心神，回到現世，那段見鬼的日子終於隱隱約約看見盡頭，那是我第一次眞正體會到侏儸紀公園裡那句「生命會自己找到出路」確實不假，那也是我第一次意識到自己的意志力驚人。我比我想像中的還要堅毅許多。

在那個見鬼八百次的暑假過後，我像排毒似地狠狠大病一場，病到徘徊生死邊緣，被接回鄉下休養一段時日，所幸還能恢復健康。同學集體幫助我搬離原來的宿舍，我搬到鄉公所附近重新開始生活，不久，冬天降臨，寒流來襲，我遇見深夜裡捧著鮮花禮物等待天使的阿問，感知宇宙讓我原地停滯是爲了要我留意不曾留心過的每個當下，原來不是只有我一個人的生命停滯不前，不是只有我一個人消極等死，也不是只有我一個人等待重生，我們所有人都在那年冬天一點一滴地明白悲歡離合都是自然。滿溢的情感再次積累到無處宣洩的程度，我決定重新開始創作小說。這是現實世界的《一杯熱奶茶的等待》前傳。

寒冬裡的一道暖流。人生低谷伸出援手的那份善意。

我們都在等待，有人等待重新開始，有人等待道別，有人等死，等待重生。

即便思緒紊亂如同風暴，搖搖欲墜的我還有信念，人生再難，仍期待一束光。

現在看來，《熱奶茶》青澀至極，同時也眞實至極。而眞實不會隨年歲增長減去分毫重量。甚至也因爲眞實是中性，沒有好壞，眞實是不變的基準，所以我能輕易地透過或交談或分享立刻理解讀者有可能當時相應地正在經歷哪些他們生命裡必須經歷的過程。同理可證，或許當初大家也透過閱讀我的創作，眞實的書寫，共感了我的處境。

我們都一樣，同在人生這條河流之中探索自己，看別人遠遠比看自己還要清楚，無論那個別人是住在你家隔壁的鄰居，還是小說漫畫書裡創造出來的角色。

人生也是一種創作的過程，無法提前知道答案，投入過程步步煎熬，很多時候會深刻地感覺到自己踏出去的每一步比別人要艱辛萬分，各種情緒，各種崩毀，各種善後，所以無論創作無論人生，時刻沉迷時刻醒覺，時刻反覆，二十年前的我是這樣，二十年後現在的二十歲也一樣，三十四十五十直至百年，已行之事後必再行，日光之下並無新事。到頭來我們終其一生追尋的不過適得其所、死得其所。這其中所謂適切，所謂自我價値，冷暖自知，沒有定義的必要，只要不丟失初心，怎樣都行。這是我飄搖至今尚能階段性分享的心路歷程。

另外必須補充說明的是，過去答應出版任何一部小說完全出自我個人意願，出版後產生心理變化問題理當自己承擔，我毫無得了便宜還賣乖的心態。一切都是自己的選擇。所以才說自己沒有概念，所以才對自己諸多厭惡，所以活得彆扭，之後數年間也持續出版創作，直到出版《完全的騙徒》後到撰寫《勝春》過程實在精疲力盡，只能暫時擱筆。

如果說，當初開始書寫是爲了梳理自己，那麼擱筆創作也是，我只是終於捨得換個方式和自己溝通，也換個方式和他人、和這個世界溝通。如此而已。

每個人的生命軌跡都獨一無二，我們的相遇也並非偶然，如果你不是你，換作他人未必理解我。所以即便面對的課題不盡相同，作者和讀者，我們透過作品連結產生共感，瞬間頻率一致，我們之間沒能輕易說出口的也等於說了。我不會自以爲有多了解那位導演朋友，也不覺得自己能有多明白任何一名讀者，我們不會刺探彼此，也不需要，僅僅珍貴一次偶然透過作品敘舊的當下，我們各自經歷生離死別，各有各的姿態，說來也是一種默契，曾經或正發生在我們身上的什麼事並不重要，重要的是我們如何處理自己的情緒，選擇眼前的道路。

至於那些亂七八糟跌跌撞撞的狼狽模樣也都是我們活著的證明，至死方休。《熱奶茶》裡的人物是這樣，我們更是。

那天普測結束，入夜已深，我因爲整理思緒而沒有選擇馬上搭捷運，散步忠孝東路很長一段路，直到收到資深讀者們先後捎來平安回家的訊息才稍作駐足。

「我可以跟小華姊一起活在這個世界上見面眞是太好了。」

「我遇見妳的時候已經二十五歲這件事眞是太好了。」

敘舊就是有幸再一次看看朋友，也讓朋友看看自己。你還在，我也還在。我們笑一個，對彼此說一句能再見你一面眞是太好了。

什麼時候的你們都美好。

〈附錄・敘舊〉完

02 改編

接續前篇。

我大病一場搬到鄉公所附近「重新」開始創作小說，靠書寫治療自己。

「重新」的詞語解釋是：又一次，從頭再開始。

「重新」代表曾經有過。而那個曾經是我的十五歲。

小學畫漫畫，中學寫小說。我十五歲的時候完成至少八部小說，短中長篇齊全，甚至劇本文體。不是電腦打字，而是一筆一劃親自手寫在直式筆記本裡面，完成一本一篇故事，舉凡校園愛情科幻機器人外星人置換變身降落地球，什麼題材都有。不僅同學間私下流傳，連同學父母也借去閱讀。翻開年少回憶，故事內容和筆觸優劣與否是其次，我特別懷念的是當時腦袋自由自在塡裝許許多多奇思怪想也不覺負擔，創作能量源源不絕。

我沒有文筆，只是熱中把腦袋浮現的畫面一一如實描述出來，不受約束，不知道瞻前顧後。直到某天，我不小心把我其中一本科幻小說遺留在數學補習班的開放式抽屜裡……

數學補習班老師對待學生的態度一向開明又友善，教學更是幽默風趣，包括我在內，同學們都很喜歡老師，所以第一時間發現自己遺留小說的當下不是太緊張，心想下回再問老師把小說拿回來即可，不當一回事。是日，補習課前十分鐘，老師把我叫進辦公室並用一種十五歲青少年很難解讀的語氣告誡我，我寫的小說內容不切實際，叮嚀我別再繼續寫下去，語畢隨即面色恢復平日和藹可親的老師模樣，讓我課後再把小說領回去。我一時不知如何反應，順勢點點頭，退出辦公室。

羞愧又落寞的情緒湧上心頭，頹然回到自己的座位，偷偷慶幸這件事就我和老師知情。萬萬沒料想課堂才剛開始，老師便直接高舉我的小說，當眾調侃我的不切實際，似笑非笑地詢問現場超過五十人一班的同學們想不想聽，我當場被嚇傻，目光緊盯老師，深怕他眞的唸出來，而老師則露出他教學時一貫風趣的笑容看著我。接下來想當然爾，老師帶頭，同學鼓譟，其中幾位像獲得應許般刻意反覆嬉鬧喊著唸出來、唸出來，紛紛向我投以看好戲的嘲笑目光，我仿若置身5.1聲道環繞音效系統，可同時也因爲心神被五雷轟頂到有那麼幾秒鐘倏地抽離，短暫聽不見鼎沸人聲，直到老師轉身開始寫白板，同學回歸課堂日常，我還獨自一人被困在老師殺死我的瞬間。現在仔細回想那一瞬間，那一瞬間可能就是我人生無預警迎來的第一次震撼教育。難以抑制的火氣爆發，雙手用力拍桌聲響之大，全班愕然，老師暴怒嘶吼，把我趕出課堂。

佯裝鎮定收拾書包下樓，拚命強忍委屈，離開眾人視線才潰堤，淚水撲簌簌地止不住，師母接手安撫我，過不久，老師打電話給師母讓我回去上課，我拒絕了。

「我以後不會再來。」記得十五歲的我如此堅定地回答師母。

事過境遷，我現在可以理解數學補習班老師。理解，不是諒解。這個「理解」指的是包括除去老師頭銜這個人的性格及價值觀，以及當他變身成老師對待補習班學生有一套既定應對的模式，我也是在漸漸長大的過程自然而然理解這個世界有很多像他那樣的人。可是十五歲的時候不明白，比起老師的叮囑，我在那個當下感受到的衝擊就只有老師人設崩毀。當老師侷限眼界說出來的任何一句話不會不該也不可能殺死我們。我現在眞的懂，可是十五歲的時候也眞的只有受傷的份。康復也留疤。

儘管當日發生種種我死都不願意長輩知情，儘管根本想不出說服父母的理由，我還是堅決表態。孰料回家母親大人輕易買單我毫無緣由地一句不想再去補習的請求，連換一間的計畫都沒有，她不再替我安排補習，原因未可得知，我也不可能問。事件自此落幕。至於我那不切實際的科幻小說並沒有拿回來，我想它九成九點九九已回歸塵土。

（然後在很久很久以後的一次泡茶談心，母親大人提及師母當晚打電話給她說明原委，她沒戳破我，自然也沒有責備，遂了我的願。再在久到不能再久的很久以後解除了我曾經的困惑，或許，這也是十五歲的我雖然暫時中斷書寫但沒有被擊垮的主要原因。）

我沒有太感傷，更不覺得自己丟失了什麼。除了數學分數。

仔細想想，搞不好我的潛意識打從一開始已經有相當明確的自我認知，書寫不是才能，文字只是工具，透過任何媒介進行任何創作的最初之初是與自己對話，只要我還是我自己，我便不可能丟失任何屬於我的東西。

對話過程不可迴避地仍然是自己與自己的戰爭。

十五歲第一次中斷書寫創作可能還不那麼清楚自己發生什麼事，不能書寫就作畫，無法作畫就是音樂或舞蹈或運動或其他，畢竟那是個什麼都能嘗試什麼都有可能發展的揮霍年紀。成年則不然，尤其兜兜轉轉多年，當我反覆嘗試確認自己藉由書寫這個媒介與自己進行溝通最爲適切，結果竟然無預警迎來二次中斷，那才眞正體悟何謂情非得已，不是不寫，而是無法寫，即便簡單描述狀態都變得異常困難，字不成句，句不成文，明明天馬行空的想像力還在，感知力也在，人卻已然喪失組織能力，以致思緒更紊亂。

起初佯裝無事，不料日子意外漫長，煎熬久了，連拿來搪塞自己的像樣藉口都沒有，摸摸鼻子開始投入其他工作經驗生活，做任何能做的，包括學習編劇技能，直到某年某月某一天，我也終於意識到自己投入影視製作或編劇年資已經遠遠超過寫小說的歲月。照道理應該要更感傷的，結果沒有，說實話沒什麼値得可惜，現實就是我無法再輕易透過書寫表達自己的情感。

或許不只，說不定，我失去透過任何管道表達情感的能力。

旁人不知我實際情況，偶然一次遇到作家前輩，對方邀我喝咖啡，直說我可惜。

「如果不想讓讀者忘記妳，最好一年出三本書，更勤勞就一季出一本。」他說。

「我現在沒有可以分享的事。」我老實說。

「隨便寫都可以，妳要保持曝光量。」

「可是我不是爲了讓讀者記得才寫小說的。」

「我也不是啊，我是看妳先前出版銷量很好，如果不能維持就太可惜了。」

「要是硬寫，讀者看得出來。」

「妳想太多了。」

「他們眞的看得出來。」看得出來我的狀態不好。

「妳以後會後悔。」

「我也覺得。」我苦笑。

其實我不知道。脫口不知道很不負責任，但我是眞的不知道了。

我是不是把自己也給騙過去了？該感傷的時候狂歡，該喊痛的時候爽快嚷嚷，該嚎啕哭泣的時候瘋狂笑，因爲長期無視自己的情緒而錯置感知，導致內心深處形成扭曲的黑洞。

如果當下遭遇的問題只有時間能給出答案，那麼再煎熬也只能先擱置，我決定把問題交給時間，把暫時失能當作沉潛，懷抱未知的恐懼持續前行，慶幸自己還有解決問題的能力。這也是我後來開發的謀生技能，從事任何一行都必須具備的基本功。而我近年選擇運用在編劇上。就我個人的經驗，編劇無論它是動詞或名詞，無論解決人或解決事都需要相當的毅力，再更早之前斜槓參與的美術及拍攝製作亦然。

外表長大靠歲月，內在強大靠自己，我沒有太多的時間傷春悲秋。

影視產業相較其他行業的顯著不同之處在於人與人之間聚散離合的週期短，並不是只有演員才會產生因爲角色扮演而親身經歷該角色人生的體感，工作人員也有輪迴的既視感，每部電影、紀錄片、戲劇及其他影視製作，每一次合作都是既熟悉又陌生，每一次經驗都夾帶場場理性與感性的高壓拔河比賽，從稚嫩到嫻熟，不若其他圈子是條漫漫長路，無論坐哪個位置都是搭乘噴射火箭。急速成長是一回事，能不能懂事是另一回事。

總的來說，時間確實給出答案。不過不是突然一天碰的一聲丟到我眼前。

當我耐著性子解決一道又一道人生難題，跨越的門檻越來越高，我開始理解那些我過去無法理解的，所有適當理性抉擇的背後已然包容所有感性，我開始明白任何停滯、任何迷路繞道、任何我們第一時間無法理解命運的安排都有其發生的原因。時間確實給出回應，不是突然一天碰一聲丟到眼前，而是透過經驗生活自然讓我們體悟，原來沒有問題，那麼又何來答案呢，所有人事物呈現的是狀態，所有當下可以不具意義，我們的思維引導我們的抉擇。

我不是不能再寫了，我只是有更通透的必要。結案。

同樣的論調，反過來我一般運用在編劇過程。

所謂影視作品皆由一幕幕的畫面不斷地推進劇情，我個人偏好盡量不使用內心獨白敘事，而是利用角色具體的抉擇行爲引導觀眾認知該角色是什麼樣的人物，思維模式爲何，藉由角色帶出核心價值觀以完整故事。大抵如此。

改編《熱奶茶》也是運用相同的概念。

直到把原著當成別人的作品重新拆解，我才發現儘管當時的自己分門別類的能力尚有進步空間，但也絕對不是不清楚自己在做什麼的人，故事篇幅各處什麼都說明白了。老實說有一種被從前的自己打臉的窘迫感湧上心頭，說明我現在是更吝嗇的傢伙。並且嚴苛。

人生就是不斷地改編自己，也不斷被改編。

曾經爲難，曾經錯殺，冥冥之中，兜一大圈，如今因緣際會回到原點，我獲得重新詮釋《一杯熱奶茶》的機會，除去電影篇幅限制，邏輯順勢梳理，改編的基準與書寫之初懷抱的眞誠並無二致，我想保留當初我們堅持的信念，單純的善意，再絕望也要保有一絲希望，回到每個人物必須面對自身的課題，公平地讓他們歷經或生離或死別，無論愛情無論親情友情或其他，無論如何沒有對錯。

改編是永遠的進行式，別忘記最初的自己。
其他再想到什麼，或許我再換一個方式告訴大家吧，保持彈性。

〈附錄．改編〉完

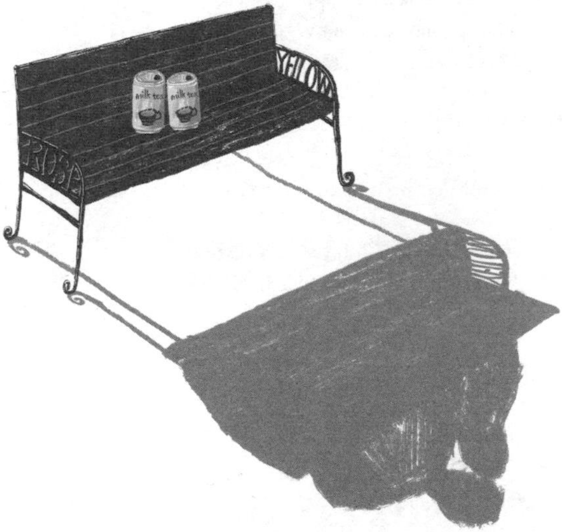
milk tea
milk tea
ROSE
YELLOW

國家圖書館出版品預行編目資料

一杯熱奶茶的等待／ 詹馥華 著.
——初版.——台北市：蓋亞文化，2021.11
面；公分.

ISBN 978-986-319-607-5（平裝）

863.57 110018082

故事集 025

一杯熱奶茶的等待

作　　者　詹馥華
封面插畫　KIDISLAND兒童島
裝幀設計　莊謹銘
責任編輯　盧韻亘
總 編 輯　沈育如
發 行 人　陳常智
出 版 社　蓋亞文化有限公司
地址：台北市103承德路二段75巷35號1樓
電話：02-2558-5438　傳眞：02-2558-5439
電子信箱：gaea@gaeabooks.com.tw
投稿信箱：editor@gaeabooks.com.tw
郵撥帳號 19769541　戶名：蓋亞文化有限公司
法律顧問　宇達經貿法律事務所
總 經 銷　聯合發行股份有限公司
地址：新北市新店區寶橋路二三五巷六弄六號二樓
電話：02-2917-8022　傳眞：02-2915-6275
港澳地區　一代匯集
地址：九龍旺角塘尾道64號龍駒企業大廈10樓B&D室
電話：+852-2783-8102　傳眞：+852-2396-0050
初版五刷　2024年4月
定　　價　新台幣 299 元
Published and printed in Taiwan

ISBN 978-986-319-607-5

ST025
GAEA

一杯熱奶茶的等待

蓋亞文化　讀者迴響

感謝您在茫茫書海中選擇了蓋亞，您的支持是我們最大的動力。
不要缺席喔，讓我們一起乘著夢想的羽翼，穿越時空遨遊天地！

姓名：	性別：□男□女　出生日期：　年　月　日
聯絡電話：	手機：
學歷：□小學□國中□高中□大學□研究所	職業：
E-mail：	（請正確填寫）
通訊地址：□□□	
本書購自：　縣市　書店	
何處得知本書消息：□逛書店□親友推薦□DM廣告□網路□雜誌報導	
是否購買過蓋亞其他書籍：□是，書名：	□否，首次購買
購買本書的動機是：□封面很吸引人□書名取得很讚□喜歡作者□價格便宜□其他	
是否參加過蓋亞所舉辦的活動： □有，參加過　場　□無，因爲	
喜歡出版社製作什麼樣的贈品： □書卡□文具用品□衣服□作者簽名□海報□無所謂□其他：	
您對本書的意見： ◎內容／□滿意□尚可□待改進　◎編輯／□滿意□尚可□待改進 ◎封面設計／□滿意□尚可□待改進　◎定價／□滿意□尚可□待改進	
推薦好友，讓他們一起分享出版訊息，享有購書優惠 1.姓名：　e-mail： 2.姓名：　e-mail：	
其他建議：	

廣告回信 郵資兗付
台北郵局登記證
台北廣字第00675號

TO：蓋亞文化有限公司　收

103 台北市承德路二段75巷35號1樓

GAEA

GAEA

GAEA

GAEA